W0305911

# ENQUÊTE TROUBLANTE
# À CONCARNEAU

DU MÊME AUTEUR
CHEZ LE MÊME ÉDITEUR

*Un été à Pont-Aven*, 2014
*Etrange printemps aux Glénan*, 2015
*Les Marais sanglants de Guérande*, 2016
*L'Inconnu de Port Bélon*, 2017
*Péril en mer d'Iroise*, 2018
*Les Disparus de Trégastel*, 2019
*Les Secrets de Brocéliande*, 2020

Beaux livres

*La Cuisine bretonne du commissaire Dupin* (avec Arnaud et Catherine Lebossé), 2017
*La Bretagne magique du commissaire Dupin*, 2020

Jean-Luc Bannalec

# ENQUÊTE TROUBLANTE À CONCARNEAU

Une enquête du commissaire Dupin

Roman

*Traduit de l'allemand par Pierre Malherbet*

PRESSES DE LA CITÉ

Titre original : *Bretonisches Vermächtnis*
*Kommissar Dupins achter Fall*

Le Code de la propriété intellectuelle n'autorisant, aux termes des paragraphes 2 et 3 de l'article L. 122-5, d'une part, que les « copies ou reproductions strictement réservées à l'usage privé du copiste et non destinées à une utilisation collective » et, d'autre part, sous réserve du nom de l'auteur et de la source, que les « analyses et les courtes citations justifiées par le caractère critique, polémique, pédagogique, scientifique ou d'information », toute représentation ou reproduction intégrale ou partielle, faite sans le consentement de l'auteur ou de ses ayants droit ou ayants cause, est illicite (article L. 122-4). Cette représentation ou reproduction, par quelque procédé que ce soit, constituerait donc une contrefaçon sanctionnée par les articles L. 335-2 et suivants du Code de la propriété intellectuelle.

© 2019, Verlag Kiepenheuer & Witsch, Köln
© Presses de la Cité, 2021, pour la traduction française
92, avenue de France – 75013 Paris
ISBN 978-2-258-19231-7
Dépôt légal : mars 2021

*A L.*

*A Sandra, comme tous mes autres livres*

*Ret eo terriñ ar graoñenn evit kaout ar vouedenn.*
Il faut casser la noix pour en obtenir la substance.

Proverbe breton

# LE PREMIER JOUR

Il y a des jours où le monde n'est que ciel. Ce 24 mai était l'un d'eux – lumineux, rayonnant, clair, étincelant. La voûte céleste paraissait plus étendue qu'à l'accoutumée. L'espace s'étirait, l'atmosphère terrestre s'enfonçait profondément dans l'infini. Ce bleu sphérique et radieux, sous l'étendue duquel la terre semblait se ramasser, devenir plus plane et plus petite, ne pâlissait que légèrement aux confins de l'horizon. Et cet azur si singulier, aux vibrations si rares, on aurait dit de la pure énergie, de la pure matière.

Le commissaire Georges Dupin, du commissariat de Concarneau, était étendu de tout son long dans l'herbe, sur le dos. Sur un éperon rocheux recouvert de bruyères, de genêts au jaune éclatant, de touffes d'herbe et de mousses et lichens verts, roux et jaunes, et situé à soixante-douze mètres au-dessus du niveau de la mer, d'après le panneau sur le parking.

La pointe du Raz. Le promontoire rocheux le plus à l'ouest du Finistère, dont les hautes falaises déchiquetées s'enfoncent loin dans l'océan Atlantique, comme une proue. Des courants violents, nerveux, déferlent sur l'éperon légendaire. La pointe forme la limite septentrionale du golfe de Gascogne qui prend son origine sur les côtes espagnoles. Ses brisants en font l'une des zones les plus redoutées de tout l'Atlantique. Les masses d'eau qui contournent ici la Bretagne forment la Manche puis se déversent dans la mer du Nord.

Le panorama est à couper le souffle. L'océan majestueux, les inquiétants écueils qui évoquent les écailles d'un monstre marin ; plantés dans la mer, deux phares téméraires sur d'indistincts récifs, et, dans le lointain, la fantastique île de Sein. Aucun endroit sur terre ne permet d'éprouver si intensément ce sentiment de bout du monde. C'est là que s'incarne le Finistère, *finis terrae* – le dernier bastion de terre qui, dans toute sa fragilité, brave l'infini d'une mer en furie.

C'est aussi là le siège d'un autre mystère breton : le jeu si particulier de la couleur et de la lumière. Dupin prétendait qu'il y avait plus de lumière en Bretagne qu'ailleurs, une luminosité et des couleurs exceptionnelles. Comme un spectre chromatique perceptible par l'œil humain – entre le rouge, l'orange, le jaune, le vert, le bleu, l'indigo et le violet – plus large et varié que dans d'autres régions du monde. Comme si la lumière était plus finement décomposée en d'infinies réfractions sur l'immense surface d'eau autour de la péninsule bretonne. Aucun miracle alors à ce que la Bretagne ait ensorcelé des peintres comme Monet, Gauguin, Boudin, Signac, Picasso et bien d'autres.

La pointe du Raz figurait parmi les sites préférés du commissaire, hormis pendant la haute saison. Ce jour-là, il y avait deux raisons à sa présence : le tout nouveau Fumoir de la Pointe du Raz. On y fumait les poissons les plus exquis, pêchés au cours de campagnes intrépides, dont le lieu jaune, un cousin de la morue. Son goût était unique : les arômes incomparables de la fumée des chênes bretons se mêlaient à plusieurs variétés de poivre et d'épices. Le fumoir appartenait à un vague cousin de Le Ber, qui lui en avait chanté les louanges. Par ailleurs, Claire et lui connaissaient leur première soirée à eux depuis des semaines – elle avait travaillé sans répit à la clinique. Le lieu jaune était son poisson favori, surtout fumé. Dupin voulait lui préparer une surprise.

La deuxième raison de sa présence résidait dans les travaux de rénovation du commissariat. Ils duraient depuis un mois. C'était un enfer ! L'entreprise avait juré que ça ne gênerait en rien. Impossible en théorie, pire encore dans la pratique. Dès le premier jour, tout n'avait été que chaos et désagrément : le bruit, la poussière, la saleté. Sans compter la puanteur de la peinture (« C'est inodore », avait juré le peintre). Les portes et les fenêtres grandes ouvertes n'y avaient rien changé. Le seul point positif, c'était que les effluves de peinture et de solvants couvraient l'odeur de renfermé qui incommodait Dupin depuis sa prise de fonction. Il espérait qu'elle aurait disparu une fois le chantier achevé.

L'ensemble des collaborateurs du commissariat avaient cherché à prendre le large ces dernières semaines, hormis quelques-uns d'astreinte. Toutes et tous avaient trouvé des prétextes plus ou moins saugrenus afin d'éviter le bureau. Des excuses farfelues, comme le pillage d'un champ de carottes ou le ramassage interdit de moules sur une plage, nécessitaient soudain l'envoi d'un équipage de trois ou quatre fonctionnaires de police sur place. On avait également rouvert des affaires en sommeil : le vol de trois planches de surf en octobre dernier, la disparition d'un canot de bord rose dans le port. Tout le monde fut heureux que se produisît enfin un incident : lors de la démolition d'une vieille demeure à Pont-Aven, on avait exhumé six cents pièces d'or belges de 1870. Un véritable trésor qui valait quelques milliers d'euros et dont la découverte avait provoqué les hypothèses les plus audacieuses.

En ce début de semaine, même Nolwenn, l'assistante de Dupin, avait commencé à perdre patience. Elle avait trébuché contre un seau de peinture visqueuse laissé devant sa porte. Jusque-là, elle avait tenté de faire contre mauvaise fortune bon cœur. Ç'avait été la goutte d'eau : elle s'était résolue à poser des jours. Ce qui avait rendu Dupin extrêmement nerveux, d'autant qu'elle n'avait pas donné le moindre indice concernant la date d'un éventuel retour au bureau. Compte tenu du nombre d'heures supplémentaires qu'elle avait accumulées au fil des ans, Nolwenn devait disposer de plusieurs mois de congé. Dupin n'avait même pas osé regarder le planning. Une absence prolongée de sa collaboratrice, de surcroît en signe de protestation, finirait tôt ou tard par un désastre. Elle était partie sans plus attendre avec son mari pour une virée à vélo, initialement planifiée pour le mois de septembre : une balade inspirée du best-seller breton *Bistrot Breizh. Le tour de Bretagne des vieux cafés à vélo*, qui passait, de village en village, par les estaminets les plus anciens de la région, triés sur le volet par de fins connaisseurs ! Peu de dénivelé, un parcours dans des paysages sublimes, susceptible de ravir les cyclotouristes plus que les sportifs. Nolwenn en avait choisi une section à l'intérieur des terres. Elle avait également suggéré à Dupin et Le Ber de prendre des congés – celui-ci était d'ailleurs allé passer quelques jours à Belle-Ile avec femme et enfants. Une de ses sœurs y possédait une maison, restée vide depuis son installation à Cape Cod, sur la côte est des Etats-Unis, d'où venait son époux.

Quant au commissaire, il n'aurait posé des jours pour rien au monde. D'une part parce que Claire ne pouvait en aucun cas s'absenter de la clinique, d'autre part parce que les vacances l'ennuyaient. Sans compter que Labat, l'autre inspecteur, manquait lui aussi à l'appel : voilà deux mois et demi qu'il était en congé paternité, et il ne reviendrait qu'en juillet. Sa femme avait accouché en mars de jumeaux, Anne et Conan. L'inspecteur avait fait l'acquisition d'un monstrueux double landau derrière lequel il apparaissait de temps en temps au commissariat. Il n'était pas rare qu'il reste seul avec les enfants pendant des jours. Sa femme, professeure de karaté kyokushin, « le sport de combat le plus dur du monde », répétait-il non sans fierté, partait régulièrement en voyage pour donner des cours ou participer à des compétitions.

Vers midi, Dupin était allé acheter le poisson pour le dîner et avait longuement bavardé avec le sympathique propriétaire du fumoir. Il avait gagné l'extrémité de la pointe du Raz depuis le parking. Un peu plus tard, après sa petite pause, il comptait boire une bière fraîche au soleil sur la belle terrasse du Relais de la Pointe du Van, non loin de la plage de la baie des Trépassés – un de ses nombreux rituels. Il appréciait l'endroit. On y servait de petites crêpes au jambon en guise d'apéritif. Il serait de retour chez lui vers dix-neuf heures, dix-neuf heures trente. Claire avait promis d'être là à vingt heures trente au plus tard, ce qui lui laissait tout le temps de préparer le repas.

Il avait de la chance avec la météo. Comme si l'été arrivait prématurément – cet été breton qui s'étire jusqu'au début du mois d'octobre, parfois même plus tard. L'année précédente, Claire et Dupin s'étaient baignés une dernière fois le 31 octobre. A présent, il faisait plus de vingt degrés. Une douce brise portait des notes légèrement iodées – le goût de la mer d'été. Le soleil réchauffait la peau sans la brûler. *Le Télégramme* avait annoncé que les jours prochains seraient « beaux et chauds ». Y avait-il plus exquise promesse ?

Au lieu des quinze minutes prévues, Dupin était étendu dans l'herbe tendre depuis trois quarts d'heure. Il ne parvenait pas à se lever. Ce n'était pas tant sa position confortable ou l'envoûtement qu'exerçait sur lui l'infini du ciel qui le retenaient que le chant méditatif de la houle se brisant avec mollesse au pied de la falaise. Le commissaire, d'habitude si actif, avait sombré dans une somnolence bienheureuse.

La sonnerie de son portable retentit. Elle cessa avant qu'il ne réagît puis résonna derechef.

Il se redressa et le prit dans sa poche.

— Oui ? grogna le commissaire.

— C'est moi, patron.

L'inspecteur Le Ber.

— Un problème ?

— Non, rien. Je voulais juste donner des nouvelles.

Il l'avait fait la veille et l'avant-veille, et Dupin avait cru déceler comme un soupçon de mauvaise conscience dans sa voix.

— Tout roule ici, Le Ber. Comment ça se passe sur votre île ?

— Super ! Mais si jamais il y avait quoi que ce soit, alors je peux…

— Profitez-en !

— Merci, patron. Juste pour que vous le sachiez : on n'a pas de réseau dans la maison et ma sœur a résilié son abonnement Internet. Là, je suis dans un bar mais…

— Aucun problème, Le Ber. Déconnectez. Vous avez essayé de m'appeler à l'instant ?

— Non, pourquoi ?

— Rien d'important. Bonne Pentecôte !

Dupin raccrocha. Son regard errait sur la mer – des scintillements et des reflets à l'infini.

L'été dernier, il avait accompagné son ami Henri, le tenancier du Café du Port à Sainte-Marine, jusqu'au Conquet. Henri y avait acheté de la saucisse de Molène et des pétoncles pour préparer un succulent ragoût. Ils avaient ensuite laissé leur voiture sur la pointe de Corsen et s'étaient baladés. La vue était imprenable : la mer d'un bleu profond, au loin l'archipel labyrinthique autour de l'île de Molène. « Il ne manque que les dauphins », avait dit Dupin. « Ils sont là », avait répondu son ami, comme si ça allait de soi, en pointant vers la mer. Dix, quinze dauphins peut-être. Pendant de longues minutes, ils s'étaient livrés à un ballet au-dessus et en dessous de la surface. Du grand spectacle. Puis ils avaient disparu d'un coup. Depuis ce jour, Dupin ne cessait de scruter attentivement les flots, conscient pourtant du ridicule de la chose.

Le téléphone sonna de nouveau.

Le commissaire se redressa en soufflant.

— Oui ?

— Georges ! Une aubaine que tu répondes !

Une voix féminine, au ton grave.

— On s'est dit qu'on viendrait directement. On est déjà à Laval. On n'arrive pas à joindre Claire…

Dupin reconnut la voix : la mère de Claire.

— On sera là vers neuf heures. Hein, Gustave ?

— Oui ! Au plus tard. Sans doute plus tôt, dit l'homme.

Dupin entendait des bruits de moteur.

— Merveilleux, non ? reprit la mère de Claire, enthousiaste. On pourra passer toute la soirée ensemble ! Nous sommes enchantés. Tu transmets à Claire ?

— Je… je suis sûr qu'elle sautera de joie…

— C'est certain ! A tout à l'heure, alors !

Dupin eut besoin d'un moment pour se ressaisir.

C'en était fini de leur soirée en amoureux. Ça commencerait donc ce soir. Et non le lendemain matin, samedi, comme prévu. Dupin l'avait refoulé. Ses beaux-parents allaient vivre chez eux, pendant trois jours, tout ce long week-end de Pentecôte. Gustave et Hélène Chauffin, venant des environs de Fécamp. Dupin ne les avait vus qu'à de rares occasions depuis qu'il s'était installé avec Claire. La maison dans laquelle ils avaient emménagé l'année dernière était très confortable – ce qui ne comportait pas que des avantages, comme la situation le montrait. Les parents de Claire étaient aussi différents l'un de l'autre qu'on puisse l'être. Sa mère était professeure de yoga, son père dirigeait un cabinet d'avocats réputé qu'il avait officiellement cédé à un de ses associés. Dans les faits, il était incapable de lâcher les rênes. Ils avaient en commun leur passion de la bonne chère, un amour profond pour leur fille, et le goût du débat, domaine dans lequel la mère surpassait son mari. Plusieurs vies communes n'auraient pas suffi à épuiser les querelles sans fin que leurs divergences de points de vue alimentaient. Néanmoins, chacun jurait ses grands dieux que leur mariage les comblait de bonheur. « Ils sont comme ça, avait averti Claire. Ça se passera bien ! » Dupin, lui, trouvait que les fondements de cette relation ne manquaient pas de piquant.

— Bon Dieu ! lâcha-t-il.

Il s'était fait une joie de cette soirée.

Le téléphone. Pour la quatrième fois.

— Allô ?

— Je parle au commissaire Dupin ?

C'était la voix d'une femme d'un certain âge.

— Lui-même. A qui ai-je l'honneur ?

— Madame Chaboseau. La femme du docteur Chaboseau.

Non loin de chez Dupin, son cabinet, situé dans une villa donnant sur la mer, était le plus moderne de Concarneau. Chaboseau, qui exerçait comme cardiologue et médecin généraliste, accordait une grande importance à l'étiquette, tout comme sa femme. Ils comptaient parmi les notables, les familles les plus anciennes et les plus fortunées, celles qui avaient forgé le destin de Concarneau au fil des générations et qui restaient puissantes. Ils ne vivaient pas dans la villa, boulevard Katerine-Wylie, mais dans l'immeuble au rez-de-chaussée duquel se trouvait l'Amiral, le restaurant où Dupin avait ses habitudes. Raison pour laquelle il les connaissait. Ils possédaient les deuxième et troisième étages, ainsi que les combles aménagés à grands frais ; une superbe propriété immobilière, idéalement située.

— Que se passe-t-il, madame ?

— Il est mort.

— Pardon ?

— Mon mari, reprit-elle sur un ton trahissant un reproche. Il est mort. Je l'ai trouvé dans la cour il y a quelques minutes. Il est tombé depuis son bureau du dernier étage.

Son débit était presque mécanique. Elle s'efforçait de livrer des informations précises.

Dupin restait bêtement planté là.

— Votre mari est mort ?

— Oui.

— Il s'est défenestré ?

— Il s'est fracassé par terre.

Une pause.

— Je… Dupin s'interrompit. Vous avez appelé la police ?

Il devait admettre que c'était une étrange question.

— J'ai demandé votre numéro au commissariat. J'ai dit que c'était urgent.

— Et vous n'avez pas prévenu mes collègues ?

— Il me semble que le commissaire doit s'occuper d'une telle affaire en personne.

Dupin s'était mis en marche. Il atteignit un étroit sentier.

— Etes-vous bien certaine qu'il est mort ?

— Il y a une grande flaque de sang. Il est allongé… (elle chercha ses mots)… très étrangement.

— Appelez les secours immédiatement, madame. Je pars tout de suite mais j'en ai bien pour trois quarts d'heure.

Une heure même, en fonction de la circulation.

— Je vais alerter mes collègues pour qu'ils envoient quelqu'un.

Il pressa le pas.

— Vous pensez qu'il s'agit d'un meurtre ? ajouta-t-il.

Elle hésita.

— Madame ? Vous m'entendez ?

— Venez aussi vite que possible, commissaire.

C'était un spectacle terrible. Des plus étranges. Une mare de sang s'étalait tout autour du corps, formant un cercle quasi parfait, d'un rouge profond. Des éclats de verre scintillaient dans la lumière du soleil, telles des décorations. On en trouvait dans toute la courette intérieure – les fragments de la grande verrière panoramique à travers laquelle le docteur Chaboseau avait chuté. La partie avant droite de sa tête avait heurté le sol en premier. Ses épaules formaient une bosse peu naturelle. Les hanches décrivaient un angle insolite avec les jambes inertes. Dupin estimait la hauteur de la chute à quinze mètres. Le malheureux portait un pantalon en velours côtelé, une chemise et une veste beiges, ainsi qu'une paire de chaussons en cuir noir de bonne facture. Note absurde, ils étaient restés à ses pieds. Ses cheveux roux avaient l'air d'avoir tout juste reçu un coup de peigne. On ne voyait que la moitié gauche de son visage – l'œil était entrouvert.

Après avoir étudié le corps pendant un moment, Dupin monta dans l'appartement des Chaboseau en empruntant l'un de ces ascenseurs qu'on ajoute aux bâtiments anciens et qui rappelait une boîte de sardines suspendue à un câble.

Le légiste, le vieux docteur Lafond, le moins insupportable de tous les représentants de sa profession, de même que les membres de la scientifique, étaient naturellement arrivés depuis longtemps. Dupin était de loin le dernier à se rendre sur la scène du crime. Lafond l'avait attendu avant de faire envoyer le cadavre à Quimper.

Sur la route qui le ramenait à vive allure de la pointe du Raz, Dupin avait tenté plusieurs fois de joindre Nolwenn et Le Ber et leur avait laissé des messages, en vain. Il devrait se débrouiller seul. Deux des quatre fonctionnaires encore au commissariat s'étaient précipités sur place. Rosa Le Menn et Iris Nevou. Au début de l'année, leurs postes avaient été créés, et cette mesure « absolument nécessaire » selon Nolwenn, on la devait avant tout à son extrême ténacité. Ça faisait des années qu'ils se trouvaient notoirement en sous-effectif. Le Menn, fraîchement sortie de l'école de police, la petite vingtaine, grande, des épaules de nageuse, coiffait ses cheveux blond foncé en tresse. Elle était sûre d'elle, pleine d'énergie. Iris Nevou, plus menue (elle semblait flotter dans son uniforme), avait le teint pâle, des cheveux bruns coiffés à la Jeanne d'Arc et une voix remarquablement profonde et pénétrante. A deux reprises, elle avait remporté les championnats régionaux de tir de la police de

Bretagne alors qu'elle ne s'était jamais particulièrement entraînée. Elle avait travaillé pendant quinze ans à la gendarmerie du Conquet. A la fin de l'année passée, elle avait quitté son mari et migré de l'extrémité nord-ouest de la Bretagne vers le sud.

Le Menn et Nevou avaient examiné le corps. Et maintenant que Dupin l'avait vu à son tour, que Chaboseau fût déjà mort lors de l'appel de sa veuve lui parut tout à fait plausible. Il n'empêche qu'elle aurait dû commencer par appeler les secours, il avait pourtant bien insisté sur ce point.

Les policiers se trouvaient au dernier étage, sous les toits. Dupin n'avait jeté qu'un rapide coup d'œil aux pièces des deuxième et troisième niveaux. Ici c'était « le domaine de monsieur », ainsi que l'avait précisé madame Chaboseau, un grand bureau privé qui faisait une cinquantaine de mètres carrés au moins. D'un côté, trois petites fenêtres donnaient sur le port, de l'autre deux grandes baies vitrées offraient une vue imprenable sur la ville et sur les toits des maisons. Celle de droite était brisée ; plus de trois mètres de large, descendant presque jusqu'au sol. C'est ici que ça avait eu lieu.

Manifestement, les combles avaient été aménagés dans les années 1970. L'ameublement n'était composé que d'antiquités : de vieilles lampes à pied, deux secrétaires aussi élégants qu'étroits sur lesquels trônaient des livres d'art, des tapis persans sur le parquet sombre et bien ciré, une chaise longue tapissée de velours rouge dans un coin, dans un autre, un fauteuil de cuir noir et son repose-pieds capitonné. Sur les murs, des tableaux dans des cadres en bois dorés – il y en avait bien une vingtaine. Un imposant bureau, et derrière lui une chaise d'aspect inconfortable aux accoudoirs trop hauts. Tout était rangé avec une extrême méticulosité. Dupin se rappelait l'appartement parisien de sa jeunesse. Sa mère répétait sans cesse : « Un seul mouton qui traîne, c'est le début de la fin ! »

— Notez bien, monsieur le commissaire, si jamais la pensée vous en venait, commença madame Chaboseau sur un ton indigné, que mon époux n'était en aucun cas faible sur ses jambes. Même s'il avait fêté ses soixante-quatorze ans. Ses hanches lui causaient un peu de tracas, mais pas suffisamment pour lui faire perdre l'équilibre et passer par une fenêtre.

Elle leva le menton.

— Et je vous avise de ne pas envisager une seule seconde… (Elle souffla par le nez en sifflant.) Et n'allez surtout pas croire qu'il puisse s'agir d'un suicide ! Le seul fait de le penser serait une insulte.

Le Menn, Nevou et la scientifique avaient cherché une lettre ou un papier, un message qu'aurait pu rédiger le médecin, mais ils avaient fait chou blanc. Idem dans les étages inférieurs. Ce qui, au demeurant, ne signifiait pas grand-chose : la plupart des suicidés ne laissent pas de lettre. En réalité, il n'y avait pas le moindre indice qui pût faire penser à un acte désespéré.

Dupin estimait que madame Chaboseau avait tout juste passé les soixante-dix ans. Teinture châtain, une élégante coupe au carré au niveau du menton, avec du volume, et nécessitant, imaginait le commissaire, une visite quotidienne chez le coiffeur. Maquillage discret, lunettes à monture onéreuse rouge bordeaux. Elle portait un chemisier vert foncé et un large pantalon de toile noire. Alors qu'elle avait retrouvé son époux mort voilà peut-être deux heures, elle ne laissait pas paraître d'émotion particulièrement marquée. Dupin n'ignorait pas qu'un état de choc peut prendre différentes formes. Il se gardait bien de tirer des conclusions hâtives.

— Le docteur Lafond va commencer par étudier les hématomes, les éraflures et les contusions, déclara Rosa Le Menn avec calme, clarté et sans fausse retenue, pour rechercher d'éventuelles traces de lutte ou d'agression.

Rien dans la pièce ne laissait penser à un corps-à-corps. Un seul coup vigoureux aurait suffi à propulser le médecin par la fenêtre.

Dupin avait inspecté la baie vitrée jumelle, encore intacte. Il n'y avait ni double vitrage ni verre de sécurité qui aurait pu éviter l'accident. La vitre n'avait pu résister. Que l'homme l'ait heurtée frontalement sous une violente poussée ou qu'il s'y soit jeté de tout son désespoir.

— Ils vont également rechercher un infarctus ou un AVC, poursuivit Le Menn, tournée vers madame Chaboseau. Ça pourrait expliquer la chute.

Certes. Mais Dupin n'y croyait pas.

— C'est la procédure habituelle, conclut la fonctionnaire.

Dupin l'avait constaté au cours des dernières semaines : elle récitait méticuleusement ce qu'on lui avait enseigné à l'école de police. Sa manière de le faire, ses mimiques, sa voix, son attitude, tout en elle parlait une autre langue. Cela trahissait chez la jeune femme un certain scepticisme vis-à-vis de cette « procédure officielle » qui l'avait rendue sympathique à son supérieur dès le début.

Le commissaire arpentait la pièce, s'arrêtait par moments, murmurait quelque chose.

Madame Chaboseau était debout à côté du bureau massif au bois sombre et poli, sur le plateau duquel se trouvaient un sous-main en feutre et un écran d'ordinateur. Dupin s'intéressait aux tableaux sur les murs, étroitement rapprochés, comme dans les deux étages inférieurs. Ici, c'étaient surtout des travaux sur papier. Pastel, peinture à l'eau, crayon. Dupin déchiffra les signatures de Paul Gauguin, Berthe Morisot, Paul Signac et Claude Monet. Deux aquarelles de ce dernier, représentant Belle-Ile, surplombaient le bureau. Il n'y avait presque que des paysages bretons. Dupin n'était pas un expert mais il en savait suffisamment pour deviner qu'il y avait là beaucoup d'argent. Plus encore aux niveaux inférieurs où l'on trouvait surtout des huiles. Le commissaire avait également noté la climatisation des plus modernes, la porte sécurisée et l'alarme. A son entrée, et avant même qu'il pût poser la moindre question au sujet des tableaux, madame Chaboseau lui avait assuré qu'aucun ne manquait, ni le moindre objet de valeur. Il ne s'agissait donc pas d'un crime crapuleux.

Dupin se tourna vers la veuve.

— Et vous n'avez pas la moindre idée de qui aurait pu rendre visite à votre époux ? Réfléchissez-y bien.

— Oh ! Je l'ai déjà fait, figurez-vous, répliqua-t-elle sans prendre la peine de dissimuler son irritation. Il n'y a rien dans son agenda. Aucun rendez-vous pour toute la sainte journée. Et c'est déjà la troisième fois qu'on me pose la question.

Aucune trace d'effraction sur la porte ni sur la serrure. On s'était introduit ici sans violence. S'il ne s'agissait ni d'un accident ni d'un suicide, alors tout laissait penser que le médecin avait ouvert à son assassin. Autrement dit : sans doute connaissait-il le meurtrier, ou bien l'attendait-il, peut-être même rendez-vous avait-il été pris. Mais il y avait également d'innombrables scénarios possibles : peut-être le meurtrier l'avait-il suivi discrètement jusque chez lui. Peut-être s'était-on fait passer pour un autre avec suffisamment de malice. Encore qu'en l'espèce, supposait Dupin, le docteur Chaboseau n'était sans doute pas homme à se laisser aisément berner.

Iris Nevou allait recenser les voisins présents au cours de l'après-midi afin de vérifier qu'ils n'avaient rien remarqué de particulier. Les appartements du couple Chaboseau occupaient les deux tiers du vieux bâtiment tout en longueur. Dans le dernier tiers, donnant sur la place Jean-Jaurès, vivaient trois locataires. Au premier étage, une salle dépendant de l'Amiral, affectée à la réception de groupes, ainsi qu'un appartement où logeait une famille avec deux enfants.

Dupin retourna vers la verrière brisée. Il resta pendant un instant au-dessus du vide et regarda en bas. Un frisson lui parcourut l'échine.

— Quant à vous, madame Chaboseau, vous étiez en ville entre quatorze et seize heures. C'est bien ce que vous avez dit ?

Dupin avait pris l'appel à seize heures sept.

— J'avais rendez-vous chez mon coiffeur à quatorze heures. Jusqu'à quinze heures quinze environ. Ensuite, j'avais des affaires à régler.

— Vous pourriez nous en donner le détail ?

De nouveau, Dupin traversa la pièce et se posta devant les restes de la baie vitrée. De nouveau, il regarda en contrebas. Il se remémora le plongeoir de dix mètres d'une piscine parisienne. A la suite d'un pari idiot avec ses camarades, il s'y était retrouvé. Il avait douze ans. Prestement il recula d'un pas et se tourna vers madame Chaboseau.

— Je suis allée à la galerie Gloux. Pour un tableau. Puis chez Mourit.

Un traiteur marocain des halles. Dupin aimait son étal ; Mourit proposait des plats délicieux. Dupin connaissait également la galerie. Au fil des ans, Françoise et Jean-Michel Gloux, les propriétaires, étaient devenus des amis.

— La bonne était en congé. J'ai donc acheté un poulet noir.

La phrase aurait pu être prononcée il y a cinquante ou cent ans.

— C'est tout ? Rien d'autre ?

— Je suis également passée chez Hops ! pour les saucissons secs Black Angus.

Un commerce que Claire et Dupin fréquentaient de bon cœur. La patronne, Katell Cadic, y vendait des fromages et de la charcuterie à tomber.

— Nous allons vérifier tout ça, dit Dupin, déconcentré par l'évocation de tous ces mets. Y a-t-il eu dernièrement un événement particulier dans la vie de votre époux qui puisse être lié à sa mort ?

— Bien sûr que non, s'emporta madame Chaboseau. Personne n'aurait la moindre raison d'en vouloir à mon mari. C'est grotesque.

— Un incident au cabinet ? ajouta Dupin sans

se laisser impressionner. Une erreur de diagnostic ? Ce sont des choses qui arrivent.

Autant que Dupin le sache, le médecin jouissait d'une excellente réputation. Pourtant, d'un point de vue purement statistique, il n'était pas concevable qu'il ne se fût jamais trompé.

Madame Chaboseau resta muette et gratifia le commissaire d'un regard sévère.

— Ou une querelle quelconque. Une dispute qui se serait envenimée ? Réfléchissez-y, madame, c'est important.

Elle secouait la tête, péremptoire.

— Des rivaux ? Il ne devait pas avoir que des amis.

Le pouvoir et le statut dont le couple bénéficiait ne pouvaient se gagner et se conserver qu'au détriment d'autrui. Des dégâts collatéraux, en quelque sorte. Dont ils n'avaient que faire, occupés qu'ils étaient à des affaires autrement importantes.

— On tient mon mari en haute estime. (Elle avait baissé d'un ton, mais sa voix trahissait une agressivité contenue.) Il jouissait d'une excellente réputation. En tant que médecin, bien entendu, mais aussi comme mécène et bienfaiteur. Il s'est investi dans de multiples projets.

— Vous n'avez donc pas la moindre idée de qui pourrait avoir eu maille à partir avec votre mari ? Ni pour quelles raisons ? (Dupin parlait d'une voix basse en articulant bien.) Si vous nous dissimulez des informations, vous entravez nos investigations.

— Ridicule.

Dupin se détourna et se remit à faire les cent pas. Il était sous le coup d'une certaine émotion. Cela avait pour partie à voir avec madame Chaboseau et ses manières hautaines et froides. Il était d'une humeur étrange. Un mélange d'effroi face à ce meurtre possible, probable même s'il se fiait à son intuition, et de colère : quel toupet d'avoir commis un tel acte sous son nez, pile devant la porte de son commissariat !

— Comment se fait-il, intervint Le Menn sur un ton factuel et aimable, que ce soit précisément vous qui ayez découvert votre époux ? Autrement dit, pourquoi avez-vous emprunté l'entrée sur cour ?

Comme bien des immeubles citadins des beaux quartiers, celui où résidaient les Chaboseau possédait sa propre courette. On pouvait y accéder à l'ascenseur, tout comme par l'entrée principale.

— Je passe fréquemment par là. C'est très pratique. Notamment au retour des courses.

— Comment l'utilisez-vous ? insista Le Menn.

La cour devait mesurer quatre mètres sur trois. A droite et à gauche, un haut mur. Un portail électrique donnait sur la rue, à hauteur de poitrine.

— Autrefois, j'y garais ma voiture.

— Et votre mari ?

Madame Chaboseau fronça les sourcils.

— Il se gare depuis des lustres dans la grande cour, de l'autre côté. Il y loue une place de parking.

Ce qui, aux oreilles de Dupin, signifiait : c'est la place de la berline d'un homme comme mon mari. Les deux cours se trouvaient dans la rue du Guesclin, une rue à sens unique, peu passante, derrière l'Amiral. Au coin, la librairie-papeterie préférée de Dupin, tenue par Alain et Amélia. Il y achetait tous ses journaux et bien plus : des livres, des revues scientifiques et de cuisine pour Claire ainsi que ses carnets rouges Clairefontaine, et les dizaines de stylos à bille qu'il ne cessait d'égarer.

— Et depuis, à quoi vous sert votre cour ?

Le Menn n'en démordait pas. Dupin prit son carnet et griffonna quelques notes.

— D'accès privé à l'appartement.

— Vous étiez les deux seuls à en avoir la clé ?

— Le concierge également, et la bonne. Personne d'autre.

— Vous avez vu le corps de votre mari lorsque le portail s'est ouvert ?

Jusqu'alors, personne ne semblait avoir assisté à la chute ni avoir remarqué le cadavre avant madame Chaboseau. Ce qui n'était pas étonnant, la rue étant peu fréquentée. Quant au portail, il faisait bien un mètre quarante de haut.

Madame Chaboseau opina du chef.

— De quoi avez-vous parlé pendant le déjeuner ? Un sujet particulier ?

Dupin faisait son possible pour s'exprimer sur un ton aimable. Madame Chaboseau avait mentionné un peu plus tôt qu'ils avaient partagé leur repas, entre midi et treize heures trente, à la brasserie de l'Amiral, comme tous les vendredis midi. Puis elle s'était rendue directement au second, et son mari dans son bureau des combles. Manifestement, il ne recevait plus à son cabinet le vendredi après-midi.

— Nous avons lu le journal, et parlé de tout et de rien.

— Comme… ?

— Du port.

— Le port ?

— De l'aménagement du port.

— Je vois. Plus précisément ?

Au cours de la semaine, plusieurs articles avaient paru sur la zone de construction navale rouverte depuis peu. En outre, la ville avait cédé des terrains pour d'autres activités portuaires.

— Nous nous réjouissions vraiment de tous ces projets.

Le chantier du port était l'un des principaux sujets de conversation du moment. La ville bleue porte bien son nom : elle vit de la mer. En son cœur, le port, ou, plus exactement, trois ports. Le port de plaisance. Le port de pêche qui, plus que toute activité, a façonné Concarneau. S'il est sur le déclin depuis quelques décennies, il figure encore parmi les plus importants de France. Et enfin le port industriel avec ses chantiers, la construction et la réparation navales, qui est en forte croissance. On l'apercevait en contrebas depuis le pont vertigineux qui enjambe le Moros. D'immenses navires à l'eau ou en cale sèche. Le port dans la ville, la ville dans le port, selon la devise des chantiers. Elle fait également référence à la situation géographique de la ville, protégée des attaques furieuses de l'Atlantique ou des invasions par les langues de terre comme par les bassins naturels du fleuve Moros.

— Vous avez bien abordé des points précis en discutant du port ?

— Non. Et en quoi cela serait-il vos affaires ?

Ça ne faisait pas avancer les choses.

— De quoi avez-vous encore parlé ?

— Du temps.

Sa réponse n'était pas aussi sèche. Elle disait sans doute la vérité. En Bretagne, la météo compte parmi les sujets de prédilection, quand bien même aucune pluie ni crachin n'empêcherait les autochtones de vaquer à leurs occupations.

On frappa. Iris Nevou apparut.

— Aucun voisin n'a vu d'inconnu entre quatorze et seize heures. J'ai interrogé chacun d'eux.

Elle sortit son smartphone et commença à tapoter dessus.

— Je vous envoie la liste ?

Elle regardait Dupin, lequel était fasciné comme

toujours par cette voix grave qui contrastait avec la silhouette fluette.

— Faites donc. Et personne n'a rien remarqué ? Ni rien entendu ? La vitre qui vole en éclats ? Un cri ?

— Personne. Rien. Y compris Philippe Basset.

Le propriétaire de l'Amiral, un ami de la première heure du commissaire.

— Ni aucun de ses collaborateurs. J'ai discuté avec Ingrid.

L'épatante cheffe de la brasserie de l'Amiral.

— Et les commis ?

La cuisine se trouvait à l'arrière du bâtiment, à dix ou quinze mètres de la courette.

— Ils n'ont rien entendu.

Ce qui était plausible. Le bruit, la climatisation, le brouhaha du marché du vendredi sur la place…

— Beau boulot.

Nevou avait pensé à tout, Dupin était satisfait. Son « Beau boulot » appuyé avait amené la perplexité sur tous les visages.

Le commissaire tourna brusquement les talons. Arrivé à la porte, il fit volte-face.

— Merci beaucoup, madame. Faites-moi signe si vous avez besoin de quoi que ce soit.

Elle était outrée.

— Si quelque chose vous revenait, appelez-moi. Vous avez mon numéro. Le Menn, vous restez là, la scientifique revient d'un instant à l'autre.

Ils prendraient l'ordinateur. Madame Chaboseau n'en connaissait pas le mot de passe, ce qui leur compliquerait la tâche. C'était le cas également pour le téléphone portable du défunt mis de côté sur l'un des secrétaires. Voilà des années que la ligne fixe était réservée à son épouse, qui n'avait pas de portable.

La scientifique avait commencé par la cour, avant de se rendre au dernier étage, puis aux étages inférieurs tandis que Dupin s'entretenait avec la veuve. Le commissaire leur avait ordonné de tout photographier, ce que madame Chaboseau n'avait fini par accepter qu'après de vives protestations.

— Quant à vous, Nevou, venez avec moi.

Il avait du travail pour elle.

— Une dernière chose, madame : cette pièce est une scène de crime. De même que la cour. Seule la police est autorisée à y accéder.

Il ouvrit la porte et emprunta l'escalier. Hors de question de pénétrer une fois de plus dans cet ascenseur.

Il aurait encore bien des questions à poser à madame Chaboseau, mais il devait d'abord mettre de l'ordre dans ses pensées. Et joindre aussi vite que possible Le Ber et Nolwenn. Mais, plus que tout, il lui fallait un café. Il avait raté celui qu'il comptait prendre à la baie des Trépassés après sa bière fraîche. Comme il avait raté les petites crêpes apéritives au jambon. Son escapade lui semblait à présent remonter à plusieurs jours.

Dupin était installé à la terrasse de l'Amiral, dans son coin favori, adossé au mur de pierre blanc. Il était dix-neuf heures quinze, seule une table, à l'autre bout, était occupée. Ingrid venait de lui servir le café qu'il avait commandé à l'intérieur. Il soupira de soulagement.

Lorsque Dupin était entré dans la brasserie depuis l'avenue Pierre-Guéguin, tandis que Nevou était restée à l'extérieur pour téléphoner, les deux journalistes de *Ouest-France* et du *Télégramme* lui étaient tombés dessus. Drollec et Donal. Les antennes locales de ces canards se trouvaient à moins de deux cents mètres de là, sur la grande place Jean-Jaurès.

Bien entendu, la nouvelle de la mort de Chaboseau s'était répandue dans toute la ville comme une traînée de poudre. Malgré la sympathie qu'il avait pour ces journalistes, Dupin n'était pas d'humeur à fournir des informations. Il s'était contenté de leur répondre qu'il n'avait aucune déclaration à faire, ce qui n'était pas si éloigné de la réalité.

Dupin se lova dans son siège, prit une gorgée de café, laissa son regard errer sur la place, d'où avait disparu toute trace du marché.

Sur sa gauche se dressait la Ville close, à côté s'étirait l'entrelacs de passerelles en bois du port de plaisance. Des dizaines de bateaux qui tanguaient doucement, des voiliers pour la plupart. Les voiles colorées pendaient mollement sous la lumière du soleil encore haut. C'était le début des longues journées.

Dupin sourit. Il y avait plusieurs raisons à cela. S'il ne s'agissait pas d'un accident tragique ou d'un suicide, mais d'un crime crapuleux, ce que lui suggérait son instinct, alors il serait amené à être souvent ici, et pour des raisons de service. L'Amiral deviendrait son bureau. Par ailleurs, il ne pourrait pas être présent au dîner avec les parents de Claire ni, selon toute vraisemblance, ne devrait s'astreindre à un laborieux week-end en leur compagnie.

— Ah ! Vous voilà, commissaire !

Iris Nevou, qu'il n'avait pas vue arriver, avait surgi devant sa table. Elle paraissait maussade.

— Vous en prenez un ? fit Dupin en levant sa tasse.

— Je ne bois pas de café.

Elle prit place à ses côtés.

— Allez interroger les collaborateurs du docteur Chaboseau au cabinet sur d'éventuels rivalités ou conflits.

— D'accord.

Elle sortit un carnet de notes marron en piteux état. « D'accord » comptait parmi ses expressions favorites ; elle ne la prononçait pas comme la plupart des gens, qui souvent l'emploient sans en avoir l'air, mais en pesant ses mots.

— Ensuite… continua le commissaire en survolant ses notes. Dans quelles affaires de mécène et bienfaiteur s'est-il investi de manière si exemplaire ? (Il citait sa veuve.) Le Menn vous donnera un coup de main pour le découvrir.

Au début d'une enquête, il fallait surtout compter sur la chance. Diligenter des recherches çà et là. Lancer de nombreuses lignes et voir ce qui mordrait.

— On ne devrait pas attendre de savoir ce qui s'est vraiment passé ? Si ce n'était pas un meurtre ? Enfin, je ne sais pas.

« Je ne sais pas. » Encore une tournure qu'affectionnait Nevou. Son emploi disait davantage que le simple doute. C'était une manière de tout remettre en question, de ne pas faire confiance à ses observations. Une attitude positive, selon Dupin.

— Je… (Qu'aurait-il pu ajouter ? Au fond, elle avait raison.) S'il s'agit bien d'un meurtre, ce qui est de loin l'hypothèse la plus probable, nous perdrions un temps précieux à attendre.

— Bien, bien. (Elle haussa les épaules.) Alors, à votre place, je m'intéresserais aux affaires des Chaboseau.

— Que voulez-vous dire précisément ?

— Lui et sa femme étaient notoirement entrepreneurs et investisseurs.

C'était nouveau. Du moins pour Dupin.

Un chien s'était allongé à côté de la table. Un grand chien, au long pelage sale, à la couleur indéfinie, jaunâtre. Il avait la gueule sur les pattes, il levait parfois la tête et fixait le policier. Dupin chercha du regard qui pouvait en être les propriétaires et ne vit personne.

— Quel genre d'investissements ?

— Ils prennent part à différents projets et entreprises. Immobilier, une brasserie de bière, le port de plaisance de Concarneau. On a au moins ces trois à ma connaissance, mais peut-être plus.

La Bretagne attirait nombre d'entrepreneurs et entrepreneuses. Des personnes qui se sentaient également investies d'une forte responsabilité sociale ; encore une fière tradition locale. On ne compte plus les exemples, comme Yves Rocher qui a développé sa première crème, à base de ficaire, dans le grenier de ses parents. Ou François Pinault, le mécène des arts, riche à milliards, qui a bâti l'un des plus grands empires de mode au monde. Gucci et Yves Saint Laurent se trouvent entre des mains bretonnes.

— Sait-on à combien s'élève la participation des Chaboseau dans ces affaires ?

Dupin était devenu curieux.

— Je vais faire des recherches.

Nevou haussa les épaules. Elle semblait quelque peu contrariée. Dupin, persuadé que la caféine avait des effets sur l'humeur, lui aurait volontiers offert un café.

— Avait-il des associés ? Des associés réguliers ?

— Je vais faire des recherches.

— Interrogez madame Chaboseau dans les moindres détails.

— D'accord.

Dupin nota en silence quelques points clés et adressa à Ingrid, qui encaissait à l'autre bout de la terrasse, un geste de la main pour commander un autre café.

Nevou plissa le front.

— Il y en a probablement pour plusieurs millions sur les murs de l'appartement. C'est plus qu'un simple loisir, selon moi. Ça aussi, c'est intéressant.

Dupin avait été confronté à une affaire impliquant une toile de grande valeur, un Gauguin. Si l'on n'avait volé aucune œuvre chez les Chaboseau, le monde de l'art pouvait tout de même être impliqué. Le médecin aurait pu être la victime d'un faussaire talentueux, par exemple.

— Madame Chaboseau a parlé d'une visite à la galerie Gloux. Pour une toile.

Dupin ne voyait pas précisément où sa collaboratrice voulait en venir. Il lui faudrait faire un saut à la galerie. Une bonne idée dans tous les cas : Françoise et Jean-Michel connaissaient la ville, ses habitants, et leurs liens.

— Nous…

— Commissaire !

Rosa Le Menn apparut devant eux.

— Le légiste a appelé. Il voulait perso…

— Et ?

— Un hématome ante mortem prononcé à l'épaule droite. Un autre sur le bras. Récents, reçus peu avant le décès. Voilà ce qu'il a dit. Tout indique qu'il y a eu un coup violent. C'est ce que pense le docteur Lafond après l'examen préliminaire.

Elle se tut, dévisagea Dupin, comme pour lui laisser le temps d'intégrer l'information.

— Ça signifierait qu'il a bien été tué, constata Nevou.

Réflexion suivie d'un « Je ne sais pas ».

Dupin se leva. A priori, rien de bien surprenant. Les choses devenaient concrètes. De nouveau, il était indigné. Depuis qu'il vivait en Bretagne, il n'avait pas connu d'homicide sur son propre terrain, à Concarneau. Chez lui, pour ainsi dire.

— Lafond a ajouté quelque chose ?

Il était debout face à ses collaboratrices, toutes deux assises.

— Hormis les hématomes, rien de spécial. Ni infarctus ni AVC.

— A-t-il dit quelque chose sur l'heure du décès ?

— Officiellement entre quinze et seize heures. Tout indique qu'il est mort sur le coup. Si vous voulez plus de précisions, il vous les donnera volontiers.

— Officiellement ? Qu'est-ce que ça veut dire ?

— Lafond penche personnellement pour seize heures.

C'était étonnant : jamais encore le légiste ne s'était exprimé de telle manière auprès de Dupin. Qu'il donne aussi précocement un point de vue personnel pourrait sans aucun doute leur être utile pour la suite.

— Mais, compléta Le Menn, il ne s'agit que d'une affaire d'interprétation, a-t-il précisé. Dans le rapport, il est stipulé entre quinze et seize heures.

Ça se serait donc produit peu avant le retour de madame Chaboseau.

— Rien d'autre ?

— Non.

— On doit absolument parler à l'employée des Chaboseau, dit Nevou. Elle habite à quelques maisons d'ici.

Sa mauvaisc humeur avait disparu.

Dupin aurait pu y penser lui-même.

— Absolument. Occupez-vous de ça en premier lieu.

— Et peut-être que Chaboseau avait rendez-vous avec quelqu'un, continua-t-elle. Il faudrait voir ce que donnent les relevés téléphoniques.

— Ce sera long.

Un sujet épineux. Dupin ne se faisait pas d'illusions.

Une chose était certaine : il lui fallait Nolwenn.

Et Le Ber. Aussi vite que possible. Quand ils l'apprendraient ! Un meurtre dans leur ville ! De plus, Nolwenn connaissait presque tout le monde à Concarneau. Pas seulement les gens, mais aussi leurs histoires. Dupin se souvint qu'il devait appeler le docteur Pelliet, son médecin traitant, aussi âgé qu'il était grognon. Il aurait sans aucun doute des choses à lui révéler sur son confrère.

Il se tourna vers ses deux collaboratrices :

— Vous vous partagez le travail.

Il prit la petite tasse à café qu'Ingrid avait servie et la vida d'un trait. Puis il gagna la place Jean-Jaurès, le portable sur l'oreille.

Il tomba sur la messagerie de Nolwenn.

Il lâcha un profond soupir. Dupin n'avait pas la moindre idée de l'endroit où elle pouvait se trouver. Le Ber en saurait peut-être plus ; Nolwenn et lui avaient parlé avec passion de ce périple à vélo. Il pouvait également essayer de la joindre en appelant les bistrots, ou en passant par les gendarmeries. Le commissaire se souvint aussi qu'ils avaient tous les deux évoqué une fête locale, la Fête du cochon : « De la tête à la queue, je suis délicieux. » Dupin consulta Internet.

Il y en avait plus d'une dizaine. Aucun nom ne lui disait quoi que ce soit. Il ne pouvait envoyer les gendarmes dans tous les troquets de Bretagne.

Il appela Le Ber. Messagerie. Il espérait que son inspecteur allumerait le poste de radio ou de télévision dans la maison de Belle-Ile et qu'il serait tenu au courant des événements récents.

— Quelle merde.

Dupin était arrivé devant les marches de l'imposant marché couvert du XIX$^{e}$ siècle, le grand palace culinaire de la ville. Il n'avait pas eu plus de chance lors de son dernier appel : « Vous êtes bien sur la messagerie de la docteure Claire Chauffin, laissez-moi un message et je vous rappellerai. »

Elle avait dû quitter la clinique et se trouvait sans doute déjà sur le chemin de la maison.

— Salut, Claire, c'est moi... nous avons un meurtre. Ici, à Concarneau. (Il prit un ton dramatique.) Le docteur Chaboseau. Une chute du troisième étage. Il vit avec sa femme au-dessus de l'Amiral. On vient de commencer les investigations. Ah ! Sinon, tes parents arrivent ce soir, finalement. Ils seront là vers vingt et une heures. (Il se souvint que le poisson fumé était encore dans sa voiture.) Excuse-moi auprès d'eux. Et... tu sais comment ça se passe. On va avoir beaucoup de boulot dans les prochains jours. Dis-leur que je suis désolé. Je dois raccrocher. A tout à l'heure.

Dupin se mit en devoir d'aller sans plus tarder à la galerie. Il lui fallait juste appeler le docteur Pelliet auparavant. Messagerie.

— Bon sang !

Il était maudit. Le quatrième appel sans réponse. Il lui revint que Pelliet lui avait dit, lors de sa dernière visite, qu'il serait chez sa fille et son beau-fils au Canada, entre Québec et Montréal. Ils avaient prévu d'aller voir le Saint-Laurent. Le cabinet était fermé pendant deux semaines.

Du coin de l'œil il vit un utilitaire Citroën blanc tourner dans la rue. Philippe Basset, le patron de l'Amiral. Il avait une place de parking dans la même cour que Chaboseau.

Dupin se dirigea vers lui.

— Salut.

Philippe était derrière sa fourgonnette. L'accès à la courette où était mort le docteur Chaboseau était condamné par de la rubalise siglée « police nationale ».

Si Dupin appréciait généralement le côté taciturne de Philippe, il aurait souhaité à présent une vraie conversation avec lui.

— Qu'est-ce que tu dis de Chaboseau ?

— Une histoire tragique. (Il haussa les épaules.) Et étrange.

— Tu le connaissais bien ?

— On se saluait. Rien de plus. J'étais trop insignifiant pour lui.

Sa mine en disait long.

— Jamais de longues discussions ?

— Pas vraiment, non.

— Les Chaboseau vivaient déjà ici lorsque tu as repris le restaurant ?

— Oui.

Philippe avait acquis l'Amiral près de vingt ans auparavant. Comme tous les restaurateurs, il avait ce don phénoménal de s'entendre avec presque tout le monde. Ce qui ne signifiait pas qu'il était ami avec tous.

— Ces deux-là, c'est pas mon monde.

— Tu es au courant de querelles ou de disputes les impliquant ?

— Il est copain avec Brecan Priziac, le pharmacien, et Jodoc Luzel, le négociant en vins. Ils viennent régulièrement au restaurant ensemble, plutôt le soir. Le midi aussi, à la brasserie. Chaboseau et sa femme également.

Ce n'était pas la réponse à sa question mais Dupin nota les noms. Il avait déjà vu ces hommes une ou deux fois, et ne les connaissait pas personnellement. A l'instar de Chaboseau, ils comptaient parmi les notables. Il savait seulement que Priziac était veuf. Lui aussi appartenait à une des familles les plus puissantes et opulentes du coin. Au cours des générations, les Priziac avaient bâti un empire dans la pharmacie. Du vieil argent. Tout à fait le contraire de Luzel, un célibataire endurci au début de la cinquantaine, qui avait commencé il y a dix ans à monter un ambitieux négoce de vins, en Bretagne d'abord, puis dans tout l'ouest de la France. Un beau succès. L'année précédente, il avait ouvert sur l'un des ronds-points en périphérie un grand magasin. Il cassait les prix et faisait de la concurrence aux cavistes préférés de Dupin, la Cave du Moros et la Petite Cave.

— Ils font des affaires ensemble ?

— Certainement. Mais je ne sais rien de plus précis. Ni à propos d'un quelconque conflit.

— Je comprends.

Philippe ouvrit la portière arrière de la Citroën. Pas moins d'une dizaine de caisses bleues pleines à ras bord : huîtres, crabes, moules, des palourdes également, les coquillages préférés de Dupin. A ce spectacle, son estomac grogna bruyamment. Une partie des fruits de mer et crustacés serait servie au restaurant, l'autre rejoindrait le nouvel établissement de Philippe, la poissonnerie La Roche, place du Général-de-Gaulle, non loin de là. On y trouvait tout ce que la mer avait de meilleur à offrir. Philippe y avait succédé à Gisèle, la propriétaire pendant plusieurs décennies, et avait hérité d'elle ses exquises recettes, comme les Saint-Jacques à la concarnoise, aromatisées aux échalotes, au persil, aux graines de fenouil, au sel de mer, cuites à la meunière, et au muscadet. Que les recettes de Gisèle perdurent avait rassuré les clients.

Philippe commença à décharger les caisses.

— Je pense, poursuivit-il, la mine particulièrement sombre, que Chaboseau gardait ses affaires pour lui-même. Comme ses amis. Comment dire ? Une mafia. Mais sans morale.

Dupin voyait à quoi Philippe faisait allusion. Des

jours que la presse en faisait ses choux gras. Une scène pour le moins surprenante avait eu lieu lors d'une visite du président de la République et de son ministre des Affaires étrangères au Vatican. Le ministre, un Breton, avait rencontré un vieux camarade, un prêtre, tout aussi breton, avec qui il avait fréquenté la même école de Pontivy ; il l'avait salué gaiement. Ce qui fit dire au président : « Il y a des Bretons partout ! », donnant ainsi corps à un vieux rêve breton, qu'il décrivit en ces termes au pape : « Les Bretons, c'est la mafia française. » Et le ministre d'ajouter : « Mais on a une morale. » La scène avait provoqué un torrent d'indignation, non dépourvue d'une pointe de fierté chez les Bretons.

— Tu fais allusion à quelque chose de concret ?

— Non.

— Tu veux dire en général ?

— Oui.

— Les concernant tous les trois ?

— Tout à fait.

Cela suffisait à Dupin pour le moment.

— Je dois filer. A plus tard, Philippe !

Dupin avait atteint la librairie-papeterie du coin. Il comptait parler plus tard avec les propriétaires. Puis avec Valérie, la céramiste d'art qu'il appréciait tant. Pour peu qu'il y songe, il trouvait de plus en plus de personnes à interroger. Le bon côté des choses : il pouvait se fier à elles. Il n'aurait pas à se demander si elles lui dissimulaient des informations, le manipulaient, lui mentaient, ou l'envoyaient sur de fausses pistes. Tous ses amis, et il en avait dorénavant quelques-uns à Concarneau, pouvaient lui être utiles dans cette affaire – des conditions aussi rares que précieuses dans le cadre d'une enquête. C'était un match à domicile. Les fréquentations de Chaboseau, ses éventuels partenaires en affaires, se trouvaient tout en haut de la liste ; en temps normal, il aurait appelé Nolwenn, qui lui aurait concocté des dossiers aux petits oignons sur chacun.

Dupin traversa la rue et se retrouva sur la place Jean-Jaurès. Il marchait parallèlement au quai du port de plaisance, longeant les anciennes maisonnettes de pêcheurs.

A la moitié du chemin qui le séparait de la galerie, il marqua une halte soudaine. Quelque chose lui revint.

Il fit quelques pas en arrière avant de s'arrêter devant une étroite maison pittoresque : un bel encorbellement en façade, le rez-de-chaussée habillé de bois peint d'un bleu profond, et, au-dessus de la porte, le logo rouge du journal : *Ouest-France.*

Peut-être une idée saugrenue, mais il fallait essayer.

Il ouvrit la porte à la volée. Il savait que le bureau de Drollec était au premier. Les deux employés au rez-de-chaussée le saluèrent de la tête lorsqu'il monta l'escalier sans un mot. Le journaliste à l'imposante corpulence lui jeta un coup d'œil interloqué depuis son bureau.

— J'aimerais faire une déclaration officielle. A propos de l'affaire Chaboseau.

Drollec se redressa.

— Ensuite vous appellerez madame Donal, du *Télégramme*. Tout le monde doit être au courant.

— Vous avez des révélations à nous faire ?

Drollec activa l'enregistrement sur son téléphone.

— Il s'agit d'un meurtre. Le légiste a constaté un hématome ante mortem à l'épaule droite. Tout laisse penser à un coup volontaire. On a donc affaire à un homicide qui a eu lieu entre quinze et seize heures. Dans le grenier mansardé de l'appartement privé des Chaboseau au 1, avenue Pierre-Guéguin. La police demande l'aide de la population. Le moindre indice, le moindre soupçon, l'information la plus insignifiante pourrait permettre de tirer tout ça au clair.

Dupin avait conscience que cette déclaration était une pure folie. Ils allaient recevoir des dizaines d'appels, dont de nombreux saugrenus. Dans le pire des cas, une nappe d'angoisse et de suspicion envelopperait la ville.

— C'est tout ?

Le commissaire acquiesça. Drollec arrêta l'enregistrement.

— Publiez-moi ça le plus vite possible sur votre site.

Le Ber et Nolwenn, qui recevaient les alertes des deux journaux sur leur téléphone, auraient donc vent de l'affaire. Du moins, c'est ce qu'espérait le commissaire. Certes, Le Ber ne captait ni Internet ni réseau téléphonique, mais il apprendrait la nouvelle dans un restaurant ou dans un bar.

— Tout de suite, commissaire. Et demain matin en une. Ça fera de l'ombre à 622.

C'était une plaisanterie. Cela faisait des semaines que toute la Bretagne se passionnait pour les aventures de 622. Recueilli en Gironde deux mois auparavant, ce jeune phoque polaire avait été relâché sur l'une des petites plages de Plouarzel, après avoir été soigné, retapé et équipé d'une balise Argos. Depuis, il poursuivait sa route vers le Grand Nord. Déjà mille kilomètres en dix jours, en solitaire. Toute la Bretagne suivait ses péripéties. Echapperait-il aux orques et aux requins ? Les animaux sauvages qui accèdent à une telle notoriété (un dauphin téméraire, un requin-baleine égaré ou un kangourou en vadrouille) se voient normalement baptisés d'un nom plus sympathique. Mais ce jeune phoque n'était qu'un numéro : 622. Le six cent vingt-deuxième accueilli au centre de soins d'Océanopolis.

— Merci beaucoup.

Dupin tourna les talons, sous le regard toujours aussi ébahi de son interlocuteur.

— Vous tenez une piste, commissaire ?

Dupin était déjà dans l'escalier.

— Pas la moindre.

Un ton presque satisfait. Une fois dehors, dans l'air doux et vespéral, il resta un moment immobile.

Tout autour de la Ville close, la mer s'était retirée. Dans le port, manquaient six à sept mètres à l'Atlantique. La marée découvrait quelques bancs de sable et des champs d'algues. Des canots en plastique coloré gisaient sur le flanc. Une passerelle permettait de descendre du quai.

— Commissaire !

Dupin avait repris son chemin en direction de la galerie. Rosa Le Menn courait vers lui. Elle était incroyablement vive et rapide pour sa taille. Elle se tenait devant lui.

— Je vous ai vu depuis l'Amiral.

— Oui ?

— Nevou a pu parler à la domestique des Chaboseau.

C'était allé vite. Très bien. Dupin aimait ça.

— Elle était complètement liquéfiée et apeurée. Nevou n'a rien pu en tirer.

— Rien du tout ?

Dupin aurait espéré autre chose. Après tout, elle était aux premières loges.

— Non. Mais Nevou aimerait la cuisiner encore un peu. Je devais vous le dire. Elle ne la trouve pas si innocente.

— Qu'est-ce que ça signifie ?

— Rien qu'un pressentiment.

Pour l'heure, tout était encore possible. N'importe quel scénario.

— Je comprends.

— Je vais aller voir les employés du cabinet.

— Très bien. Nous savons maintenant que Priziac, le pharmacien, et Luzel, le caviste, étaient des amis de Chaboseau. Voire des partenaires en affaires. Réunissez-moi le plus d'informations possible sur ces deux-là. Si j'ai le temps, je leur rendrai volontiers visite ce soir.

— On va les trouver.

Ce serait une longue soirée, de toute évidence.

— Très bien. Ce sera tout pour le moment.

Le Menn se remit immédiatement en route.

Deux minutes plus tard, le commissaire se trouvait devant la galerie Gloux, c'était l'avant-dernière maison du quai. Derrière, juste au-dessus de la mer, le pittoresque Café de l'Atlantique, puis l'Atlantique.

On ne voyait personne à travers les fenêtres finement travaillées de la porte en bois.

Dupin frappa.

La galerie était fermée, mais il n'était pas rare que Françoise et Jean-Michel s'affairent jusque tard dans l'une des salles d'exposition ou à l'atelier. Ils habitaient les deux étages du dessus. Leur vie, leur métier et leur passion ne faisaient qu'un. La maison à colombages en elle-même était déjà une œuvre d'art. Elle avait été construite en 1883 dans le style norvégien par les aïeuls de Françoise. Le mariage réussi entre l'équilibre parfait et la rigueur artistique moderne : l'habillage en vert sombre, les entretoises, la charpente de l'encorbellement, les encadrements de portes et de fenêtres couleur rouille. Le célèbre arrière-grand-père de Françoise, Théophile Deyrolle, et son beau-frère étaient à la fois peintres et entrepreneurs ; ils faisaient le commerce de glace en provenance du port norvégien de Bergen, qu'ils acheminaient en immenses quantités par voie maritime à Concarneau, où elle était utilisée sur le port afin d'y conserver la pêche.

A de nombreuses reprises, et parfois jusqu'au petit matin, Dupin s'était retrouvé chez Françoise et Jean-Michel, les propriétaires de la galerie depuis presque cinquante ans, installé dans les confortables combles, ou en été sur le balcon, qui offrait une vue imprenable sur la vieille ville et la mer. C'est au cours de telles soirées que le couple lui avait raconté l'histoire de la maison. A la fin du XIX^e^ siècle et au début du XX^e^, Concarneau était devenue un haut lieu de la peinture, drainant toute une colonie d'artistes, pas aussi célèbre, certes, que celle qui s'était établie autour de Gauguin à Pont-Aven, mais tout à fait significative. En peu de temps, la maison avait été peuplée de peintres ; son rez-de-chaussée, une manière de bistrot, offrait suffisamment de quoi boire. En 1905, l'un des peintres avait dessiné l'affiche du premier festival des Filets Bleus – la fête la plus importante de la ville. Elle était née de l'urgence : les bancs de sardines avaient déserté les côtes bretonnes, les pêcheurs souffraient alors de misère et de famine. L'argent récolté au cours du festival leur permettait de survivre.

La porte s'ouvrit après que Dupin eut frappé une deuxième et une troisième fois. Françoise lui ouvrit avec un sourire confiant et sans la moindre pointe d'étonnement.

Ses yeux marron scintillaient, c'était une très belle femme. Elle faisait partie de ces personnes qui n'accusent pas le poids des ans. Elle portait un pull blanc léger, un jean de bonne coupe, sobre, léger, des lunettes rondes en corne, qui lui allaient particulièrement bien. Dans sa main gauche, un impressionnant marteau.

— C'était un meurtre, hein ?

— C'était un meurtre, confirma le commissaire.

Les toiles étaient accrochées jusqu'au plafond dès l'entrée de la galerie, le moindre centimètre carré du mur était mis à profit. Des œuvres de peintres liés à la Bretagne, surtout ceux qui étaient passés par Concarneau, c'est-à-dire beaucoup. A droite, une vitrine présentait des objets précieux, dont deux bateaux en bouteille. Deux petites tables garnies de livres, de catalogues, de céramique ancienne, et, ce qui enthousiasmait systématiquement Dupin : une sculpture de pingouins. Plus précisément : un couple de pingouins, noirs, au ventre blanc et doré, qui mesurait près de cinquante centimètres.

Françoise gagna son bureau en bois au fond de la galerie et regarda le commissaire, pensive.

— Une sale histoire.

Elle était d'une grande intelligence. Une sage, aurait-on dit jadis. Ces paroles signifiaient : « Ça va être compliqué. »

— Tu vas devoir plonger dans toutes les couches de la ville, je le crains. Fureter très profondément. Plus que tu n'aimerais.

— Qu'est-ce que tu veux dire ?

Comme une mise en garde contre des cercles mystérieux et des secrets ancestraux. Comme si la ville était un être de ténèbres. Pour Dupin, Concarneau était tout autre : claire, lumineuse, grande, ouverte, libre, ou, plus exactement, atlantique. Il eut l'impression que Françoise était blême. Mais peut-être n'était-ce que l'effet de la faible luminosité.

— Lorsqu'il est question de vieilles familles, alors il s'agit presque toujours d'argent, d'affaires, de relations, de pouvoir. Et tout ça prend ses racines dans le passé.

— Tu penses à quelque chose de précis ?

— Non. Pas du tout. Mais la ville regorge d'histoires. Dont certaines sont lugubres, et personne ne se risque à s'exprimer à leur sujet.

Elle rit et lui fit un clin d'œil.

— Il faut que tu lises les *Contes de la Ville-Close*,

Georges. Ou celui-ci, là. (Elle prit un ouvrage dans la pile de livres sur le bureau.) *V'là la Revue*, génial ! Un panorama de la ville et de sa société en 1925. Quatorze histoires au plus profond des souvenirs de la ville. Vauban y apparaît en personne. (Elle poursuivit d'une voix rauque.) Il y a un avertissement important à la fin, contre la cupidité et la folie des grandeurs. Les gens n'en ont jamais assez...

Elle sourit et reposa l'ouvrage, retour au présent.

— J'ai commencé à accrocher des toiles. De Jean-Pierre Guilleron. Tu le connais. Tu peux me filer un coup de main ? Jean-Michel est à Quimper.

Sans même attendre une réponse, elle se dirigea vers la salle d'exposition attenante. Dupin lui emboîta le pas. Au milieu de la pièce, une imposante cheminée en granit clair ; une commode foncée, quelques petites tables çà et là, sur l'une d'elles un ours sombre, réalisé par l'artiste ayant sculpté les pingouins.

A gauche un mur blanc vide – le seul à n'être pas en pierre –, devant lui, Françoise, contre lui, une quantité de toiles de Guilleron. Quelques-unes, de format plus petit, avaient été mises de côté. Elles représentaient la faune de l'Atlantique : perches, rougets, flétans, dorades, crabes, langoustes, homards, moules. Rendus d'une manière spécifique, toute particulière, du plus grand réalisme et d'une beauté incroyable. Ce qui était dû à la technique exceptionnelle de Guilleron : il enduisait de vrais poissons de peinture et les déposait sur la toile. Puis il peignait leur empreinte à sa manière. Le résultat était stupéfiant : des créatures fantastiques uniques. Des animaux fabuleux. Ce qui était connu vous devenait étranger, tel était l'effet saisissant produit par son travail.

— Madame Chaboseau nous a dit qu'elle était chez toi cet après-midi.

— Oui, elle était là.

Françoise réfléchit.

— Vers quinze heures trente, je dirais.

— Quel était l'objet de sa visite ?

— Deux toiles. Le docteur Chaboseau était un grand collectionneur. Tous les deux, en fait. Son père et son grand-père l'étaient déjà. Il y a même des œuvres qui leur ont été dédiées. Ils achètent auprès des grandes maisons comme Sotheby's, Christie's, Phillips. En France également. Et parfois chez nous. Des toiles chères. Et nous réalisons tous leurs cadres.

Elle avait effectué quelques pas en arrière et regardait le mur.

— Madame Chaboseau ne m'a parlé que d'une seule toile, pas de deux. Pourquoi ?

— Ça, je n'en sais malheureusement rien…

Dupin sortit son carnet de notes.

— Quand…

La sonnerie de son téléphone retentit. Labat. Le commissaire n'en croyait pas ses yeux.

— Excuse-moi, Françoise, juste une seconde.

— Pas de problème. Va dans la réserve, on capte mieux.

Dupin fit un signe de tête.

— Labat ?

— Est-ce vous, commis…

Pas le temps pour ça.

— Qu'est-ce qu'il y a, Labat ?

— J'ai entendu parler du meurtre.

— Et ?

— J'ai entendu votre déclaration officielle. Et…

— Labat ! Je suis précisément sur le terrain. Vous n'êtes pas en congé paternité ? Qu'est-ce que vous voulez ?

Dupin venait d'arriver dans la réserve.

— J'ai compris que Nolwenn et Le Ber n'étaient pas avec vous.

— Et ?

— J'aurais pu venir vous aider, c'est ce que je voulais vous dire. Mais ma femme est en déplacement professionnel ce week-end.

— Je m'en sors, les deux nouvelles sont super, Labat !

Malgré ses efforts, Dupin ne parvenait pas à dissimuler une certaine irritation.

— Vous n'auriez pas quelque chose en tête concernant l'affaire ?

Quitte à avoir un de ses lieutenants au téléphone…

— Chaboseau était ami avec le pharmacien. Un type pas commode. Soyez prudent.

— Autre chose, Labat ?

— Non, c'était tout. Je vous rappelle plus tard.

— Parfait. A plus tard.

Le commissaire retrouva Françoise qui l'attendait en souriant.

— Bon, reprit-il, j'aimerais en savoir plus sur les deux toiles pour lesquelles madame Chaboseau était là.

Françoise se pencha vers un tableau où six dorades roses nageaient dans la même direction, et un banc de petites sardines bleues venait à leur rencontre.

— Georges, regarde. A cette hauteur.

D'un léger coup de menton, elle indiqua l'emplacement souhaité sur le mur. Dupin attrapa la toile, qu'il tint en l'air. Françoise prit une pointe dans sa poche arrière, puis l'enfonça de deux vigoureux coups de marteau.

— L'une des toiles provient de la collection Rockefeller vendue récemment à New York. Un petit Renoir. Un paysage. L'autre est de Matthieu Dorval. Madame Chaboseau voulait un cadre pour chacune d'elles.

Il y a quelque temps, Claire avait acheté une toile du peintre breton Dorval. Ils s'étaient rendus ensemble à son atelier, sur la presqu'île de Crozon. Une marine, toutes les nuances de bleu, du gris clair à certains endroits, de larges aplats. Dupin l'aimait beaucoup. Elle se trouvait dans leur chambre à coucher.

— Où est le Renoir ? Ici ?

Il devait avoir une grande valeur.

Françoise prit la toile aux dorades, la suspendit, inclina la tête de côté et sembla satisfaite.

— Chez eux. Ils voulaient un nouveau cadre. Le docteur avait une peur panique des vers à bois, ils faisaient même remplacer les plus beaux cadres en bois. Ah…

Un regret.

— Combien vaut-il ?

— Ce n'est pas l'un des plus chers. Un million trois. Tu peux le voir sur le site de Christie's, ils indiquent les prix d'achat.

La notion de cherté semblait avoir un tout autre étalon sur le marché de l'art.

— Est-il possible qu'il y ait un problème avec cette œuvre ?

Françoise regarda Dupin avec surprise.

— Tu veux dire… si c'était un faux ? Lorsqu'on achète une œuvre chez Christie's, c'est exclu. Ils travaillent avec les meilleurs experts. Leurs pièces ont un certificat d'authenticité.

— A ton avis, à combien peut être estimée leur collection ?

— Celle-ci, maintenant.

Françoise s'empara d'un homard bleu sombre,

qui allait figurer à côté des dorades et des sardines. Il y avait, à l'Amiral, un homard semblable de Guilleron. On le trouvait également sur le nouveau logo de l'établissement que Philippe avait choisi l'année passée.

Dupin suivit les rapides indications de Françoise et tint l'œuvre sur le mur.

— Trente, quarante millions sans doute.

— Pas mal, lâcha Dupin.

Françoise fit un vague mouvement de tête, Dupin fit un pas de côté tandis qu'elle plantait la pointe.

— Essentiellement de l'impressionnisme et du postimpressionnisme. Et quelques artistes contemporains. Pour la plupart encore inconnus. Il faut reconnaître que ce sont des collectionneurs passionnés.

— Concernant l'œuvre de Matthieu Dorval, y aurait-il... (Dupin ne savait pas précisément où il voulait en venir.) Y aurait-il quelque chose de louche ?

Françoise avait accroché la toile au homard. Elle était parfaitement positionnée.

— Absolument rien. Matthieu a bientôt une expo à Paris. Il pourrait percer.

Elle prit trois petites œuvres, censées rejoindre le homard. Des rougets. Dupin adorait ça. Ce goût fin, légèrement amer.

— Et sinon, quelque chose qui...

Son portable.

— Désolé, Françoise.

Le commissaire retourna dans la réserve.

— Oui ?

— Nous sommes là, Georges. Nous sommes devant chez vous.

Cette fois, il reconnut immédiatement la voix. Hélène Chauffin. Sa belle-mère. Ça ne pouvait être vrai. Il regarda l'heure. Vingt heures vingt.

— Claire est injoignable. Elle a sûrement une urgence. Mais tu es sans doute bientôt là, non ?

Il lui fallut un moment.

— Je... j'ai une affaire sur les bras.

Il devait leur faire saisir tout le sérieux de la situation.

— Un meurtre.

— Ah. Voilà autre chose...

Comme si Dupin avait inventé cela de toutes pièces.

— Oui, ça vient de nous arriver. Je... Désolé, Hélène, j'ai encore à faire. J'appelle Claire.

— Ça veut dire que tu vas venir plus tard ?

— Oui. Je rentre plus tard, malheureusement. Dommage, j'avais acheté du poisson fumé pour ce soir. Il est encore dans ma voiture.

Il espérait qu'on reconnaîtrait le mal qu'il s'était donné. Un silence sceptique l'accueillit.

— Bien. On va faire un petit tour. (Dupin s'était attendu à pire.) Votre maison est vraiment bien située. A quelle heure seras-tu là ?

— Je n'en sais rien.

Il ne pouvait pas dire grand-chose. Il ignorait quand il serait de retour, où Claire se trouvait, quand elle serait chez eux, s'il réussirait à la joindre, ou même comment le poisson irait de la voiture au dîner.

— Mais j'essaie d'appeler Claire !

Si Claire avait bien une urgence, elle n'était probablement au courant de rien : ni de l'arrivée intempestive de ses parents, ni du meurtre.

— Très bien. A tout à l'heure, Georges.

Elle raccrocha. Un soupir désespéré lui échappa. L'instant après, il était de retour auprès de Françoise qui lui tendait une des toiles montrant des rougets.

— Au-dessus du homard.

— Je voulais aussi te demander si tu avais quelque chose de particulier à me dire sur les Chaboseau ? Tu leur connais des ennemis ? Des querelles ?

Le commissaire leva le tableau jusqu'à ce que la galeriste acquiesce.

— Ils ont toujours été très discrets. Je ne sais rien d'eux, pour ainsi dire. Seulement qu'ils ont beaucoup d'argent. Et un important réseau de relations dans toute la Bretagne, jusqu'à Paris.

— Qu'est-ce que tu connais de leurs affaires ?

— De l'immobilier. La colline à l'ouest des Sables Blancs leur appartenait.

La plage la plus belle, la plus réputée de la ville, l'un des quartiers les plus huppés de Concarneau.

— Depuis des générations. Et dans le temps, la campagne alentour aussi. Mais la famille l'a revendue il y a déjà cent ans. Avec l'essor des villégiatures en bord de mer, ça valait de l'or.

L'emplacement était fantastique. On y avait construit une vingtaine de maisons il y a quelques années. De grandes propriétés ceintes de vastes jardins.

La première des trois petites toiles aux rougets était maintenant suspendue. Françoise planta la deuxième pointe.

— Chaboseau a également investi dans la thalasso. Mais j'ignore où ça en est. (La toile était maintenant accrochée.) Et puis il y a quelques années dans la grande brasserie au rond-point Leclerc. Même s'il se tenait en retrait, comme pour ses autres activités. Ah… et très récemment dans une conserverie pour laquelle il nourrissait de grandes ambitions. Les Délices de la mer.

Dupin prenait des notes tandis que Françoise allait vers la toile suivante.

— Une conserverie ?

— Oui. Les usines de conserves de poisson ont le vent en poupe. Une belle tradition qu'on remet au goût du jour.

Françoise semblait voir ce développement d'un œil favorable. Depuis le milieu du XIXe siècle, les conserveries étaient une importante ressource économique en Bretagne, particulièrement à Concarneau.

Au cours des décennies précédentes, elles n'avaient cessé de péricliter. Elles connaissaient maintenant une nouvelle jeunesse : aux rares qui avaient survécu s'ajoutaient de nombreuses jeunes entreprises. Dans un mélange admirable de savoir-faire ancestral et de fantaisies culinaires à la mode, elles sublimaient poissons et fruits de mer dans des boîtes hautes en couleur.

— Tu crois que ça pourrait être lié à la concurrence ?

— Aucune idée. Mais je peux demander à l'une de mes clientes, Sieren Cléac. Elle en a ouvert une petite, une véritable manufacture. Elle ne travaille que le poisson de la pêche côtière.

— Volontiers.

Il y avait vraiment des avantages à enquêter à domicile.

— La pauvre… Sa mère est décédée il y a trois semaines.

Le regard de la galeriste s'embruma.

— Désolé, fit Dupin en s'éclaircissant la gorge. Et le Roi Gradlon ?

La troisième toile de rouget était accrochée. Parfaitement alignée.

Le Roi Gradlon était une brasserie de bière connue. Elle faisait un marketing agressif et s'était vantée de vouloir concurrencer la plus vieille et la plus grande de ses rivales bretonnes, la Britt, sise aux confins de Concarneau. En plus de Britt, la

Brasserie de Bretagne, des dizaines de petites brasseries artisanales étaient apparues dans la région. La bière était un sujet important en Bretagne, y compris d'un point de vue patriotique : sa production florissante comblait l'absence de vin local, tout au moins la compensait. La bière bretonne et, naturellement, le cidre !

— Là non plus, je...

Françoise semblait chercher les mots justes.

— Je ne suis au courant d'aucun incident particulier.

Son expression se fit très sérieuse. Mais cela concernait davantage la disposition des autres toiles. Elle en saisit une représentant un crabe d'un rouge vif. Puis une autre avec trois élégantes perches argentées.

Dupin jeta un coup d'œil dans son carnet de notes.

— Tu sais quelque chose au sujet de la participation des Chaboseau dans le port de plaisance ?

La fenêtre au fond de la pièce offrait un aperçu parfait sur le port.

— Autant que je sache, ils n'ont rien investi. Il est question d'agrandir le port en créant une société privée. Chaboseau y aurait participé. Mais ce n'est jamais allé si loin, le port appartient encore entièrement à la ville.

Sur ce point, Françoise semblait mieux informée que Nevou.

— C'est un projet controversé ?

Elle avait placé les perches à côté du crabe, observé attentivement les toiles. Elle prit le crabe.

— Non, pas vraiment.

Elle donna la toile à Dupin et s'ensuivit le même manège.

— Seulement de longue haleine. Le mieux, c'est que tu en parles avec le maire.

Une idée judicieuse sous plusieurs aspects. Kler Kireg, un jeune type dynamique au début de la quarantaine, avait été élu l'année précédente. Il devait une partie de la confiance des habitants au fait qu'il appartienne à la très estimée famille Goullien, même s'il avait été adopté, ce que personne n'ignorait. La famille possédait une des conserverics les plus importantes et anciennes de la ville, mais lui, à titre personnel, n'avait rien à voir avec les affaires.

— Et concernant son activité de médecin, tu sais des choses ? Tu as entendu parler de quelque chose ?

Rien de plus qu'une supputation. C'était toujours comme ça au début d'une enquête.

— Un peu plus haut… (Françoise fit un signe du menton, le commissaire leva le crabe.) Non. Chaboseau était un très bon médecin. Il excellait dans son domaine. Depuis le milieu de l'année dernière, un deuxième médecin a rejoint le cabinet, une femme. Sans doute aurait-elle repris la patientèle après son départ à la retraite.

C'était un élément nouveau pour lui, et non dénué d'intérêt.

— Comment s'appelle-t-elle ?

— Ça n'a pas de sens, dit Françoise sur un ton vif. Il faut mettre les perches.

Résolue, elle prit la toile au crabe des mains de Dupin et la posa sur le sol.

— Là !

Elle lui tendit les perches.

— Evette Derrien, poursuivit-elle plus calmement. Milieu de la trentaine, bien mise de sa personne, ambitieuse.

Elle l'avait dit sans y penser.

— Des brouilles entre eux ?

— Rien entendu de tel.

— Tu serais au courant d'une erreur médicale qu'aurait pu commettre Chaboseau ?

— Non. Jamais entendu qui que ce soit en parler…

En disant « non » fermement, elle avait enfoncé le clou dans le mur.

— Et concernant ses activités de mécène ?

— Là encore, il reste en retrait, du moins ce qu'il faut pour qu'on sache tout de même qu'il est à la manœuvre, que c'est bien lui qui rend les choses possibles.

— Tu saurais me parler d'un de ces projets ?

— Il s'est investi dans la conservation de la dune

de la plage de la Belle-Etoile. Le projet a été dévoilé en grande pompe la semaine passée.

La municipalité avait décidé d'augmenter le budget alloué aux plages, jadis si célèbres, à l'intérieur de la ville. Il y avait également un volet écologique.

— Très bien, dit-elle en commentant la disposition des perches sur le mur. Il y avait aussi le projet de navire environnemental à l'initiative de trois jeunes de la ville. Ceux qui transforment le plastique en carburant.

Le Ber en avait parlé avec une grande fierté au commissariat, comme s'il en était à l'origine. Il faut dire que c'était sensationnel : ces jeunes chercheurs avaient conçu un grand bateau, à la silhouette extravagante, qui, lors de sorties en mer, récupérait le plastique polluant les océans, et le transformait en carburant grâce à un procédé de distillation par pyrolyse.

— Et il y a participé ?

— Je ne sais pas s'il s'agit d'un simple soutien ou d'une aide financière.

La liste ne cessait de s'allonger dans le carnet de Dupin. Chaboseau était un vrai entrepreneur.

— Et madame Chaboseau ? C'est quel genre ?

Françoise regarda Dupin.

— Pas facile à dire.

Dupin attendit. Au lieu de répondre, elle hocha la tête et lui tendit une toile avec quatre araignées de mer, aux longues pattes fines et velues. Des monstres grandioses.

— Elle s'impliquait dans les affaires de son mari ?

— C'est certain. Mais je ne saurais te dire précisément comment les tâches étaient réparties. C'est triste, toute cette histoire.

La toile était grande, la plus grande jusqu'alors. Dupin dut s'étirer.

— Plus haut. Là, c'est bien.

Il gémit doucement. Françoise prit une pointe.

— Elle a des amies ?

— Peut-être dans ses cercles. Je ne sais pas. Depuis des années, madame Chaboseau est de plus en plus souvent dans leur maison de La Trinité. Son mari n'y allait pas si fréquemment.

Le commissaire n'avait pas encore entendu parler de cette résidence. La Trinité-sur-Mer était l'un des lieux les plus prisés de Bretagne pour les bains de mer, dans le paradisiaque golfe du Morbihan.

— Monsieur Chaboseau était ami avec Brecan Priziac, le pharmacien, et avec le négociant en vins, n'est-ce pas ?

Il voulait se le faire préciser.

— Avec Priziac et Jodoc Luzel, oui. C'étaient de bons amis, que je sache.

— Tu sais quelque chose sur leurs relations en affaires ?

— Ils n'en parlent pas avec des personnes extérieures. Aucun des trois.

Elle avait gagné le mur d'en face sur lequel elle s'appuya pour examiner l'accrochage. Elle eut l'air satisfaite.

— Madame Chaboseau t'a paru changée aujourd'hui ? Différente de d'habitude ?

— Pas le moins du monde. Ce qui d'ailleurs ne signifie rien. C'est quelqu'un qui a beaucoup de maîtrise. Déterminée, consciente de son rang, autoritaire et, surtout, impénétrable.

— Elle n'a pas laissé paraître grand-chose après la mort de son mari.

— J'imagine.

— Tu as des infos sur leur mariage ?

— Tu es drôle. Non, absolument…

Le portable de Dupin sonna une nouvelle fois.

Un numéro régional.

— Allô ?

— Monsieur Georges Dupin ?

— A qui ai-je l'honneur ?

— Brecan Priziac.

Le pharmacien.

Une pause lourde de sens.

— Une de vos collaboratrices m'a appelé. Je me serais de toute façon signalé.

Une nouvelle pause. Dupin ouvrit la bouche mais le pharmacien fut plus prompt.

— Je crois que nous devrions parler, commissaire.

La voix semblait distante et réfléchie.

— Oui, en effet. Et maintenant si possible. Je vous retrouve.

— Bien.

Priziac ne se laissait pas démonter.

— Où puis-je vous rejoindre ?

— A Beg Meil. Pen Ar Roz. La maison au bout de la rue. Au bord de l'eau.

Beg Meil, une petite station balnéaire réputée, à quelques kilomètres de Concarneau à vol d'oiseau, de l'autre côté de la baie.

— Je me mets en route.

Dupin raccrocha sans attendre de réaction. Pendant la conversation, Françoise s'était installée à son bureau dans la première pièce.

— J'ai l'impression que je perds mon assistant ?

Elle sourit.

— C'était Priziac.

— Lorsqu'on parle du loup…

— Merci, Françoise, tu m'as été d'une aide précieuse.

Dupin avait appris pas mal de choses. Beaucoup d'éléments nouveaux, peut-être capitaux. Les affaires criminelles étaient, à plus d'un titre, bien curieuses : parfois, dès le début des investigations, il y avait un indice qui était la clé de tout. La solution se trouvait dès le départ sous leurs yeux. La plupart du temps, on ne s'en rendait compte que rétrospectivement – pas toujours. A l'inverse, un long moment pouvait s'écouler sans aucun indice décisif. C'était complètement aléatoire, le contraire de ce que montrait la littérature policière.

Dupin prit la direction de la sortie.

— Tu sais, dit Françoise dans son dos, qu'il y a déjà eu un crime à l'Amiral ?

Il s'arrêta net et se retourna. L'événement avait dû se passer avant son arrivée, bien avant, sans quoi il serait au courant.

— En 1931. Avec du poison, de la strychnine, pour être précis.

Son ton mystérieux tourna en rire.

— Et c'était dans un roman. Dans *Le Chien jaune*, une des affaires les plus célèbres de Maigret, le plus grand commissaire de tous les temps. Le meurtre de l'Amiral fait suite à une première tentative de meurtre. Un peu avant, un négociant en vins avait reçu une balle dans le ventre, juste à côté de la librairie-papeterie d'Alain.

Dupin sourit. Ce légendaire roman était un pan de la culture locale. Georges Simenon était descendu à plusieurs reprises à Concarneau et il avait fait de la ville, et de l'Amiral, le décor de ce roman. D'autres affaires avaient également conduit Maigret jusqu'ici. La ville l'en remerciait de différentes manières, notamment à travers son célèbre festival annuel de littérature policière.

— Prends soin de toi, Georges.

C'était maintenant Françoise qui tournait les talons.

— Et comme je te le disais, lis donc les *Contes de la Ville-Close* ! Tout est sans doute lié au mystérieux enchanteur…

Dupin ne posa pas de question. Il connaissait cette légende, une tragique histoire d'amour.

— Merci encore, Françoise.

Du sable fin, blanc et lumineux, une eau cristalline, si transparente qu'il fallait la scruter pour voir où la mer commençait. Les couleurs se transformaient peu à peu : un bleu émeraude pâle virait au vert quelques mètres plus loin puis au turquoise, pour devenir, dans la baie, bleu azur, puis outremer profond à l'horizon. Sur une photo, on aurait vu là un important travail de retouche, une entorse exagérée aux règles colorimétriques.

La plage faisait dans les cinquante, soixante mètres de large, encadrée par d'abrupts rochers de granit aux élégantes teintes grises. On trouvait, le long de ce tronçon de côte ourlé de petits bois, des criques toutes plus paradisiaques les unes que les autres. A fleur d'eau émergeaient des brisants, la plupart polis par la houle, d'autres recouverts d'algues vert sombre qui prospéraient comme dans un jardin botanique sous-marin. On pouvait les manger : il y a peu, on avait servi à Dupin un gin aromatisé aux algues, comme d'autres le sont au romarin – un gin marin du cru. Dupin en avait apprécié l'arôme frais et iodé.

L'atmosphère méditerranéenne qui régnait ici n'avait rien en commun avec la sauvage pointe du Raz. Quelques hauts pins s'élançaient devant lui, tout était doux et clément, y compris la météo – il devait faire vingt degrés. Un homme et une femme se prélassaient sur un rocher, savourant l'ambiance de cette soirée de début d'été. Une femme plus âgée, aux cheveux blancs scintillants, nageait parallèlement à la plage. Deux garçons jouaient au football en se faisant des passes – leurs coups de pied énergiques trahissaient la lourdeur du ballon en cuir. Le GPS antédiluvien de Dupin l'avait conduit dans la mauvaise rue, Kerengrimen au lieu de Beg Ar Roz. Aussi se résolut-il à gagner la maison du pharmacien en passant par la plage.

Il regarda vers l'est, vers Concarneau, sur l'autre rive. Les Sables Blancs, la Corniche, longue d'un kilomètre, jusqu'au Marinarium. Avec une longue-vue, Dupin aurait pu voir sa maison, un peu avant. Suivait le large chenal du port, et, de l'autre côté, la presqu'île du Cabellou, un des quartiers les plus huppés de la ville.

Il était presque vingt et une heures, le ciel était d'or, le soleil brillait encore sur l'horizon. La veille, il s'était couché peu avant vingt-deux heures et Dupin avait dîné seul sur la terrasse. L'année approchait de son jour le plus long, dans un bon mois encore ; c'était l'époque où la luminosité était la plus fabuleuse. Plus encore que de la chaleur,

Dupin se réjouissait des lumières retrouvées au cours des dernières semaines. Les mois de novembre à mars avaient été particulièrement rigoureux cette année, avec de nombreuses tempêtes – il avait plu en continu, une fois même pendant des semaines, ce qui était pour le moins inhabituel, la météo bretonne changeant normalement plusieurs fois par jour. On avait vivement débattu des causes de ce phénomène, et Dupin lui-même avait remarqué que le front des Concarnois les plus âgés se ridait profondément lorsque le sujet était évoqué. Et si le changement climatique avait atteint leur bout de terre ?

Sur le trajet vers Beg Meil, le commissaire avait tenté de joindre Nolwenn et Le Ber. Puis Claire. En vain. Il lui avait laissé un nouveau message.

A l'inverse, Nevou avait décroché sur-le-champ. Elle avait parlé aux deux secrétaires médicales du cabinet. Elles n'avaient rien constaté de notable ni le jour même, ni au cours des jours précédents. Pas plus qu'elles n'avaient quoi que ce soit à dire au sujet de potentiels incidents.

Madame Chaboseau, prétextant une indisposition, avait refusé sur le pas de sa porte un nouvel entretien aux deux policières. Cela n'avait pas vraiment surpris le commissaire. Au cours du rapide échange, la veuve avait qualifié les activités commerciales de son mari de « déraisonnables pour un seul homme », selon Le Menn. Elle avait eu l'air plus accablée qu'auparavant. Elle avait pourtant refusé toute aide, de nouveau. Pas plus qu'elle ne voulait consulter un médecin qui aurait pu lui prescrire des calmants. Dupin irait lui rendre visite le lendemain.

Alain, le gérant de la librairie-papeterie, avait lui aussi appelé Dupin. Il n'avait malheureusement rien de plus à lui dire que le commissaire ne sût déjà. Il en allait de même pour Valérie, la céramiste.

Dupin avait refusé deux appels des parents de Claire qui devaient probablement attendre leur fille. Il avait également mis le trajet à profit pour vérifier que les radios locales relayaient son appel à témoins. C'était le cas.

Priziac occupait une superbe demeure de style probablement années 1920. Un imposant mur de pierre ceignait le jardin où se trouvait un épicéa majestueux entouré de rhododendrons mauves. Au fond se dressait la villa, à seulement un jet de pierre de la mer. Un pignon à la pointe rose, un toit d'ardoises sombre et une tourelle. Les fenêtres étaient encadrées de granit clair. Et le clou : le rez-de-chaussée disposait d'une immense baie vitrée qui offrait une vue à couper le souffle.

L'entrée était sur le côté. Une porte en bois massif. Dupin sonna, un bruit de cloche retentit.

— Par ici.

Difficile de dire d'où provenait la voix.

— Par le chemin de graviers.

Un étroit sentier permettait de gagner la mer. A l'extrémité, un parking où était stationné un SUV chromé. Dupin gagna la partie arrière du jardin.

— Devant vous, jeune homme.

Dupin découvrit une table en teck et six grandes chaises. A proximité, trois transats. Priziac était étendu sur l'un d'eux. Il n'avait pas jugé nécessaire de se lever.

— Venez.

Il désigna de la tête le transat voisin. Le pharmacien avait un haut front, des cheveux gris argent soigneusement coiffés en arrière, des traits épais sans être repoussants, des yeux perçants, un nez charnu. Il devait être un peu plus âgé que le docteur Chaboseau.

Le commissaire s'adossa au mur en pierre et fixa l'homme face à lui. Sans la moindre salutation, d'un calme implacable, il lâcha :

— Trois chaises longues. Pour vous et vos amis. Amis et partenaires en affaires.

Priziac sourit. L'homme corpulent portait un costume gris de tailleur coupé à la perfection et des chaussures noires qui brillaient.

— Quand vous êtes-vous trouvés ici pour la dernière fois ? demanda le commissaire après une courte pause. Monsieur Luzel, le caviste, vous-même, et le docteur Chaboseau ?

Le visage du pharmacien redevint grave.

— Je vous conseille d'avoir très rapidement un

entretien avec le maire, monsieur Dupin, notre *surferboy*.

Le maire aimait s'exhiber dans la presse avec une planche de surf.

— Parlez-moi des affaires dans lesquelles vous avez investi avec monsieur Chaboseau. Ou tous les trois. Avec Luzel.

Priziac se détournait de Dupin, son regard se perdant ostensiblement dans la baie, en direction du large.

— Pierre et notre maire ont eu une violente dispute voilà peu. (Il faisait comme s'il n'avait pas entendu le commissaire.) Ce qui était déjà arrivé plusieurs fois par le passé. Il ne s'agissait aucunement de la politique municipale scandaleuse ni des ridicules initiatives de ce technocrate ambitieux. (Priziac usait d'un ton ouvertement condescendant.) Bien que cela eût amplement justifié une querelle acharnée. Il s'agissait de l'attribution de nouvelles licences de brasseries. Pierre a énormément investi à Concarneau pendant des dizaines d'années, dans les infrastructures, l'économie locale… Il a créé des centaines d'emplois directs et indirects. Et voici que la municipalité distribue allègrement des licences à tous ceux qui auraient envie de brasser de la bière.

— Avez-vous également investi dans le Roi Gradlon ? Ou monsieur Luzel ?

— Comme je vous l'ai déjà dit : voyez ça avec le maire.

Il avait dit cela d'un ton ténébreux. Il fit une pause avant de reprendre d'une voix adoucie :

— C'est une tragédie. Pour Claudette, pour les amis de Pierre et pour son fils. Et pour toute la ville.

— Il a un fils ?

Personne encore n'avait mentionné devant Dupin l'existence d'un fils. Ni les policières, qui ne devaient pas le savoir, ni Philippe, ni Françoise. Cela devait compter, pensa Dupin, parmi les inconvénients d'une affaire à domicile : nombreux – surtout parmi ses proches – tiendraient pour acquis qu'il dispose de certaines informations et ne songeraient donc pas à lui en faire part. Mais le plus étrange, c'est que madame Chaboseau n'en ait soufflé mot.

— Ils n'avaient pas beaucoup de contacts. Presque aucun.

— Ils étaient fâchés ?

— Non.

— Et pourtant, ils n'étaient pas proches ?

— Non.

Dupin crut déceler de l'ironie.

— C'est le fils de Claudette et de Pierre Chaboseau ?

— Félix, oui. Quarante ans. Il essaie de faire de l'argent avec de la farine.

Il y avait bien une pointe de sarcasme.

— Est-il au courant ? Que son père est mort, je veux dire. Assassiné.

— Oui.

— Quand madame Chaboseau vous a-t-elle appelé, monsieur Priziac ?

Il supposait que c'était bien elle qui lui avait appris le décès.

— Vers dix-sept heures quinze, peut-être.

— Sur votre portable ?

— Oui.

— Le fils Chaboseau vit à Concarneau ?

— Au cap Sizun, à côté de Douarnenez. Sur la pointe du Millier.

Le cap rocheux était un des lieux préférés de Dupin.

— Il possède le moulin.

Cela répondait à la question que Dupin se posait. Sur la pointe du Millier il n'y a rien d'autre qu'une petite maison blanche à côté d'un phare. A une centaine de mètres se dresse le vieux moulin à eau dans son état d'origine, qui est resté constamment en activité. Un cours d'eau au fort courant actionne l'imposante roue à aubes. Le moulin produit une célèbre farine biologique, essentiellement de sarrasin, utilisée dans les crêpes de blé noir.

Dupin mettrait les deux policières sur le fils Chaboseau. Bien entendu, il le rencontrerait également. Mais il devait d'abord se concentrer sur le présent.

— Alors, monsieur Priziac, quels investissements avez-vous faits ensemble ? A deux ? A trois ?

Le commissaire, toujours adossé au mur, ne quittait pas son interlocuteur des yeux.

— La brasserie, qu'est-ce qu'il en est ? Vous y participez ? L'immobilier ? (Dupin avait ouvert son carnet aux pages concernées.) La nouvelle conserverie ? Etes-vous au courant d'autres affaires dans lesquelles votre ami serait impliqué ?

Priziac le jaugea.

— Les affaires qui marchent ont une chose en commun : le secret.

Sa voix prit un ton plus dur.

— Par ailleurs, vous perdez votre temps. Ce que j'avais à dire, je vous l'ai dit. Occupez-vous plutôt du maire. Si vous êtes intelligent, et c'est ce qu'on dit de vous, suivez mon conseil.

C'était frustrant. Dupin n'avait pas le moyen légal de le forcer à coopérer. Bien entendu, il était facile de trouver à qui appartenait officiellement une entreprise, mais pas de savoir d'où venait l'argent. Il fallait qu'il étaye ses soupçons concernant Priziac. Pour l'heure, il n'était qu'un ami de la victime. Et il en allait de même pour madame Chaboseau ; si elle ne consentait pas librement à livrer des informations précises sur leurs activités financières, alors ce serait difficile.

— Je...

Le téléphone. Iris Nevou.

— Excusez-moi.

Dupin s'éloigna. Un escalier abrupt menait à la plage. Il ne décrocha que sur les dernières marches.

— Oui ?

— Votre appel à témoins. (Le ton était lourd de reproches.) Les téléphones ne cessent de sonner. Tout le monde a des indices.

Initialement, l'appel était adressé à Nolwenn et Le Ber – pour autant, cela ne pouvait pas nuire de se pencher sur ces indices, même si ce n'était pas dans les méthodes du commissaire.

— Je suis tout ouïe.

Il marchait sur le sable, absolument seul. Les ombres des arbres derrière la plage se faisaient de plus en plus longues, à présent le soleil était vraiment bas et avait pris une teinte orangée qui envahissait l'horizon.

— Le docteur Chaboseau et Evette Derrien, la médecin qui travaille avec lui au cabinet, ont été vus deux fois en soirée dans un bar de Saint-Guénolé. La première voilà trois semaines, la seconde il y a quinze jours. Chez Cathy. Ils ont bu un verre et beaucoup discuté, selon le témoin.

Saint-Guénolé se trouvait sur la pointe de la Torche et ses kilomètres de plage de sable. Pas très loin de Beg Meil.

— Qu'est-ce que ça veut dire, « beaucoup » ?

— Je ne sais pas…

— D'où tenez-vous cette information ?

— Du propriétaire du bar, il a entendu…

— Il leur soupçonne une relation ?

Du moins pouvait-on le supposer.

— Ce n'est pas ce qu'il a dit.

— Mais pensé.

— Peut-être.

Nevou se tut.

— Pourquoi à cet endroit ? demanda Dupin.

— Elle y vient souvent, elle est surfeuse.

La Torche était le paradis légendaire de la glisse bretonne – surf, kitesurf, bodyboard, tout ce qu'il était possible de pratiquer, y compris le char à voile.

— Le Menn a essayé de joindre Evette Derrien.

— Et ?

— Elle surfe...

— A la Torche ?

— Oui, elle vient d'arriver. Elle a demandé à Le Menn de la rappeler plus tard.

Dupin n'était pas sans savoir que les surfeurs sortent volontiers au crépuscule.

— Je comprends... Manifestement, elle n'est pas profondément affectée.

Son confrère avait été assassiné il y a quelques heures, elle devait être au courant.

— C'est peut-être sa manière de se changer les idées. Le surf a quelque chose de la méditation.

Avant que Dupin ne pût répondre, Nevou reprit son exposé :

— Ah ! Encore une chose.

— Oui ?

— L'un des voisins des Chaboseau, un homme d'un certain âge, a téléphoné. Contrairement à sa première déclaration de l'après-midi, il s'est souvenu, je le cite, d'« avoir vu quelque chose dans l'escalier ». Vers seize heures et quelques. Il aurait vu « un parfait inconnu ». L'espace d'un instant, avant que l'étranger ne disparaisse par la porte. Malheureusement, il n'a pu le décrire. Et avant que vous ne posiez la question : cela correspond aux déclarations d'une dizaine de personnes qui, suite à votre appel, se sont rappelé avoir vu un étranger. D'une manière ou d'une autre, il leur a semblé suspect… et à des endroits très différents selon les récits. Pour certains témoins, sa présence serait liée à celle du gros sous-marin.

Tous les journaux en avaient parlé : un imposant sous-marin de la Marine nationale avait mouillé au port pour trois jours. Bien entendu, le lien entre les deux événements était grotesque.

— On a maintenant les relevés du portable de Chaboseau.

Une étonnante rapidité, songea Dupin. L'optimisme de Nevou était justifié.

— Il y a quelques appels, j'ai la liste. On les examine avec Le Menn. Je peux vous les envoyer.

— Faites donc.

— D'accord. En revanche, impossible d'accéder aux données enregistrées dans le téléphone. C'est la même chose pour l'ordinateur.

Dupin s'y attendait.

— Nous nous sommes d'abord concentrées sur le relevé de la journée.

Parfois, les manières quelque peu alambiquées de Nevou lui faisaient penser à Labat. Mais ce n'était peut-être que le fruit de son impatience.

— Il a eu une discussion ce matin à neuf heures trente avec Priziac et à neuf heures cinquante-quatre avec Luzel. Quatre minutes chacune environ. Il devait être au cabinet. A quatorze heures vingt, il a appelé sa femme pendant deux minutes.

Ça non plus, madame Chaboseau ne l'avait pas mentionné. Pourquoi ? Dupin ajouta ce point à la liste des questions à lui poser lors de leur prochaine entrevue.

— A onze heures trois il a eu un appel d'une certaine Sieren Cléac. Nous ne sommes pas encore parvenues à la joindre. C'est tout.

— Sieren Cléac...

Dupin répéta mécaniquement le nom. Il l'avait déjà entendu.

— Elle est propriétaire d'une nouvelle petite conserverie à Concarneau.

C'était ça. Il s'en souvenait maintenant. Françoise lui en avait parlé.

— Quelque chose de particulier avec elle ?

— Aucune idée. On va la rappeler. Je n'ai rien de plus, conclut Nevou. Ah, si, le préfet a appelé. Il était... comment dire... étonné d'avoir appris cette

« terrible affaire » par les médias. Il aimerait que vous l'appeliez, seulement « si ça vous convient ».

Dupin ne put réprimer une grimace. Guenneugues. Son supérieur. Aussi imbuvable que colérique. Il s'était attendu à un appel de sa part bien plus tôt. Naguère, dans une telle situation, le préfet aurait cédé à un de ses légendaires accès de colère. Mais, depuis la dernière enquête du commissaire, il se contenait. Dans l'affaire on ne peut plus délicate de la forêt de Brocéliande, Dupin avait officié malgré ses instructions, mais avec succès, selon la presse, comme enquêteur spécial détaché de la police parisienne. S'était ensuivie une très attractive offre de mutation en provenance de la capitale : un poste à la direction centrale de la police judiciaire. Dupin voulait la décliner sur-le-champ, ne l'avait pourtant pas fait et avait remarqué qu'il ne cessait de repousser sa décision pour des raisons fallacieuses. C'est qu'il était plongé dans des abîmes de réflexion ; l'idée de retourner à Paris lui procurait une certaine satisfaction. Lorsque enfin Dupin s'était résolu à refuser l'offre, on lui avait fait clairement comprendre que le départ à la retraite de la personne en poste était « repoussé à plus tard pour des raisons imprévues », qu'il avait donc tout le loisir de réfléchir à sa décision, et de ne pas la précipiter. Dupin n'avait rien dit de son refus au préfet, mais lui avait parlé de la prorogation de l'offre. Calcul qui s'était révélé payant : le préfet se comportait dorénavant à son égard de manière amicale, presque dévote. Le commissaire devait bien avouer qu'il buvait du petit-lait. Non que le préfet ait œuvré pour que Dupin reste, mais l'opinion publique verrait probablement le départ du commissaire comme un revers pour le haut fonctionnaire. Et nul doute que son insondable vanité en prendrait un coup.

— Bien. On a encore du boulot.

Dupin passa les nouveaux éléments en revue avec Nevou. Il leur fallait urgemment réunir des informations sur le fils des Chaboseau. Les deux policières ignoraient son existence, ce qui était pour le moins surprenant. Quant à Evette Derrien, elle était tout en haut de leur liste après le témoignage du tenancier de bistrot. Dupin avait besoin de plus de personnel. Dans cette affaire, il y avait, du moins pour l'instant, de nombreuses pistes envisageables, ténues et parfois fragiles, et il n'avait jamais eu d'équipe aussi réduite.

Pendant sa conversation téléphonique, le commissaire avait fait trois allers-retours sur la plage. Après avoir raccroché, il gravit nonchalamment l'escalier menant au jardin.

Priziac téléphonait. Il semblait s'être installé encore plus confortablement sur son transat.

— Bien, je te rappelle.

Il posa le portable sur un tabouret et se redressa légèrement.

— Un ami ? demanda Dupin, le front plissé.

— Oui.

— Où…

Le téléphone du commissaire sonna de nouveau. Claire. Enfin ! Il disparut une fois de plus par l'escalier.

— Je suis si content que tu appelles !

— Je rentre tout juste de l'hôpital, Georges. Un cas grave.

Manifestement, le monde regorgeait de cas graves.

— … une urgence. Je viens d'écouter ton message. Tes messages, plutôt. Qu'est-ce que je peux bien faire ? C'est comme ça. Il y a un meurtre, tu enquêtes. (Elle ne semblait ni en colère ni déçue.) Où sont mes parents ?

Dupin s'arrêta au milieu de la plage.

— Ils se baladent. Ou ils sont allés manger quelque chose.

— Je comprends. On arrivera à se croiser. Et puis il faudra bien que tu manges… L'affaire sera peut-être vite résolue. Rappelle-toi la dernière. Elle n'a pas duré vingt-quatre heures.

C'était vrai. Mais c'était bien la première fois depuis qu'il était commissaire.

— Il y a peu de chances, mais on verra bien.

Ce n'était pas vraiment le moment de discuter.

— Très bien. Faisons comme ça. J'appelle mes parents.

— Je… on s'appelle plus tard, Claire.

Elle avait déjà raccroché.

Dupin reprit l'escalier. Il arriva en haut le souffle court. Le pharmacien s'était complètement redressé.

— Où en étions-nous, monsieur Priziac ? Ah, oui. Etait-ce monsieur Luzel au téléphone ?

— Oui. Et maintenant... il me faut un cocktail. Je crois que nous en avons fini, jeune homme.

Depuis tout petit, Dupin détestait ce « jeune homme » paternaliste. Il fit comme s'il n'avait rien entendu.

— Nous étudions avec soin toutes les activités financières du docteur Chaboseau. Ce qui signifie que très rapidement nous serons au courant de tout. Ça vaut également pour ses associés, bluffa Dupin. Autrement dit, vous feriez mieux de me dire maintenant dans quoi vous êtes impliqué.

Pour son âge et son embonpoint, Priziac était très leste. Il se leva d'un bond.

— Comme je vous l'ai déjà dit, dans cette ville, nous accordons une grande valeur au secret des affaires, dit-il avec une cordialité ostentatoire.

— Pierre Chaboseau avait-il investi dans le moulin de son fils ?

— Non, il ne voulait pas. Félix non plus.

L'homme était debout, à côté de la chaise longue.

— Pierre le lui avait proposé. A plusieurs reprises. Il ne comptait pas s'impliquer dans les affaires quotidiennes, plutôt donner un coup de pouce de départ à son fils.

— C'est-à-dire ?

Priziac s'était mis en marche. Il s'arrêta et se retourna.

— Pierre voyait du potentiel chez son fils. Mais Félix manquait d'ambition. Pour le moulin, pour tout.

Il ne fit pas mine de dissimuler la froideur de son propos.

— Cela affectait profondément Pierre.

Les voici : ces phrases qui révèlent une tragédie susceptible de marquer toute une vie. Un père autoritaire et un fils raté à ses yeux.

Dupin ne voulait pas que Priziac s'en aille.

— Dites-moi ce que vous savez sur la querelle entre le maire et Chaboseau. Concernant la brasserie.

— Je vous ai dit tout ce que j'avais à dire. Le reste, c'est votre boulot.

Il tourna les talons et s'éloigna. Dupin le suivit. Il avait encore des questions.

— Etait-ce violent ? demanda-t-il.

— Oui.

— Publiquement ?

— Oui. Lors du conseil municipal, mardi soir. Pierre n'y allait jamais, mais cette fois il était question de l'attribution de licences pour de nouvelles brasseries.

Ils avaient atteint le sentier de graviers.

— Vous y étiez ?

— Non. Pierre m'a raconté, hier.

— Vous vous êtes vus hier ? Ici ? Dans la soirée ?

— Oui. Et, avant que vous ne le demandiez, Jodoc Luzel était là lui aussi.

Pourquoi ne racontait-il cela que maintenant ? Ils se trouvaient à hauteur de la maison.

— Et qu'a dit monsieur Chaboseau ? A-t-il fait une allusion qui pourrait être liée au meurtre ?

Dupin avait dit ça très vite, trop vite, donnant à l'autre l'impression d'avoir le dessus.

— J'ai dit tout ce que j'avais à dire, trancha le pharmacien.

Ils arrivaient à la porte d'entrée. Il prit une clé dans son veston et entra sans gratifier le commissaire du moindre regard.

— Où étiez-vous aujourd'hui entre quatorze et seize heures ?

— J'étais à Concarneau jusqu'à midi. Puis ici à partir de treize heures, répondit-il par-dessus son épaule.

— Des témoins ?

Il se retourna.

— Non.

— Où se trouvent vos officines ?

— Vous êtes drôle, jeune homme. (Il eut un sourire condescendant.) C'est aussi ce qu'on dit de vous. Manifestement, c'est vrai. Il y a vingt-trois pharmacies. Dans toute la Bretagne. Mon arrière-grand-père a fondé la première, ici même, à Concarneau.

Il fit volte-face.

— Au plaisir, commissaire.

La porte claqua.

Il y avait une trentaine de kilomètres jusqu'à la plage de la Torche. Ça roulait bien à cette heure-là.

Parmi ses nombreuses offres, le préfet avait proposé à Dupin de lui allouer une voiture de fonction, avec toutes les options, largement au-delà des directives officielles en la matière. Le commissaire avait poliment décliné, au grand dam de toute l'équipe, surtout de Nolwenn. Une Citroën haut de gamme, une DS 5, avait déjà été préparée et n'attendait que son accord. Dupin tenait à sa vieille – ou caractérielle pour reprendre ses termes – Citroën XM V6 24V Exclusive. Dans le meilleur des cas, elle valait trois mille euros – rien que les réparations à effectuer consécutives à sa dernière enquête coûtaient le double : on pouvait objectivement interroger le bien-fondé d'un tel investissement, mais Dupin n'avait pas hésité un seul instant. Nolwenn et Claire y étaient allées de leurs meilleurs arguments pour le faire changer d'avis : environnement, sécurité, fiabilité, y compris la possibilité de sillonner les routes les plus cabossées grâce aux quatre roues motrices, ce qui n'était pas du luxe dans la région.

Dupin vit à sa droite le panneau *Cinémarine* et se dirigea vers le parking.

— *Piège de cristal.* Un ticket pour un adulte ?

demanda le jeune homme au guichet à l'arrivée de Dupin. Du pop-corn et une boisson ?

Dupin était pressé. Le soleil allait se coucher d'un moment à l'autre, mais, sans caféine, il ne pourrait faire un mètre de plus.

— Seulement deux cafés, ça ira. Merci.

Le Cinémarine, le cinéma populaire de Bénodet, rejouait des classiques d'action tous les vendredis soir. Dupin s'y arrêtait lorsqu'il avait besoin d'un café en urgence. Il pouvait énumérer les lieux où se procurer l'indispensable breuvage à toute heure du jour et de la nuit dans les environs de Concarneau : des restaurants et des bars, bien entendu, mais également des stations-service, des supermarchés, des boulangeries, des hôtels, des discothèques, des cinémas ou des gares.

— Je vois.

Le guichetier était habitué.

— Ça fera quatre euros.

Il actionna le gros percolateur qui siffla et fuma, et déposa les deux gobelets en carton devant le commissaire. Celui-ci but le premier d'une traite, emporta l'autre et regagna son véhicule.

Comme pour chaque enquête, il aurait aimé parler en même temps à toutes les personnes intéressantes qui figuraient sur sa liste, mais il avait spontanément décidé de s'entretenir en priorité avec Evette Derrien. Il tenterait de se limiter à une brève entrevue. Puis il essaierait de voir madame

Chaboseau dans la foulée. Certains points importants méritaient d'être clarifiés.

Avant son arrêt au cinéma, Dupin avait appelé Rosa Le Menn. Elle avait eu Félix Chaboseau, à qui sa mère avait appris la terrible nouvelle vers dix-sept heures, ce qui semblait bien tardif à Dupin. Le fils avait voulu se rendre séance tenante à Concarneau, ce dont sa mère l'avait dissuadé – il ne viendrait donc que de bonne heure le lendemain. Félix Chaboseau avait parlé de la « grande distance » qui le séparait de ses parents et assuré qu'il ignorait presque tout de la vie comme des affaires de son père. La policière avait jugé ces propos crédibles et l'homme lui avait donné l'impression d'un grand abattement. Il n'avait pas quitté la meunerie de la journée, ce que pouvaient attester ses quatre collaborateurs. Il était sorti peu avant dix-sept heures pour se rendre à Beuzec-Cap-Sizun, un gros bourg non loin de la pointe du Millier. S'il disait la vérité, il était hors de tout soupçon.

Il passa un rapide coup de fil à Françoise, qui venait tout juste d'accrocher la dernière toile. Elle ignorait pour quelles raisons Sieren Cléac avait pu appeler Pierre Chaboseau dans la journée. Elle ne savait même pas qu'ils se connaissaient.

Dupin s'enfonça dans le confortable siège rembourré et posa son café. Entre l'accoudoir et le levier de vitesse, il y avait deux porte-gobelets pour les tailles les plus courantes de canettes ou de bouteilles, et, au milieu, une cavité au diamètre d'un café à emporter. Rien que pour cette raison, il ne se séparerait jamais de sa voiture. D'autant que la suspension hydropneumatique, faisant fi du moindre nid-de-poule, du moins lors d'une conduite normale, garantissait de ne pas en perdre une seule goutte.

Dupin mit le contact, l'autoradio s'alluma.

« Bernadette, elle est très chouette », chantait Nino Ferrer dans son tube de 1967. Voilà longtemps qu'il ne l'avait entendu. Il sourit.

— Bernadette ! Mais c'est bien sûr !

Cela lui était sorti de la tête mais Nolwenn avait parlé de Chez Bernadette, le café. Elle comptait absolument y faire une halte.

Dupin chercha sur Internet. Voilà ! Bernadette avait quatre-vingt-trois ans, et c'était une institution. Elle avait grandi dans le café légendaire de ses parents, ouvert en 1903. Et Bernadette, que l'on surnommait la « grande petite dame », dirigeait l'établissement depuis cinquante ans. Elle prendrait prochainement sa retraite, sonnant le glas d'une histoire familiale de trois générations, et aurait tout le loisir de se consacrer à ses trois poules et à son jardin.

L'établissement se trouvait loin dans les terres, entre Concarneau et la Côte de Granit rose. Dupin appela séance tenante.

— Chez Bernadette, bonjour ?

Il lui fallait prendre sa voix la plus officielle et impérieuse.

— Bonjour, commissaire Dupin, police de Concarneau. Je cherche une de vos clientes. Nolwenn. Elle se trouve peut-être chez vous, ou elle s'y est arrêtée récemment, à moins qu'elle ne...

— Je vais chercher Bernadette. Bernadette ! Y a un comique qui veut te causer !

L'autorité publique était peu respectée des Bretons.

— Oui ?

Le commissaire n'avait jamais entendu autant de scepticisme dans un « oui ». Il ne lui restait plus d'autre choix que de tout répéter.

— Commissaire Georges Dupin. Police de Concarneau. Nous cherchons une de vos clientes. Nolwenn.

— Nolwenn ? Vous cherchez Nolwenn ?

— Exactement.

— Vous travaillez avec elle ?

Encore du scepticisme.

— Tout à fait.

— Le commissaire de Nolwenn ?

— C'est ça.

Elle se tut un moment et s'éclaircit la gorge.

— Elle était là, votre Nolwenn ! Elle est géniale.

La voix de Bernadette était devenue chaleureuse.

— Elle est partie avant-hier. Avec son homme.

Ce n'était pas tout à fait ce qu'il escomptait, mais au moins avait-il retrouvé sa trace.

— Et savez-vous où elle est allée ?

— Non.

— Elle ne vous a rien dit ?

Un nouveau silence.

— Elle n'était pas tout à fait certaine.

— Je… merci mille fois, madame.

— Juste Bernadette, je vous prie. Les amis de Nolwenn sont mes amis.

Dupin sourit. C'était bien elle, avec sa façon de rayonner sur les autres.

— Portez-vous bien, Bernadette, dit-il avec sympathie.

— Embrassez-la de ma part lorsque vous la verrez.

Le commissaire réfléchit. Il n'avait pas retrouvé sa collaboratrice, mais il voyait mieux où elle pouvait être. Il but son second café.

Il composa le numéro de Nevou sur le téléphone de bord puis démarra doucement.

Deux minutes plus tard, Dupin atteignait le pont qui enjambait l'Odet. Encore dix minutes et il arriverait sur le grand parking de la pointe de la Torche.

Il avait donné des instructions précises à Nevou : les gendarmes devaient chercher Nolwenn dans tous les cafés et bistrots situés à quarante kilomètres autour de Chez Bernadette. Il fallait qu'ils essayent.

Après avoir manifesté une pointe d'irritation, Nevou avait promis de faire le nécessaire.

Dupin descendit et prit la direction de la plage Pors Carn, l'un des spots de surf les plus courus au monde. Philippe Basset y avait conduit Dupin lors de la Coupe du monde en présence de dix mille spectateurs. C'était également le coin préféré de Robby Naish, la première grande légende du surf, devant Hawaii et la Californie.

Le soleil s'était ramassé en une balle aux dimensions insignifiantes d'un ton blanc-jaune fade. Certains soirs, il se transformait au coucher en une spectaculaire boule de feu – d'autres, comme aujourd'hui, il rapetissait étrangement. Ni lumières ni teintes théâtrales : nul rouge, nul rose, nul orange. Seul un halo rosé l'entourait. Le reste du ciel vibrait d'un bleu pastel. On avait l'impression qu'aujourd'hui le soleil voulait se tenir en retrait, avec élégance et modestie, comme pour laisser la place aux autres ambiances du crépuscule qui se manifestaient : la luminosité qui faiblit, les couleurs qui s'estompent, les ombres qui s'étirent, l'obscurité qui gagne ; on pouvait observer tout cela minute par minute.

Aujourd'hui n'avait soufflé, même sur l'abrupte pointe du Raz, qu'une faible brise, imperceptible dans les petites criques de Beg Meil. Ici pourtant le vent était puissant et étonnamment régulier. Il venait directement de la mer et entraînait avec lui sel, iode et parfum de varech, qui vous pénétraient à chaque inspiration.

Mais les vraies vedettes de la soirée, c'étaient les vagues. Hautes de quatre à cinq mètres, on voyait au loin l'endroit où elles se brisaient une première fois, avant de se reformer pour se briser une seconde fois sur la grève au bout d'une longue course.

Dupin avait gagné la plage par un étroit chemin de sable entre les imposantes dunes. Il se figea.

Quelle idée idiote ! Il y avait vingt, trente surfeurs à l'eau. Beaucoup étaient à l'affût de la bonne vague, bien loin du rivage. Contrairement aux plages infinies du nord, Dupin pouvait embrasser entièrement celle-ci du regard. Mais comment repérer Evette Derrien dans sa combinaison de néoprène ? D'autant qu'il ne l'avait jamais vue.

Dupin se dirigea vers l'eau. Deux jeunes surfeurs marchaient dans sa direction, planche sous le bras.

— Bonsoir, messieurs !

Il cria pour couvrir le fracas des vagues. Les deux hommes mirent un moment à comprendre qu'on les interpellait.

— On peut vous aider ?

L'un des deux, bronzé, barbe de trois jours, sourire avenant, s'adressait à Dupin comme s'il s'agissait d'un vieil homme perdu. L'autre ne disait rien, légèrement en retrait.

— Je cherche…

Une vague trempa le commissaire jusqu'aux genoux. Il fit comme si de rien n'était – l'eau ne devait faire qu'une quinzaine de degrés.

— Je cherche la docteure Derrien. C'est urgent.

Ils le regardèrent comme si c'était un alien.

— Ah ! Evette ! Là-bas ! Elle va prendre une vague. Les grosses vont arriver.

Le jeune homme regardait les jambes de Dupin, d'un air qui en disait long.

— Evette, c'est celle en combi Rip Curl violette, avec les fleurs sur les bras.

Il se tourna et désigna un groupe de surfeurs allongés sur leur planche les uns à côté des autres.

— Merci.

Dupin se mettait en marche lorsqu'une deuxième vague le fouetta. Stoïque, il poursuivit.

Le soleil avait maintenant à demi disparu derrière l'horizon. Sur la mer, se formaient deux rouleaux particulièrement imposants. Dupin remarqua l'effervescence et la joie qui gagnaient les surfeurs. La première vague était sur le point de les atteindre. Ils se mirent à ramer avec les bras pour gagner de la vitesse et se levèrent presque en même temps ; tous, sauf un, parvinrent à la prendre. C'était un spectacle impressionnant. La lame s'était comme fragmentée et des portions s'effondraient – dans un bouillonnement d'écume sans cesse renouvelée –, quand d'autres restaient intactes. A la fois téméraires et d'une incroyable élégance, les surfeurs glissaient à travers le tumulte sauvage des forces indomptables qui les entouraient.

Dupin aperçut la docteure Derrien dans sa combinaison violette, en bordure du groupe. Elle atteignait la plage par des manœuvres périlleuses, essayant de profiter de toute l'amplitude de la vague. Arrivée au bord, elle sauta élégamment de sa planche.

Dupin se dirigea vers elle malgré l'eau qui lui montait aux genoux.

Evette Derrien, à vingt mètres de lui, avait de l'eau jusqu'à la taille. Elle ne l'avait pas encore remarqué. Elle passa ses mains dans ses longs cheveux et tira naturellement sa planche par le leash, prête à repartir affronter les éléments.

Dupin, qui avait maintenant de l'eau à mi-cuisse, s'époumonait en vain. Il fallut qu'un surfeur le désigne à Evette pour qu'enfin elle se retourne lentement et avise le policier détrempé, les cheveux en pagaille.

Ils avaient quitté la plage et atteint la dune, plus calme pour parler.

— C'est terrible, oui.

Elle souriait, ce qui chez elle ne paraissait pas inconvenant.

— Je l'ai vu ce matin encore.

Les chaussures du commissaire étaient gorgées d'eau, son jean lui collait à la peau.

Evette Derrien avait laissé sa planche sur la plage. En marchant, le commissaire avait eu tout le loisir de l'observer : pas spécialement grande, très athlétique, musclée mais fine. De longs cheveux noirs, de fins sourcils sombres, les pommettes saillantes. Le plus incroyable, c'étaient ses yeux verts étincelants.

— Et ce matin, vous avez remarqué quelque chose ?

— Rien de particulier. Il était comme à son habitude.

— A quelle heure l'avez-vous vu ?

— Un peu avant huit heures au cabinet, puis à plusieurs reprises dans la matinée.

Sa voix douce était parfaitement audible.

Dupin avait pris son carnet, qui était resté au sec.

— De quoi avez-vous parlé ?

— On s'est seulement salués.

Elle hésita.

— Vous savez sans doute que le docteur Chaboseau voulait lever le pied ? Il m'a prise avec lui au milieu de l'année dernière, dans la perspective que je reprenne le cabinet.

— C'était un accord formel ?

Ils atteignirent le plateau sableux derrière les dunes. Le soleil s'était couché, on voyait tout de même une lumière rouge dans le ciel. Le vent était plus faible qu'au bord de la mer.

— Bien sûr. (De nouveau ce sourire.) C'était la condition pour que je déménage en Bretagne. J'étais à Paris, dans le sixième. Je travaillais dans un beau cabinet, place de l'Odéon. Au bout d'un moment, j'en ai eu marre de la capitale. J'ai mis un certain moment à en prendre conscience. Ma mère est bretonne. Toute sa famille vient de là. Ça reste à jamais.

Sa franchise plut à Dupin. D'habitude, les gens étaient plus sur la retenue lors des premiers contacts après un meurtre.

— Vous voyez ce que c'est. Pour répondre à votre question, oui, c'était notre accord. Tout fonctionne à merveille, ma patientèle grossit. J'ai seulement commis l'erreur de ne pas avoir fixé de date avec lui pour la transition, par contrat, je veux dire. Il a toujours parlé d'un ou deux ans. Depuis mars, j'essaie de mettre les points sur les *i* avec lui.

Un bruit les fit se tourner en même temps.

Un troupeau de moutons courait vers eux. Une laine blanche et fournie. De grosses pelotes de laine sur pattes. Le plus imposant galopait devant et bêlait vigoureusement.

Dupin, vaguement déconcerté, revint à Evette Derrien. Ce dernier point l'intéressait au plus haut point.

— C'est ce que vous avez fait Chez Cathy, au café ?

— Tout à fait. Nous y sommes allés deux fois pour parler précisément de la date à laquelle il se retirerait.

Elle se livrait en toute franchise.

— Je viens souvent à la Torche. Pour l'immensité de ces étendues sauvages. J'ai un petit pied-à-terre à Saint-Guénolé, juste une chambre, tout à côté des plages. Nous nous sommes aussi retrouvés une fois à Concarneau, à l'hôtel des Sables Blancs. J'habite dans le nouveau quartier, sur le mont à l'ouest de la plage. Nous...

— Le quartier construit sur les terrains de monsieur Chaboseau ?

Sans doute une pure coïncidence.

— Oui, c'est ce qu'il m'a raconté. Ces terrains appartenaient à sa famille.

Dupin nota ça dans un coin de sa tête, sans savoir s'il en tirerait quelque chose. Les Chaboseau avaient dû vendre leur terrain à une compagnie immobilière, voilà bien longtemps.

— Au cours des derniers mois, nous avons eu des différends à ce sujet. Il refusait d'arrêter une date précise.

Elle était factuelle, sans arrogance ni agressivité.

— Je voulais un accord sérieux, contractuel.

Pour une raison inexpliquée, les moutons semblaient vouloir s'intéresser à eux. Du moins, le meneur avait arrêté son troupeau devant eux. Au milieu du sentier. Nullement impressionnés, la jeune femme et le commissaire se frayèrent un chemin à travers les bêtes qui les jaugeaient en silence.

— Vous avez bien fait de venir me parler immédiatement.

Elle jeta un coup d'œil par-dessus son épaule pour s'assurer qu'il la suivait bien.

— Le plus simple aurait été que je prenne franchement sa place.

Dupin ne releva pas.

— Vous êtes arrivés à un accord ?

— Il m'avait dit qu'il se laissait jusqu'à fin juillet pour décider d'une date définitive. Au plus tard, à la fin de l'année prochaine.

— Y a-t-il un écrit ?

— Ce devait être fait avant la fin du mois.

Ils avaient traversé tout le troupeau sans aucun incident.

— Je comprends. Quelles étaient vos relations à part cela ?

— Nous avions de très bonnes relations professionnelles. Tout comme lui, je tenais à ce qu'il y ait entre nous une certaine distance. Vous me posez sans doute cette question parce que vous me trouvez en train de surfer et non de porter le deuil.

Un fort bêlement retentit. Dupin regarda autour de lui. Le troupeau les suivait.

— Vous surfez, commissaire ?

— Non.

Il pratiquait la marche à pied – ce qui passait pour l'un des sports les plus ennuyeux.

— Ça permet de se recentrer sur soi-même, seul à seul. Il n'y a plus que l'attente de la vague, le vent, la mer.

C'était quelque peu ésotérique pour Dupin, mais il parvenait tout de même à saisir approximativement ce qu'elle voulait dire.

— D'un point de vue administratif, c'était un seul et unique cabinet ou deux cabinets sous un même toit ?

— On achetait quelques appareils en commun et on se consultait au sujet de certains cas compliqués. Chacun de nous était autonome économiquement. On ne partageait que les deux secrétaires médicales. C'était tout à fait équitable. De ce point de vue, il n'y a jamais eu de problème.

Dupin ne pouvait s'empêcher de tourner la tête de temps en temps. Les moutons trottinaient mollement sur leurs talons. Le paysage derrière les dunes était un monde à part : un sol sablonneux hérissé d'une végétation rase, à la manière d'un grand tapis vert, clairsemé de taches jaune et rouille.

— Etes-vous au courant de différends entre le docteur et d'autres personnes ?

— Non. Mais pour être tout à fait honnête, je ne me suis jamais occupée de sa vie privée. (Ce n'était pas une remarque froide, elle était sincère.)

Je voulais le cabinet. Rien de plus. Nous n'avions pas de connaissances ni d'amis communs.

— Aucun incident notable qui aurait eu lieu au cabinet ?

— Non, pas le moindre.

— Bien. Vous avez des informations sur ses autres activités ?

— J'en entends parfois parler. Seulement des bribes. Par d'autres. Qu'il est lié à une conserverie, par exemple. Mais ça m'est tout à fait égal.

— Pensez-vous que…

Dupin fut interrompu par une voix masculine.

— Commissaire Dupin !

Un gendarme accourait. Dupin adressa un regard d'excuse à Evette qui lui répondit par un hochement de tête compréhensif.

Délaissant la docteure et les moutons, Dupin se dirigea vers le militaire.

— Il n'y a pas de réseau ici, c'est pour ça que nous sommes venus.

Dupin distingua un deuxième gendarme, loin derrière, venant de la plage.

— L'un des surfeurs, commença l'homme en ahanant bruyamment, nous a dit que vous étiez là et…

— Qu'est-ce qu'il y a ?

— C'est grave. Quatre blessés, dont deux grièvement. Ils sont à l'hôpital. On les a…

Il reprit son souffle.

— Que s'est-il passé, bon sang ?

— Une explosion au chantier naval. Chez Héros naval, l'entreprise de construction navale de Concarneau. Ce n'est pas un accident. En tout cas…

— Un attentat ?

— Tout le laisse penser, mais on m'a chargé de vous dire expressément que pour le moment…

— C'est quoi, cette entreprise ?

— Nevou m'a demandé de vous dire que Jodoc Luzel y a des parts.

— Le caviste ?

Dupin avait dit ça d'un air absent.

— Le docteur Chaboseau également ? Et Priziac, le pharmacien ?

— Elle ne m'a rien dit d'autre.

Peu à peu, l'homme reprenait son souffle.

— Quand ?

— Il y a une demi-heure.

— Allons-y !

Dupin se hâta vers le parking, le gendarme peinait à suivre.

— On a des infos plus précises sur le déroulement des événements ? cria Dupin à l'homme derrière lui.

— Il y a eu une explosion. Je ne sais rien de plus. Je devais seulement vous trouver.

Dupin accéléra le pas.

Que se passait-il ? Le chantier naval n'était pas encore apparu dans l'enquête. Mais le fait que Jodoc Luzel en soit un des propriétaires et qu'une explosion se produisît le jour même où son ami était assassiné ne pouvait être le seul fruit du hasard.

Quelle que soit l'histoire autour de laquelle tout tournait, elle ne faisait que commencer.

Il faisait sombre, ce qui rendait plus spectaculaire encore la scène devant laquelle Dupin se tenait. L'immense dock, le navire en cours de construction, la fumée, les gyrophares des véhicules de police et de pompiers ainsi que les grandes échelles déployées. Tout ça au beau milieu du vaste complexe industrialo-portuaire, de ses installations techniques, ses baraquements, ses piles de matériel ; l'ancien monde, si réel, de production industrielle, un monde d'acier et de rouille.

C'était le plus grand dock du port. Une cale sèche de cent trente mètres de long, fermée par d'imposantes écluses, accueillait les bâtiments à réparer ou à construire avant leur mise à l'eau, comme c'était le cas de l'*Ampez*, touché par la déflagration.

Un spectacle de désolation. Ils se tenaient à distance de sécurité, au bout du site. Une puanteur tenace flottait dans l'air.

La cheffe des pompiers, dont le port relevait de la compétence, inspirait confiance. Elle avait conduit

Dupin au plus près du lieu de l'accident et expliquait ce qu'on savait.

— Quelqu'un a fait volontairement exploser une des citernes à gaz dédiées aux travaux de soudure. L'une des plus petites.

De la citerne, il ne restait plus que quelques restes d'acier étrangement tordus. A côté de la cheffe des pompiers, le gérant de la société n'avait jusqu'alors pas pipé mot – une insignifiante silhouette au visage blême – et jetait des regards craintifs autour de lui.

— Nous savons également comment ça s'est produit. Nous en avons la preuve. On a ouvert la conduite de gaz de la citerne, puis on l'a coupée pour l'utiliser comme une mèche. Un simple briquet suffit. On a retrouvé le bout coupé avec la tête de soudage. La scientifique les a récupérés et emportés au labo. Il est évident que le tuyau a été tranché. Ce n'est en aucun cas un accident.

Dupin acquiesça. Son exposé était sobre, sans le moindre accent dramatique.

— L'explosion de la plus petite citerne, poursuivit-elle, a projeté des pièces d'acier incandescentes sur l'une des plus grosses. On n'a rien trouvé de particulier dans ce qu'il en reste.

D'où ils étaient, ils apercevaient les vestiges de la grande citerne, la plus proche de la forme de radoub.

— Un peu comme des projectiles qui auraient

instantanément provoqué son explosion. Malheureusement, elle était près du bateau où travaillait l'équipe du soir. Ici, on fait les trois-huit. Ce qui explique qu'il y ait des blessés.

C'était atroce. Dupin s'était renseigné sur l'état des ouvriers auprès de Nevou.

— Si seule la petite citerne avait explosé, elle aurait sûrement causé des dommages au bateau, au pire des cas elle aurait légèrement blessé quelques ouvriers. Mais pas dans de telles proportions.

— Il y a donc eu deux explosions, résuma Dupin.

La cheffe des pompiers ne releva pas.

— On maîtrise la situation. Quelques palettes en bois ont pris feu à proximité de la plus petite citerne. C'est maintenant éteint. Il n'y a plus de risques qu'une autre explosion se produise. Nous...

Une voix forte et véhémente les interrompit.

— Je m'en fous... Arrêtez-moi si vous voulez !

Un homme s'approchait à grands pas, éclairé par de puissantes lampes, comme dans un film, encadré par deux policiers en charge de sécuriser les lieux. Dupin le reconnut instantanément : Jodoc Luzel, le caviste. Le troisième larron, et surtout le propriétaire, ou copropriétaire de l'entreprise.

— Qu'est-ce qui s'est passé ? cria Luzel à la cheffe des pompiers.

Ce n'est qu'ensuite qu'il adressa à Dupin et au gérant un regard furtif en guise de salutation. Son crâne rasé, qui faisait ressortir des traits anguleux et un front puissant, brillait dans la lumière des projecteurs. Il n'était ni grand ni petit, mince comme un fil – un quinquagénaire qui s'entretient. Un tout autre genre que ses deux compères, plus âgés. Il portait un jean, un polo rose clair, des lunettes à monture sombre.

La cheffe s'apprêtait à refaire son exposé, lorsque Dupin intervint.

— Un attentat ciblé contre votre entreprise, monsieur Luzel. Qui vous en veut ?

Ses sourcils se levèrent, son regard s'assombrit.

— Un sabotage ?

Il regarda Dupin.

— Ça en a tout l'air, confirma la cheffe, qui répéta ce qu'elle avait déjà dit au commissaire.

A peine avait-elle fini que Dupin prit la parole.

— Luzel, qui en voudrait à vos affaires, et pour quelles raisons ?

Le nouveau venu ignora la question et s'adressa au gérant.

— Comment vont les ouvriers ?

— Pas d'amélioration depuis tout à l'heure. (On peinait à le comprendre tant il parlait de manière décousue et nerveuse.) Leroy et Moreau luttent pour leur vie.

Luzel regarda Dupin.

— Il n'y a aucune raison que qui que ce soit m'en veuille, ni à Héros naval, dit-il calmement.

— Vos amis Chaboseau et Priziac ont-ils des parts dans le chantier naval ?

— Ils ont des parts dans l'entreprise à laquelle Héros naval appartient. Tout comme moi, oui.

— Quelle est cette entreprise ?

— Je vous laisse, intervint la cheffe. Si vous avez besoin de moi, vous me trouverez là-bas.

Elle fit un vague mouvement de la main vers les véhicules de secours et s'en alla.

— Si vous me permettez, glissa le gérant en profitant de l'interruption, j'aimerais aller voir les équipes et les rassurer. Seulement avec votre accord, ajouta-t-il en regardant Dupin puis Luzel.

— Aucune objection, dit le commissaire.

Il irait rejoindre Nevou qui était en train d'interroger les ouvriers.

— Je vous retrouve tout de suite, dit Luzel. Allez-y.

De temps à autre, des notes de musique, tout à fait incongrues, leur parvenaient à travers la nuit douce. Elles venaient très probablement de la Ville close, où avaient lieu de nombreux concerts tout au long de l'été.

— Une holding, reprit Luzel. Qui détient un assez gros chantier naval, ici, et deux entreprises plus modestes à Saint-Nazaire.

Le plus important port de construction navale de Bretagne, de France même. Un chantier de premier ordre, vieux de cent cinquante ans. On y avait construit le *Symphony of the Seas*, le plus grand paquebot de croisière de tous les temps.

— Comment, précisément, sont réparties les parts entre vous trois ?

Dupin devait toujours garder en tête que si les trois amis étaient caviste, pharmacien et médecin, ils étaient aussi des investisseurs, peut-être même était-ce leur activité principale.

— C'est moi qui ai la plus grosse part : cinquante pour cent. Les deux autres se divisent le reste, vingt-cinq pour cent chacun.

Le comportement de Luzel n'avait rien en commun avec celui du pharmacien. Il coopérait volontiers et fournissait des renseignements précis.

— Votre ami et cofondateur, le docteur Chaboseau, a été assassiné cet après-midi. Et là, nous avons de toute évidence affaire à un acte malveillant. Quatre hommes sont blessés, dont deux gravement. (Dupin était en rage.) Alors, je vous le redemande : qui vous en veut ? Qui en a après votre holding et pourquoi ?

Cette fois, Luzel mit un moment à répondre. Il avait l'air déconfit, son visage avait blêmi. L'homme, qui semblait seulement affecté jusqu'alors, laissait à présent libre cours à ses émotions.

— Selon vous, il y aurait un lien entre ces affaires ? demanda Luzel.

Ce n'était qu'une question rhétorique, comme si

la formuler lui permettait de pouvoir sérieusement y penser.

— Allons bon, vous n'êtes pas si naïf, Luzel !

Il haussa les épaules d'un geste désespéré, le regard bas, et se tut de nouveau. Puis il se ressaisit :

— Je vous assure, commissaire, que je ne vois pas la plus infime raison pour laquelle on en voudrait à Héros naval.

— Je croyais que...

Le téléphone de Dupin sonna, c'était Claire. Il rappellerait aussitôt que possible.

— Dans quelles autres entreprises avez-vous des parts ? Vous seul, et avec vos deux amis ?

— C'est très transparent. Comme vous le savez, je suis dans le négoce de spiritueux. Je n'ai investi, hormis dans les chantiers navals, que dans une brasserie.

— Le Roi Gradlon, n'est-ce pas ?

— Tout à fait. Avec Pierre et Brecan. Ce sont les seuls investissements que nous ayons faits à trois. Pour ce qui est du négoce en vins, je m'en occupe seul.

A la bonne heure ! Pour la première fois s'esquissait une image précise des affaires communes aux trois amis.

— Vous n'êtes lié ni au marché de l'art, ni à l'immobilier ? Et vous n'avez rien à voir avec les conserveries de poisson ?

— Non.

— Et votre ami Priziac ?

— C'est à lui de vous le dire.

Luzel avait réagi sans agressivité.

— Comment vous êtes-vous retrouvé impliqué dans les chantiers navals, Luzel ?

— Sur le conseil de mes amis. La construction navale prospère. Y compris le port, ici.

— Et pourquoi avez-vous la plus grosse part ?

— J'avais l'argent à ma disposition.

Cela semblait opportuniste. Peut-être faisait-il partie de ces gens plus intéressés par les affaires elles-mêmes que par leur nature.

— Y avait-il des conflits entre vous et les deux autres ?

Il grimaça.

— Comment pouvez-vous penser une telle chose ? Pas le moins du monde !

— L'*Ampez*, c'est quel type de bateau ?

Dupin passa sous la rubalise. Le navire faisait dans les cent mètres environ. Une coque verte gigantesque, un impressionnant bulbe sur la proue, le bastingage et le pont couleur rouille. Le château et sa timonerie d'un blanc étincelant se trouvaient à l'arrière, presque au niveau de la poupe. Le navire brillait dans la lumière des projecteurs.

— Un vraquier, dit Luzel qui avait suivi le commissaire. Sable, granulats, pierres, quatre-vingt-neuf mètres de long, pour une capacité de port en lourd de trois mille sept cents tonnes.

Dupin se tenait dangereusement sur le bord de la cale sèche – un à-pic sous ses pieds et aucun garde-fou. Il fut pris d'une sensation bizarre et ne put s'empêcher de penser au docteur Chaboseau.

— Qui aurait intérêt à ce que ce navire ne soit pas mis à l'eau dans les temps ?

— En réalité, personne. La demande pour ce type de bateaux est élevée, les carnets de commandes sont pleins longtemps à l'avance. En cas d'empêchement d'un chantier naval, aucun autre ne serait en mesure d'absorber la charge. Et, une fois de plus, même avec la meilleure volonté du monde, je ne peux imaginer qu'un de nos concurrents sabote notre travail.

— Les contrats sont publics ?

— Pour partie. Nous construisons l'*Ampez* pour une entreprise avec laquelle nous travaillons étroitement.

— Avec laquelle il y aurait eu des désaccords ?

Dupin marchait vers la proue.

— Peut-être cherchait-on seulement à vous nuire ? A tous les trois, ou à l'un d'entre vous, qui sait ? Ou c'est un message, une mise en garde.

Tout cela était plausible. A vrai dire, aucune piste n'était à exclure.

— Une mise en garde contre quoi ? Je manque sans doute d'imagination… répondit sereinement Luzel.

— Commissaire !

Les deux hommes se retournèrent d'un coup.

Kler Kireg, le maire, apparut dans la lumière des projecteurs, suivi de Le Menn.

L'élu était légèrement vêtu ; court pantalon cargo bleu foncé et chemise ajustée bleu clair venant souligner sa silhouette athlétique. Il était bronzé, avait les cheveux courts et un sourire étincelant. Le plus frappant, c'était la détermination sur son visage, si visible lors de ses apparitions publiques. Et il prenait soin de l'afficher, y compris cette nuit.

— Il faut qu'on parle, commissaire.

Une apostrophe sympathique, quoique ferme.

— La cheffe des pompiers et le gérant viennent de m'informer. Il y a une chose importante : nous ne devons pas répandre un vent de panique en ville. La possibilité d'un acte malveillant est élevée, sans aucun doute. Pour autant, rien n'est encore avéré. Et c'est ainsi que nous devons communiquer officiellement.

Comme chez la plupart des politiques, tout dans son discours était louvoyant. Impossible de distinguer la sincérité du jeu.

— J'étais au concert de Didier Squiban dans la vieille ville lorsque ça s'est passé. La rumeur d'un attentat s'est propagée comme une traînée de poudre. Une partie du public a même quitté les lieux. Dès la première explosion, les gens ont montré des signes de nervosité.

Ça sonnait comme un reproche.

Squiban était l'un des plus grands musiciens de Bretagne : pianiste de jazz, compositeur, improvisateur, une légende vivante, le Keith Jarrett breton, pour ainsi dire.

— Quant à vous, vous avez assisté tranquillement à tout le concert ? demanda Dupin.

C'était incroyable : à quelques centaines de mètres se produisait un sabotage au cours duquel, que ce fût voulu ou non, quatre hommes étaient blessés, dont deux gravement, et le maire ne s'était pas départi de son calme. Pire encore, il se plaignait que d'autres l'eussent fait.

— C'est exprès que je suis resté un peu. C'était la soirée de lancement de l'Eté en fête !, l'événement le plus important de l'année pour notre ville. Il est de mon devoir de conserver mon sang-froid, commissaire. Bien entendu, j'ai quitté le concert au bout d'un petit moment pour m'occuper de cette affaire.

En plus des institutions comme le festival des Filets Bleus, le salon Livre & Mer, le salon du roman policier et les célèbres régates, de nombreux rendez-vous étaient proposés dans le cadre de l'Eté en fête ! : marchés, expositions, spectacles médiévaux, lectures, concerts, sorties en mer, barbecues… Tout était dans le nom : en fête ! Dupin avait complètement oublié que cela commençait ce soir. Les festivités s'adressaient aux très nombreux touristes estivaux, mais surtout aux Concarnois. La fête est d'ailleurs une des composantes de la vie bretonne, tant et si bien que le fest-noz, rassemblement festif fondé sur la pratique des danses et musiques traditionnelles bretonnes, a été proclamé chef-d'œuvre du patrimoine culturel immatériel de l'humanité par l'Unesco. Au même titre que les chants bauls du Bangladesh, la pêche aux crevettes à cheval à Oostduinkerke, ou encore l'art mongol traditionnel du khoomei, lui avait crânement expliqué Le Ber.

— Savez-vous, dit Dupin en essayant de se concentrer, s'il y avait des disputes autour de ce chantier naval, monsieur le maire ? Avez-vous une idée des raisons de cet attentat contre Héros naval ?

— Absolument pas. Et je tiens à ce que le terme « attentat » ne soit pas employé à tort et à travers.

C'était maintenant une réprimande.

— Ah ! Il faudrait également ne pas parler trop vite à la presse. Nous ne tenons pas à effrayer les gens.

Dupin se tourna vers Le Menn. Il parla suffisamment fort pour que l'édile, comme Luzel, n'en perdît rien.

— Nous devons tout savoir sur Héros naval. Tout ce que nous pouvons trouver.

Des missions qui incombaient normalement à Nolwenn.

— Trouvez des renforts, au commissariat et à l'extérieur. Contactez des experts de ce domaine, des entreprises concurrentes. Cuisinez le gérant et tous les employés, Nevou et vous-même. Fouillez toute l'entreprise, les livres de comptes, les impôts…

Le Menn avait tout noté dans son téléphone. Une habitude qui ne cessait d'irriter Dupin.

— Mais vous ne pouvez… tenta Luzel.

— Où étiez-vous à vingt-deux heures ? coupa Dupin. Au moment de l'explosion ?

— Chez moi. Une dégustation de vin entre amis. Je… j'habite le Cabellou.

— Vos amis peuvent-ils confirmer ?

— Bien entendu.

— Nous devons donc les voir en priorité, glissa le commissaire à Le Menn. Monsieur Luzel va nous donner leurs coordonnées.

— Demain à la première heure, acquiesça Le Menn. Il est bientôt minuit.

Elle avait raison. Pendant une enquête, Dupin perdait toute notion du temps.

— Si vous voulez bien m'excuser, commissaire, fit le maire qui voulait prendre congé.

Dupin le regarda, puis Luzel.

— Vous vous connaissez bien ? Quelle est la nature de vos relations ?

Il se passa un moment avant que l'un d'eux ne réagisse. Dupin pouvait se tromper, mais il lui semblait que les rares regards que ces deux-là échangeaient étaient glaciaux.

— Excellente. (Le maire glissa nonchalamment

sa main dans sa poche.) Je suis très heureux qu'un citoyen comme Jodoc Luzel envisage de s'impliquer politiquement. Si c'est ce à quoi vous faites allusion, commissaire.

— C'est-à-dire ?

Il n'avait pas la moindre idée de ce dont il s'agissait.

— Je réfléchis à intégrer le conseil municipal, expliqua Luzel. Comme candidat sans étiquette.

— Intéressant.

Dupin se passa la main dans les cheveux. En somme, tout ce petit monde était lié.

— Et j'imagine que vous n'êtes pas toujours d'accord ? Vous auriez des exemples ?

De nouveau, l'élu répondit.

— Messieurs Chaboseau et Luzel, ou plutôt l'entreprise Roi Gradlon, estiment que la municipalité devrait accorder bien moins de licences à des micro-brasseries.

Impressionnant de voir à quel point le jeune maire avait déjà tout de l'homme politique confirmé : gestuelle, élocution, manières.

— C'est en raison de cette divergence que vous voulez intégrer le conseil municipal, monsieur Luzel ?

— Une politique qui offrirait de la sécurité aux investisseurs serait dans l'intérêt de la ville. Dans tous les domaines.

Sa réponse était parfaitement courtoise.

— Mais ça n'a…

La sonnerie du téléphone de Dupin interrompit le maire. C'était de nouveau Claire. Bon sang. Il devait absolument la rappeler.

— Bon, fit le commissaire pour clore les débats, l'attentat qui vient d'avoir lieu n'est pas nécessairement lié aux chantiers navals.

Les traits des deux hommes ne laissèrent rien paraître malgré les déductions plutôt sibyllines de Dupin.

— Parlons d'un autre sujet. Un autre domaine d'activité, dans lequel vous, monsieur le maire comme monsieur Chaboseau, êtes impliqués. Etiez, plutôt. Les conserveries. Dans ce secteur, la concurrence est-elle sévère ?

— Je ne suis impliqué d'aucune manière dans les affaires liées à la conserverie de ma famille. C'est de notoriété publique. Il n'y a donc pas de concurrence entre nous.

— Mais entre l'entreprise de Chaboseau et celle de votre famille ?

— Avec laquelle, je le répète, je n'ai strictement rien à voir. Et comme, en l'occurrence, la question de la limitation des acteurs du marché ne se pose pas, contrairement à la production de bière, ce point de discorde n'existe tout simplement pas. Chacun est libre d'ouvrir une conserverie. Plus les initiatives de ce type sont nombreuses, mieux c'est.

Nous devons soutenir l'esprit d'entreprenariat par tous les moyens.

Le discours officiel, bien entendu. Dupin n'apprendrait rien d'autre à ce sujet.

Il avait jeté un coup d'œil dans son carnet de notes. Profitant de les avoir tous les deux sous la main, il voulait aborder certains points du haut de sa liste avec eux.

— Sieren Cléac a ouvert l'année dernière une conserverie à Concarneau. Comment ça se passe pour elle ?

— L'entreprise s'appelle Fête de la mer. Je crois que tout se passe pour le mieux. C'est très prometteur.

La voix du maire trahissait un réel respect.

— Elle a appelé le docteur Chaboseau en fin de matinée. L'un de vous sait-il de quoi il retournait ? Se connaissaient-ils bien ?

Ils secouèrent la tête.

— Votre ami a-t-il déjà évoqué le nom de madame Cléac ? demanda Dupin à Jodoc Luzel.

— Non. Du moins je ne me souviens pas que nous ayons parlé d'elle ou de ses affaires.

— Vous vivez aux Sables Blancs, monsieur Kireg ? continua Dupin en se tournant vers le maire.

On voyait que celui-ci réfléchissait au sous-entendu que contenait ce brusque changement de sujet.

— Tout à fait. Dans la vieille villa Ker-Jean.

Que Georges Simenon a louée lors de ses séjours dans les années 1930, dit le maire avec une fierté manifeste.

— Votre femme ne vous a pas accompagné au concert dans la vieille ville ?

— Non, elle est chez sa mère, à Saint-Malo, pour tout le week-end.

La première dame de la ville. Coquette, au milieu de la trentaine, décontractée, une notaire de très bonne réputation.

— Où avez-vous l'habitude de surfer ?

L'édile avait l'air de plus en plus décontenancé.

— A la Torche, j'imagine ? reprit Dupin.

— Tout à fait. Comme tout surfeur du Finistère qui se respecte.

— Connaissez-vous la docteure Evette Derrien ?

— Naturellement.

— Vous vous croisez au surf ?

— Oui.

— Vous êtes amis ?

— On ne peut pas dire. Mais il arrive que nous bavardions. Comme la semaine dernière au phare.

— Au phare ?

— Après la course de la montée du phare d'Eckmühl.

Pour Dupin, de telles épreuves restaient une énigme. La mode était apparue voici quelques années dans les gratte-ciel les plus vertigineux dont il fallait gravir l'escalier. Parfois un demi-kilomètre de haut. Des milliers de marches. Ce sport était arrivé en Bretagne, au phare d'Eckmühl. Autant dire que le maire comme la médecin devaient se trouver dans une excellente condition physique.

La question suivante s'adressa aux deux hommes.

— Savez-vous quelque chose au sujet du conflit entre Evette Derrien et Pierre Chaboseau ? A propos de la passation d'activité ?

Le maire haussa les épaules, perplexe.

— Je sais juste qu'elle était très insistante, répondit Luzel. Pierre a évoqué la situation à plusieurs reprises. Il était cependant certain qu'ils trouveraient un compromis.

Dupin décida d'en rester là pour l'instant. Il lui fallait partir et appeler Claire.

— Je récapitule donc les points les plus importants.

Les deux hommes lui adressèrent un regard curieux.

— Monsieur Kireg, vous vous trouviez à vingt-deux heures au concert de Squiban dans la vieille ville. Quant à vous, monsieur Luzel, vous étiez chez vous, à déguster du vin avec des amis.

Aucun d'eux ne se trouvait loin du drame, pensait Dupin. Nul besoin de sortir de l'école de police pour savoir qu'un alibi apparemment fiable ne signifie pas grand-chose.

— Pourquoi pensez-vous… commença le maire.

— Bien. Bonne nuit, messieurs.

Dupin leur adressa un bref salut, tourna les talons et disparut rapidement de la lumière des projecteurs.

— Où es-tu, Georges ? Tout va bien ?

L'intonation de Claire était soucieuse alors qu'elle restait d'habitude parfaitement calme, y compris dans des situations compliquées. Plus encore : plus la situation était critique, plus elle était maîtresse d'elle-même.

— On était au concert dans la Ville close, quand il y a eu une explosion. Puis les sirènes des véhicules d'urgence.

— Vous étiez au concert de Squiban ?

— Oui. Tout va bien ?

— Ça va. Je suis au chantier naval où l'explosion s'est produite.

— Que s'est-il passé ?

— Un plasticage. Quelqu'un a fait sauter une citerne.

— C'est vrai ce qu'on dit pour les blessés ?

— Quatre, dont deux graves. Mais nous n'avons pas d'informations plus précises.

— C'est horrible. C'est en lien avec les événements de cet après-midi ?

— Sans doute. Très probablement.

— Tu as déjà un avis ?

— Non.

Ce qui était malheureusement la vérité.

Dupin avait atteint le dernier barrage de la zone portuaire, il n'était plus loin de sa voiture.

— Didier Squiban a tout d'abord continué à jouer. C'était fantastique, comme toujours. Lorsqu'on a appris qu'il y avait des victimes, le concert a été interrompu.

— Où êtes-vous maintenant ?

— On boit un lambig au Café de l'Atlantique.

L'eau-de-vie de cidre de Bretagne.

— Bien. Je te rappelle plus tard, Claire.

— « Plus tard »... Qu'est-ce que tu veux dire par là ? Il est déjà plus de minuit. Tu ne veux pas arrêter pour aujourd'hui ? Et nous rejoindre ? Tu as mangé un morceau ?

— Impossible.

— Sois prudent, alors.

Des mots qui ne lui ressemblaient pas.

— Attends... (Il s'apprêtait à raccrocher.) Encore une chose : quand êtes-vous arrivés au concert ?

— Vers vingt et une heures quarante-cinq.

Soit un quart d'heure environ avant l'explosion.

— Tu aurais vu le maire ? Il m'a dit qu'il était sur place.

— Oui, je l'ai vu. Mais seulement quand il est parti.

— A quelle heure ?

Elle réfléchit.

— Peut-être vers vingt-deux heures vingt ou vingt-cinq.

— Et tu ne l'as pas vu avant ?

— Non.

— Il était seul ?

— Je crois bien.

Ils raccrochèrent en même temps.

Dupin prit une profonde respiration puis se passa la main dans les cheveux.

Il avait du mal à se persuader que Concarneau était au cœur de son enquête.

Il avait rejoint sa voiture. Il n'avait rien mangé depuis ce matin et la faim commençait à le tenailler. Il s'installa au volant, démarra le moteur et composa le numéro de Nevou.

— Oui ? fit-elle d'un ton maussade.

— Où êtes-vous ?

— Au bureau.

Incompréhensible.

— On se voit dans cinq minutes à l'Amiral. Transmettez à Le Menn. Point de situation.

— J'ai pu parler à tout le personnel du chantier naval, ânonna Nevou. (Sa voix profonde était éraillée, sa coiffure de page ébouriffée.) Tous ceux de l'équipe de nuit. Ils étaient dévastés. Certains sont des proches des victimes.

On voyait qu'elle se sentait à bout de forces. Plus fragile encore, plus fluette qu'à l'accoutumée. Marquée par ces dernières heures. Sans doute avait-elle imaginé différemment son week-end.

Au moins y avait-il une bonne nouvelle : Le Menn avait appelé l'hôpital en chemin. Les jours des deux blessés graves n'étaient plus en danger. C'était le plus important.

Ils étaient installés à la place préférée de Dupin à l'Amiral, une petite table le long du mur. Le commissaire sur la banquette à l'étoffe bleu océan, les deux policières face à lui, sur des chaises confortables. Officiellement, la brasserie était fermée : ils ne seraient pas dérangés. Dans la salle de restaurant, il n'y avait plus que deux couples. Les deux hautes lampes sur le comptoir baignaient l'endroit d'une lumière d'ambiance. C'était un emplacement parfait : on apercevait par les fenêtres le port de pêche, puis, un peu plus loin, l'amorce du port industriel. A droite, les murs illuminés de la Ville close, sa tour et sa célèbre horloge à l'entrée. Elle était le pouls de la ville. La porte sur la place Jean-Jaurès, ouverte, laissait entrer un air nocturne frais et agréable.

— Aucun des ouvriers ne sait pourquoi on voudrait s'en prendre au chantier naval ou au bateau. Personne n'est au courant du moindre problème ou conflit, compléta Nevou. Interne ou externe à l'entreprise, d'ailleurs. Il n'y a jamais eu le moindre incident notable. C'est ce qu'ils disent. Et… personne n'a remarqué quoi que ce soit d'inhabituel ce soir. Il faut dire qu'ils travaillent dans la plus grande concentration. Surtout les soudeurs.

Elle posa les coudes sur la table.

C'était au tour de Le Menn.

— Je n'ai pas encore trouvé grand-chose sur Héros naval ni sur le chantier.

Elle replaça une mèche de cheveux échappée de sa tresse. Contre toute attente, elle donnait l'impression d'être en pleine forme.

— Ou plutôt, nous n'aurons des éléments qu'à partir de demain matin de bonne heure. J'ai déjà effectué des recherches sur Internet, pour voir s'il y avait des articles intéressants sur l'entreprise. Rien de particulier. En décembre dernier, *Le Télégramme* a publié un papier sur l'exercice de l'année et sur la bonne santé de l'entreprise.

— Quand a-t-elle été créée ?

Le Menn jeta un coup d'œil aux notes de son téléphone.

— Il y a huit ans.

— Par qui ? Par les trois ?

— Rien à ce sujet.

— Jodoc Luzel détient cinquante pour cent de Héros naval. Les deux autres vingt-cinq pour cent chacun.

Dès le départ, Dupin avait communiqué aux deux fonctionnaires les éléments essentiels recueillis lors de ses conversations avec la cheffe des pompiers, le marchand de vin et le maire. Mais il avait oublié celui-là.

Nevou se redressa.

— Alors le caviste a dû mettre un gros pactole. Je ne sais pas…

— Avez-vous appris quelque chose au sujet du gérant ?

Le carnet Clairefontaine rouge était posé devant le commissaire.

— Ses collaborateurs n'en ont dit que du bien. Unanimement. Il est très apprécié. Quant à Luzel, Chaboseau et Priziac, personne ne les connaît personnellement.

Intéressant. L'homme n'avait pas laissé à Dupin l'impression d'être proche de ses ouvriers. Sans doute s'était-il mépris.

— Je lui ai également parlé. Brièvement. Il était chez lui lors de l'explosion. Une femme et trois enfants. Il n'avait rien à dire sur les événements. Rien de plus que les ouvriers.

Nevou était de plus en plus économe de paroles.

— J'ai encore quelque chose sur Héros naval, mais ce n'est pas lié à la construction, intervint Le Menn. Je ne sais pas si vous en avez eu vent, commissaire. La capsule, vous savez, de l'expédition Under the Pole ? Une capsule sous-marine compacte dotée de deux dômes en plexiglas à ses extrémités offrant une vision à trois cent soixante degrés, dans laquelle on peut vivre jusqu'à trois jours sur les fonds marins.

Elle avait fait la une de la presse bretonne. La photo était impressionnante.

— Un projet très spécial. Le premier du genre dans le monde entier, continua Le Menn avec enthousiasme. Elle permet aux scientifiques de faire des observations longues, impossibles lors d'une simple plongée. On peut dormir et manger dans la capsule, regarder et, surtout, au moyen d'un sas, sortir en mer. C'est une vraie révolution pour la science.

— Et c'est Héros naval qui l'a conçue ?

— Ils l'ont construite. Elle a été dessinée par une équipe de chercheurs en 2011.

Il revint à l'esprit de Dupin que Le Menn était une plongeuse passionnée. Ce n'était donc pas un hasard qu'elle s'intéresse à ce type de projets.

— L'entreprise a investi ?

— Non. L'argent vient de trois autres partenaires, dont la région Bretagne. Deux cent mille euros au total.

— Le projet a souffert de l'explosion ?

— Non. Mais l'entrepôt où elle est assemblée se trouve à proximité. C'est par pur hasard qu'elle a été épargnée.

— Posez des questions pour savoir s'il y a des histoires intéressantes à ce sujet. Passons au point suivant. (Dupin aurait voulu l'aborder plus tôt.) Le maire se trouvait ce soir au concert d'ouverture dans la Ville close. J'aimerais qu'on trouve quelques témoins. Il faut savoir à quelle heure il était présent. Et s'il était seul. Pour l'instant, nous savons seulement qu'il a quitté le concert vers vingt-deux heures vingt.

— Il fait partie des suspects ?

Nevou semblait impressionnée à cette idée, ce qui lui arrivait rarement.

— Lui comme d'autres. Et j'aimerais savoir où se trouvait Priziac. Avez-vous des nouvelles de madame Chaboseau ?

— Non, dit Le Menn. Elle est sans doute déjà dans son lit.

— Voulez-vous commander quelque chose ?

Philippe Basset s'était présenté à leur table.

— Ou prendre un verre ?

— Une grande bouteille de Plancoët, fit Le Menn.

L'eau minérale bretonne.

— Pour moi, ce sera un Breizh Cola, ajouta Nevou.

— Je vais prendre un verre de gascogne, dit Dupin.

Pouvait-il en être autrement ? C'était tout à fait ce qu'il lui fallait. Un léger vin de pays frais, qui ne manquerait pas de le revigorer. Il avait d'abord songé à un Pernod.

Il adressa un regard encourageant à ses collègues.

— Pour moi aussi, dit joyeusement Le Menn.

— Je reste au Coca.

Ni café ni vin. Le commissaire commençait à se faire du souci pour Nevou.

— Ce soir, il y avait du turbot grillé. Il m'en reste deux beaux.

Le turbot de Philippe était légendaire. Grillé au charbon. La peau croustillante avec les marques du gril, la chair blanche et ferme. Une pincée de fleur de sel, une autre de piment, du poivre et une délicieuse sauce au gingembre pour accompagner. L'un des meilleurs poissons. Lorsque le turbot se trouvait à la carte du jour, Dupin renonçait même à son entrecôte.

— D'accord, opina Nevou.

Dupin fut soulagé.

Le Menn approuva également.

— Avec des pommes sautées, compléta le commissaire.

Philippe les préparait avec des rattes, de délicieuses pommes de terre. Il les cuisinait à la poêle, dans un mélange de beurre salé et d'huile d'olive, avec une pointe de piment d'Espelette. La peau restait ferme, la chair tendre. Ni Le Menn ni Nevou ne le contredirent.

— J'ai des informations sur ce bateau, commença Nevou qui avait recouvré un semblant d'énergie. Celui qui change le plastique en carburant. Chaboseau n'est plus dans le projet. J'ai appelé en personne l'un des propriétaires.

Le Menn enchaîna.

— Le docteur Chaboseau avait des parts dans

So Breizh et il siégeait au conseil de Produit en Bretagne.

Ce dernier était un regroupement de plusieurs centaines de producteurs bretons dans des domaines variés, des vêtements à la nourriture en passant par les cosmétiques, qui, en plus d'une publicité offensive et d'une distribution commune, avaient créé un label garantissant un certain niveau de qualité et attestant de la noblesse des origines des produits. Pour les Bretons, c'était un phare dans la mer infinie du marché.

— So Breizh ?

Encore une chose dont Dupin n'avait jamais entendu parler.

— C'est une association qui soutient des entreprises bretonnes qui se consacrent à des projets ou à des initiatives économiques durables et écologiques. Par exemple, la culture de chanvre à Concarneau.

Le commissaire fronça les sourcils.

— La culture légale. Farine et huile avec les graines, précisa Le Menn.

Qu'est-ce qu'on n'inventait pas, tout de même !

— Vous pensez que ce serait en lien avec l'affaire ? demanda Dupin.

— Pas encore. Mais disons qu'il pourrait y avoir des conflits d'intérêts. Autrement dit : peut-être que ses sociétés ont bénéficié du soutien de ces associations. Qui sait ? Je regarde ça.

La mafia bretonne, pensa Dupin. Le Menn avait parfaitement raison.

— Faites-le. Et qu'en est-il de l'employée des Chaboseau ? Vous avez des infos ?

— Oui. Plutôt insoupçonnable. Elle a un solide alibi.

— Et les affaires de Chaboseau dans l'immobilier ? On a découvert quelque chose d'intéressant ?

Dupin regardait une double page de son carnet qu'il avait noircie, assez illisiblement, avec les différents points de l'enquête. Le Menn prit la parole.

— Il a investi dans la construction de la thalasso, qui a été revendue six mois plus tard avec un avantageux profit à une société d'exploitation. Il en est donc sorti. Concernant l'autorisation de transformer en terrain constructible la colline à l'ouest des Sables Blancs, tout semble avoir été fait dans les règles. J'ai téléphoné à deux agents immobiliers de ma connaissance. Il n'y a rien non plus sur Internet à propos de possibles irrégularités. L'extension était dans l'intérêt de la ville, c'est ce qui a permis de transformer les terrains de Chaboseau en terrains constructibles.

Le Menn s'exprimait sur un ton routinier.

— Il y a eu une large majorité à tous les niveaux parmi les politiques. Il ne semble pas que le docteur Chaboseau ait exercé d'influence perceptible.

Si Dupin avait bien compris le fonctionnement des notables, ces vieilles familles bourgeoises de la ville, ce genre de pratique était superflu compte tenu de la nature de leur emprise. Nevou et Le Menn avaient accompli un bon travail.

— Ah ! Aucune mention de Sieren Cléac, la propriétaire de la conserverie Fête de la mer ?

C'était également un des points du carnet de Dupin.

— Elle n'est pas chez elle. Françoise Gloux nous a donné le contact d'une de ses amies qui ignore également où elle se trouve. Ce matin encore, elle a échangé par SMS avec madame Cléac, lui demandant de la contacter. Mais d'après une employée, madame Cléac était à sept heures du matin à la conserverie pour réceptionner une cargaison de sardines fraîches.

— Voilà !

Philippe Basset était arrivé à leur table avec l'eau, le vin – une bouteille – et le Breizh Cola pour Nevou.

Dupin servit sans un mot, Le Menn d'abord, puis lui-même. Il but une première gorgée sans plus attendre. Puis une autre.

Ça faisait un bien infini.

Le Menn et Nevou avaient l'air pareillement soulagées. Un agréable silence se fit.

Il se resservit.

Il s'était trouvé ici des centaines de fois. Il aurait pu fermer les yeux et décrire le lieu dans ses moindres détails. En face le homard noir et blanc sur fond rouge vif. Le long du mur, entre les fenêtres, d'autres lithographies, des poissons dans des couleurs et des tons atlantiques. Des posters merveilleux de la céramiste Valérie Le Roux, qui possédait un atelier à proximité. Juste à côté de Dupin était accrochée la reproduction d'une affiche publicitaire du début des années 1930, qui, c'était incroyable, décrivait l'Amiral à l'identique de ce qu'il était encore : « Gourmands, gourmets et bons buveurs ! Tables abondantes et variées. Sans chichi ni flafla, la bonne vie. » C'était, de nos jours encore, la maxime de Philippe : faire naître l'extraordinaire à partir de produits simples. « Venez un jour, assurait la dernière phrase, vous resterez une semaine ! » C'est exactement ce qu'avait vécu Dupin, qui ne put retenir un sourire.

Il servit du vin à Le Menn.

— C'est précisément ici que se déroule l'intrigue du *Chien jaune*.

Le Menn regarda la salle. La phrase restait comme suspendue en l'air. A côté de l'entrée de la brasserie était accrochée, dans un petit cadre, une phrase d'ouverture du roman : « Maigret s'installa naturellement à l'hôtel de l'Amiral, qui est le meilleur de la ville. Il était cinq heures de l'après-midi et la nuit venait de tomber quand il pénétra dans le café… »

Contrairement au commissaire Maigret, Georges Simenon, son créateur, résidait dans une villa sur la plage des Sables Blancs lorsqu'il séjourna à Concarneau en 1930 puis en 1931, l'année où l'ouvrage parut.

— On dit même, entreprit Le Menn en savourant une gorgée de vin, que le restaurant doit son nom au livre.

Un sujet passionnément débattu. Comme tout ce qui a trait aux origines en Bretagne, on trouvait de nombreuses variantes de l'histoire.

— Allons, reprenons depuis le début, déclara Dupin qui se sentait redevenir nerveux. Quels seraient les mobiles d'un plasticage de Héros naval ?

— Il me semble évident, dit Le Menn en se resservant du vin ainsi qu'à son patron, et en fronçant les sourcils, que seule l'explosion de la plus petite citerne était prévue. La seconde explosion n'était probablement qu'un dommage collatéral. Le ou les malfaiteurs… On ne pouvait pas anticiper la deuxième explosion.

Ils furent interrompus par des sirènes stridentes. Deux estafettes apparurent au coin de la rue et s'arrêtèrent devant la terrasse de l'Amiral.

Le Menn, Nevou et Dupin se levèrent en même temps.

Dès la porte franchie, Dupin se trouva nez à nez avec la passagère de la seconde voiture, à son plus grand étonnement. Une entrée théâtrale, magistrale.

— Nolwenn ! s'écria-t-il.

— C'est pas croyable, tout de même ! Je tourne

les talons et c'est le chaos total ! Quelle merde, pour ne pas vous citer, commissaire !

L'idée folle de Dupin avait fonctionné. Les gendarmes avaient retrouvé Nolwenn.

— Comment vont les blessés du chantier naval ?

— Aucun d'eux n'est plus en danger. Ils s'en sortiront, intervint Nevou.

— C'est le plus important ! Venez.

Nolwenn passa énergiquement entre Dupin et Le Menn.

— Je dois tout savoir. Le moindre détail !

Elle disparut dans la brasserie. Dupin et les deux policières se hâtaient de la suivre, la mine encore interdite.

— Et il faut que ça tombe dans notre ville !

Elle se dirigea automatiquement vers la place habituelle de Dupin.

— Un meurtre ! Un attentat ! Quelle audace !

Ils s'assirent.

— Et où est Le Ber ?

— Impossible de le joindre.

— Dans la maison de sa sœur ?

— Oui.

— Bien. Je m'en occupe.

Ce genre de phrase avait manqué à Dupin.

— Bonsoir, Nolwenn.

Philippe Basset se présenta à leur table, portant un large plateau avec les plats, accompagnés d'une autre bouteille de gascogne blanc.

— C'est comme ça que ça doit se passer, fit Nolwenn. *Da heul al labour emañ ar boued.*

L'un des plus sages proverbes bretons : « A la suite du travail vient la nourriture. » Ou : « La nourriture est en proportion du travail. » Dans les deux cas, il tombait juste.

— Vous avez faim ?

Philippe avait posé toutes les assiettes et il s'adressait à Nolwenn.

— Merci bien. Nous venons de manger un cochon entier. Mais je prendrai un verre de vin.

L'homme acquiesça et alla chercher un verre supplémentaire.

— Maintenant dites-moi tout, commissaire. N'oubliez aucun détail.

C'était une sommation plus qu'une invitation.

Le poisson et les pommes de terre dégageaient un appétissant fumet. Dupin en prit une solide bouchée.

— Alors…

Il ne put aller plus loin ; il prit une deuxième bouchée, plus grosse encore. C'était délicieux : la quintessence de la mer, associée au goût de beurre salé des pommes de terre sautées.

Il lui fallut une bonne demi-heure pour faire un point complet de leurs investigations et répondre aux questions de Nolwenn. Le temps d'écluser la seconde bouteille.

Nolwenn lâcha un « hum » aussi sérieux qu'abscons

en guise de résumé. Elle sombra un long moment dans un silence pensif, puis soupira.

— Quel bazar, mais quel bazar ! Ce sera difficile. Va falloir cravacher. Et nous aurons besoin d'aide.

Elle se leva.

— Mais demain matin de bonne heure. Cette nuit, on n'obtiendra plus grand-chose. (Elle jeta un coup d'œil à l'heure.) Il est déjà une heure et quart.

Dupin voulut rétorquer quelque chose. Mais elle avait raison.

Il ressentait un soulagement profond depuis son retour. Elle lui avait manqué. Son soutien, ses manières à nulles autres pareilles.

— Sept heures ici ?

Nolwenn regarda les autres.

— Sept heures ici, confirma Dupin.

Nevou et Le Menn semblaient elles aussi apprécier le retour de Nolwenn. S'il avait de la chance, il trouverait Claire encore debout, et ils pourraient échanger quelques mots après cette folle journée.

Sa sieste dans l'herbe tendre de la pointe du Raz lui semblait remonter à plusieurs semaines.

Dupin rentra chez eux à précisément une heure trente-sept.

Aucun bruit ni lumière. Peut-être dans la chambre du fond au premier étage, où se trouvaient ses beaux-parents, mais rien dans le salon, au rez-de-chaussée, ni dans leur propre chambre, à l'étage, sur le devant, orientés vers la mer.

Claire devait déjà dormir.

Leur maison était un peu en hauteur, à trente mètres du rivage. Une petite plage paradisiaque, Coat Pin, à côté de la plage des Dames, le mur du quai avec la large promenade en bord de mer, puis le boulevard Katerine-Wylie, une haie épaisse contre un vieux mur de briques, puis un avant-jardin hirsute, et, enfin, leur maison.

Dupin n'alluma pas. Les rayons de lune pénétraient par les grandes fenêtres et c'était une nuit claire. Il y voyait suffisamment pour se déplacer. Il mit le poisson fumé au réfrigérateur, sans savoir s'il serait encore consommable après une journée dans la voiture. Il rejoignit ensuite la petite table en bois du salon, qu'il tenait de son arrière-grand-père et qu'il avait convertie en bar. Son seul héritage, avec la chaise assortie, dont il ne savait dire si elle était très confortable ou très inconfortable. Il se servit un verre d'Armorik, le whisky breton.

Ses pensées fusaient malgré la fatigue. Il espérait que l'alcool agirait comme un calmant et lui éviterait de se torturer les méninges jusque dans son sommeil. D'inutiles et épuisants raisonnements, aux contours flous, certains gagnant en proportion jusqu'à l'obsession, puis de menus détails contre lesquels se heurtait sans cesse la raison – une véritable torture.

Dupin saisit la bouteille et le verre, qui s'entrechoquèrent doucement. Il sursauta.

Il avait entendu quelque chose.

Une voix. Un murmure.

— Georges... Je suis là...

Claire, cette fois à peine plus fort. Ça venait du dehors. Dupin remarqua alors la porte ouverte de la terrasse.

Claire était étendue dans l'une des deux chaises longues orientées vers la mer.

— Je t'attendais. Puis j'ai dû fermer les yeux.

Dupin aperçut son sourire. Il lui sourit en retour.

— Regarde ce ciel magnifique !

Ils resteraient tout simplement installés là. A regarder la mer, à admirer la lune au-dessus de l'Atlantique, se reflétant dans les eaux calmes. On ne voyait pas seulement quelques étoiles scintillantes, çà et là, mais toute la Voie lactée. Si présente, si palpable qu'on prenait alors conscience que notre petite planète participait à ce puissant miracle. Il y avait tant d'étoiles ! Aucun vide ni obscurité.

# LE DEUXIÈME JOUR

Il était six heures trente-deux.

Cela faisait quelques minutes que Dupin était installé à l'Amiral. Il était sorti de chez lui au lever du jour. Il appréciait ces balades matinales au cours desquelles il regardait la ville et le monde naître doucement à la vie.

La nuit avait été courte. Hantée d'étranges rêves. A cinq heures trente, il était parfaitement éveillé. A cinq heures quarante-cinq, il avait avalé son premier café noir sur la terrasse, où il était resté avec Claire jusqu'à trois heures moins le quart. En gagnant leur lit, ils avaient rapidement discuté de l'emploi du temps des parents de Claire pour le week-end. Dupin n'avait eu aucune peine à approuver les propositions de sa compagne, puisqu'il ne serait pas présent.

C'était le magicien, dont Françoise lui avait parlé la veille à la galerie, qui avait tourmenté son sommeil. Son enquête et les légendes immémoriales de la Ville close avaient fini par se confondre dans son esprit embrumé : l'enchanteur avait mis le feu à la ville, provoqué des explosions, faisant disparaître Concarneau dans un déluge de feu.

C'était une terrible légende ; celle de Siprian et d'Emilia, à la beauté surnaturelle, le mythe d'un jeune couple qui, un beau jour, s'était retrouvé face à un dilemme cornélien. Pour sauver la ville assaillie par une frégate de pirates sanguinaires, Emilia devait se donner à un puissant mage, qui avait fait se dresser de hautes murailles protectrices tout autour de la cité. La rusée jeune femme lui administra un somnifère pour se dérober à ses caresses. L'enchanteur ensorcela alors les deux amants : promis à l'immortalité et à un amour éternel, l'une ne pouvait quitter la ville en raison de ses fortifications, l'autre ne pouvait y pénétrer. Pour Dupin, il n'était plus tragique légende. Siprian et Emilia troublaient régulièrement son sommeil.

Le commissaire s'était installé à l'extrémité de la terrasse. L'air était encore frais mais on sentait que la journée serait radieuse. Les pavés réguliers luisaient sous la lumière du soleil. La place allait s'animer peu à peu, alors que régnait déjà l'effervescence à la criée et aux chantiers navals.

Dupin mit à jour la liste des personnes qu'il devait rencontrer. Il essaya également d'ordonner les choses différemment. Quels étaient, pour l'heure, les points et les questions les plus urgents ? Nolwenn et les deux policières n'allaient pas tarder. Malgré sa courte nuit, le commissaire débordait d'énergie.

— Bonjour, chef ! C'est moi.

Il n'en croyait pas ses yeux. Le lieutenant Le Ber en personne.

— Que... que me vaut ce plaisir ?

— A cinq heures quatre, une voiture de police se trouvait devant chez ma sœur. Avec le deux-tons et les gyros. Ils m'ont conduit au port, au Palais. Le ferry était déjà là.

Incroyable. Nolwenn avait dû tout planifier la nuit dernière.

— Nolwenn m'a exposé les grandes lignes par téléphone, patron.

— Très bien. Je suis...

Il choisit ses mots pour ne pas paraître trop sentimental.

— Je suis heureux que vous soyez là, Le Ber.

Celui-ci ne soupçonnait pas à quel point c'était vrai. Dupin n'y croyait plus. Après le retour inespéré de Nolwenn, celui de Le Ber.

L'inspecteur s'assit sans autre forme de procès. Il avait l'air frais comme un gardon, prêt à en découdre.

— Bonjour, Le Ber. Un café aussi ? demanda Ingrid.

— Absolument !

Peu à peu les choses redevenaient normales – si tant est qu'on puisse employer ce terme au vu des événements récents. Avec les deux policières et son équipe habituelle, Dupin disposait d'une brigade à toute épreuve.

— Vous ne trouvez pas ça étrange, patron, un meurtre à l'Amiral ? Et, comme par hasard, un médecin et un pharmacien. Comme dans *Le Chien jaune*, de Simenon. Même si dans le livre le médecin ne pratique plus. Même si le pharmacien ne fait pas partie des protagonistes.

— Non, répondit son supérieur très distinctement. Je ne trouve pas ça étrange. Et le meurtre n'a pas eu lieu à l'intérieur du restaurant.

L'inspecteur se gratta la tête.

— Dans le roman, il y a aussi un négociant en vins. Au départ, il est impliqué, ensuite il ne joue plus un grand rôle.

Françoise avait également mentionné ce détail.

— Mais il y a un journaliste, contrairement à notre affaire.

Ça bourdonnait dans la tête de Dupin.

— D'ailleurs, il n'y a pas que *Le Chien jaune* qui se passe à Concarneau. Simenon a envoyé son Maigret chez nous à plusieurs occasions. Y compris pour des vacances. Et d'autres romans de lui se passent ici, comme *Les Demoiselles de Concarneau*…

— Nous avons besoin d'informations plus précises sur Héros naval, Le Ber. Il doit s'y tramer quelque chose de mauvais. Il me faut en savoir plus sur les affaires des trois compères.

— Des coups tordus ? Une dispute entre eux ? dit Le Ber qui avait pris un ton grave. Manifestement, il y a beaucoup d'argent, de pouvoir et de réputation dans la balance. Peut-être que l'un d'eux a essayé de gruger les autres ? Déclenchant la guerre ?

Une hypothèse plausible que Dupin n'avait pas envisagée aussi nettement.

— Possible.

Un tel scénario pourrait théoriquement tout expliquer. Priziac et Luzel auraient alors tué le médecin. Et provoqué l'explosion de la citerne.

— Il y a cependant une chose qui ne colle pas. (Le Ber se distinguait entre autres par une rationalité à toute épreuve.) Tous les trois faisaient des affaires depuis longtemps et se connaissaient bien. Ils auraient préféré se liguer contre la concurrence plutôt que de se tirer dans les pattes.

Et pourtant… Dupin en avait déjà tant vu. Le plus important, pour un enquêteur digne de ce nom, c'était de ne rien exclure.

— Dites-moi, Le Ber, connaissez-vous personnellement Evette Derrien ?

— De vue seulement. Une de ses patientes est une amie de ma femme. C'est quelqu'un disons de… très exigeant. Et elle est pleinement satisfaite de la docteure Derrien. J'en déduis qu'elle doit être attentionnée et compétente. C'est aussi une surfeuse invétérée.

— Et le docteur Chaboseau ?

— Je suis allé le voir une fois, pour une lombalgie aiguë, parce que Pelliet était en vacances. Il y a quatre ans, je dirais. Il m'a fait une piqûre. Assez impénétrable comme type. Et un homme d'affaires de la plus grande discrétion, à ce qu'on raconte. Une réserve aristocratique. Convaincu qu'il ne faut pas parler d'argent. D'autant plus lorsqu'on est plein aux as. Bonne réputation comme toubib. Mais pas du même monde, quoi.

— Et cette Sieren Cléac, la propriétaire de la conserverie ?

— Ma femme la connaît. Elle ne jure que par ses conserves. Moi aussi, d'ailleurs. J'ai eu l'occasion de visiter son usine, elle avait invité ma femme. Il faut absolument que vous goûtiez ses rillettes de sardines aux trois algues. Des sardines, des algues dulse, nori et wakamé, puis du sel de Guérande et de la crème fraîche bretonne. Un délice…

Il s'interrompit de lui-même et revint à l'affaire.

— Cléac a l'air très sympa. Elle n'est à Concarneau que depuis quelques années, je crois.

Ils firent silence.

— Et j'ignorais totalement que Chaboseau avait un fils… reprit le lieutenant. Mais c'est intéressant. Peut-être qu'il y a un drame familial derrière tout ça. Ou une question d'héritage.

— Que pensez-vous de madame Chaboseau ?

— Il ne faut pas la sous-estimer. Je l'ai rencontrée à l'occasion de vernissages chez Gloux, presque toujours sans son mari. Elle est inflexible, d'une volonté de fer. Une forte femme, dure, robuste. Quant au pharmacien, continua-t-il, c'est un calculateur au sang-froid. Sans scrupule. Je le crois capable de tout. (Dupin le pensait aussi.) Le caviste, c'est le filou classique. Très sociable, et un sens inné du commerce. Ça peut le rendre vindicatif et il va chercher la bagarre. La plupart des gens ne connaissent de lui que le côté bon vivant.

Ça avait le mérite d'être clair.

— Et le maire dans tout ça ? Vous êtes au courant de ses différends avec Luzel ?

— A ce qu'on dit, il ne s'agirait que d'escarmouches sans conséquences. Jodoc Luzel aime faire courir le bruit qu'il va se lancer en politique.

— Il l'a déjà fait par le passé ?

— Oui, quelquefois. Jusqu'à aujourd'hui, rien de sérieux. En revanche, la dispute entre Chaboseau et le maire était autrement plus grave. J'ai un cousin qui possède lui-même une micro-brasserie. Leur multiplication met un coup aux plus grandes. C'est dur pour le Roi Gradlon et quelques autres. Il n'y a que Britt qui se développe. Ajoutons à ça la pénurie de gaz carbonique de cet été…

Dupin n'en demandait pas davantage. Son affaire n'avait sans doute rien à voir avec un manque de dioxyde de carbone. Lorsqu'on évoquait Britt, il ne pouvait s'empêcher de penser à la manière plaisante dont l'entreprise était née. Au début du XX^e siècle, Célestin Heurtaud avait mis au point un breuvage aux vertus médicinales presque miraculeuses – pour les marins, notamment, soumis aux rudesses de la mer. Dupin supposait que le seul miracle là-dedans, c'était l'alcool. Quoi qu'il en soit, le remède était massivement prescrit par les médecins, et les patients se l'administraient de bon cœur. La bière contemporaine se réclamait toujours de cette recette.

— Est-ce que le Roi Gradlon traverse d'importantes difficultés financières ?

— Oui, d'après mon cousin.

Intéressant.

— A fouiller, donc. Et cette capsule sous-marine construite par Héros naval ? Y a-t-il une histoire à ce sujet ?

Les yeux de Le Ber étincelèrent.

— Ce n'est que le début ! Les scientifiques envisagent toute une station sous-marine à l'intérieur de laquelle une équipe pourra vivre pendant un mois. On dirait du Jules Verne !

Dupin s'était attendu à ce qu'il ajoute que Jules Verne, lui aussi, était breton.

— Les débris de l'explosion auraient pu toucher le hangar où se trouve la capsule. Vous êtes au courant de conflits en lien avec ce projet ?

— Non.

— Bien. Le Menn et Nevou vont s'en occuper.

Le Ber s'en serait volontiers chargé, cela n'avait pas échappé à Dupin. Mais il avait besoin de lui ailleurs.

— A quoi cette capsule est-elle destinée ?

— A une mission dans le Pacifique, sur l'influence des cycles lunaires sur le monde sous-marin. Il y en aura sans doute une autre dans la baie de Concarneau. (Un enthousiasme dangereux pointait maintenant dans la voix du lieutenant.) A ce propos, dit-il, ce qui annonçait une de ses habituelles digressions, avez-vous lu les dernières nouvelles au sujet de 622 ? Il a déjà nagé jusqu'à la côte sud de l'Irlande et se trouvera bientôt au niveau de Limerick. Et ça ne fait que dix jours !

Force était de reconnaître que c'était impressionnant. Dupin était heureux d'apprendre que le phoque se portait bien, mais ça ne faisait pas avancer ses affaires.

— Et que comptent-ils rechercher dans notre baie ?

Une question imprudente, mais l'inspecteur avait piqué sa curiosité.

— Les scientifiques de l'Ifremer de Brest ont découvert un phénomène géologique dans la baie, unique en son genre. Il y a d'innombrables cratères sur le sol sous-marin, et profonds, probablement creusés au cours des millénaires par la libération d'énormes quantités de gaz. On en trouve partout dans les océans, mais pas dans une telle densité. Ils veulent étudier ça grâce à la capsule.

Claire, que de telles choses fascinaient, lui avait expliqué récemment la formation de cratères de ce type. D'un point de vue géologique, la baie de Concarneau était récente, environ dix mille ans – elle était le fruit de la montée des eaux consécutive à un réchauffement rapide de la terre. Voilà bien longtemps, s'étirait face à Concarneau une grande vallée de vingt-cinq kilomètres de long, dont les actuelles îles Glénan formaient l'extrémité. Une vallée fertile, recouverte d'épaisses forêts, au fond de laquelle serpentaient de nombreux fleuves, charriant avec eux quantité de matières organiques. Plus tard, les mêmes matières, recouvertes de couches sédimentaires, avaient produit des gaz au fond de la mer ; ils s'étaient libérés sous l'effet de l'activité sismique pour finalement créer ces cratères. Certains scientifiques, et c'était, là, du Jules Verne, supposaient qu'il y avait sous la baie une poche de gaz de plus de cent kilomètres carrés – ce qui conduisait aux théories les plus folles, et, parmi elles, que la poche, en explosant, propulserait Concarneau dans les airs.

— Vous n'ignorez pas, remarqua Le Ber comme s'il avait lu dans ses pensées, que cette poche de gaz permet d'expliquer les mystérieuses infortunes maritimes des siècles passés. Comme la disparition soudaine de vaisseaux dès leur sortie du port. A l'instar du triangle des Bermudes...

— Bonjour !

Nolwenn, en pleine forme, était apparue devant eux.

— Comme on dit, *Abred ne goll gwech ebet*, qui se lève tôt gagne sa journée.

Elle était l'incarnation même de l'élan, du besoin d'action, de la détermination. Sa trop courte nuit n'avait laissé aucun stigmate sur son visage.

— Bon retour parmi nous, lieutenant Le Ber ! Commençons par une bonne nouvelle : les ouvriers sont tous en voie de rétablissement, d'après ce qu'on m'a dit. Les deux blessés légers pourront sortir dès demain. Malheureusement, ils n'ont rien vu ni entendu de suspect, ce qui aurait pu nous aider. L'état des deux autres est maintenant stable, bien qu'ils aient perdu beaucoup de sang.

Dupin jeta un coup d'œil à sa montre. Sept heures cinq.

— Nevou et Le Menn sont déjà au commissariat, dit Nolwenn. Je ne vais pas tarder à les rejoindre.

Elle avait besoin de plusieurs téléphones et d'au moins un ordinateur.

— Les travaux de rénovation sont suspendus jusqu'à nouvel ordre. (Elle eut un sourire mauvais.) Je m'en suis assurée.

Dupin sourit. C'est ce qu'on appelait avoir du pouvoir.

— J'ai également parlé à Sieren Cléac. Elle vous attend à sept heures et demie à la conserverie.

Dupin jeta un regard à Le Ber.

— On s'en charge ensemble.

— Bien, patron.

— Félix Chaboseau arrive à Concarneau ce matin, reprit la secrétaire. Il envisage de rendre visite à sa mère vers dix heures.

Depuis le retour de Nolwenn, le rythme s'accélérait, constata joyeusement Dupin.

— Très bien, dit-il. Et j'ai encore quelques questions à poser à Priziac.

— Ça ne devrait pas être un problème.

Encore des mots qui faisaient plaisir à entendre.

— Le préfet a essayé de vous joindre, ajouta Nolwenn en s'éclaircissant la gorge. Je lui ai exposé la situation. Il vous prie de le rappeler, seulement si vous en avez le temps. Lui-même a fort à faire.

Dupin fit mine de rien.

— Aujourd'hui, on arrose à Quimper le nouveau panneau à la sortie de la route nationale. Il y en aura rapidement beaucoup d'autres.

Un sujet des plus sensibles. Les routes nationales, ces grands axes à quatre voies qui font office d'autoroutes en Bretagne, sont sous l'égide de l'administration parisienne. Celle-ci venait enfin de se décider à faire appliquer les dispositions relatives à la transmission des langues de Bretagne et au développement de leur usage dans la vie quotidienne.

Depuis longtemps déjà, les localités étaient annoncées par des panneaux bilingues, Concarneau/Konk-Kerne, Quimper/Kemper. Ces mesures ont été prises plus tardivement pour les grands axes, après des protestations publiques. Les panneaux vétustes que l'on remplaçait se retrouvaient du jour au lendemain cabossés, illisibles. Les nouveaux panneaux, obtenus de haute lutte, étaient donc célébrés comme il se devait.

— En résumé, vous pouvez lui laisser un message aujourd'hui, aucun risque qu'il vous rappelle, conclut Nolwenn avec un sourire éloquent.

La conserverie se trouvait dans une ancienne grange en pierre au toit d'ardoises. A la lisière de Concarneau, en direction de Trégunc, sur un bras de mer idyllique, l'anse du Minaouët, à l'est de la ville, formait des méandres à l'intérieur des terres. A marée basse, le lit du fleuve se muait en une langue de sable blanc et fin qui s'étirait à l'infini. L'ambiance était particulière : des champs, des murets en pierre, des prés aux herbes folles, de petits bois touffus et enchanteurs, des ruisseaux qui serpentaient çà et là, formant de modestes étangs. Un paisible paradis. Trente mètres tout au plus séparaient la bâtisse de la mer que l'on voyait étinceler depuis l'extrémité du terrain à travers une épaisse rangée de chênes.

Une employée vêtue d'une blouse et coiffée d'une

charlotte d'un blanc immaculé avait ouvert à Dupin et à Le Ber, et les avait introduits au cœur de la production, dans une salle claire au sol en béton.

— Madame Cléac sera bientôt là.

L'ouvrière laissa le commissaire et l'inspecteur au milieu de la pièce et gagna une longue paillasse en aluminium sur laquelle deux containers, l'un bleu, l'autre jaune, débordaient de sardines, sans doute des centaines ; des poissons superbes, au ventre argenté et étincelant et au dos sombre. Longtemps, on les avait considérés comme trop communs, de peu de valeur, sans intérêt gastronomique, au même titre que le cabillaud. Depuis, ces deux espèces avaient gagné leurs lettres de noblesse. L'employée enfila ses gants et se mit à la tâche, silencieuse, à côté de sa collègue. Chaque poste de travail était occupé par deux personnes, uniquement des femmes. Aucune ne se laissait décontenancer par la présence des deux hommes, elles officiaient comme si de rien n'était. Dupin découvrait l'intérieur d'une conserverie : manifestement, la première étape consistait à trancher la tête du poisson à l'aide d'un grand couteau avant d'envoyer le corps dans un bassin d'acier alimenté en eau courante.

— Vous voulez me parler ?

Le commissaire, piqué de curiosité, s'était approché d'une des paillasses. Il y avait des dizaines de bocaux contenant cinq ou six sardines, et une ouvrière, armée d'une louche, versait avec précaution dans chacun d'eux une sauce au fumet divin. Un parfum frais et épicé flottait dans l'air.

— Oui, répondit le commissaire en se tournant vers madame Cléac.

Elle aussi portait une blouse et une charlotte blanches. Elle avait un nez fin, des yeux foncés, un regard intense. Des cheveux châtains sortaient de sa coiffe. Tout dans son allure était fier. Elle affichait un large sourire.

— J'aimerais connaître la teneur de votre conversation avec le docteur Chaboseau, hier matin, lorsque vous l'avez eu au téléphone, fit Dupin pour aller droit au but. C'était peu après onze heures, quelques heures avant son décès.

C'était un endroit incongru pour mener un interrogatoire. Mais cela plaisait au commissaire : il aimait rencontrer les gens dans un environnement qui leur était familier, partager une tranche de leur vie.

Sieren Cléac s'était rendue à l'autre bout de la pièce, suivie des deux hommes. S'y trouvait une imposante friteuse surmontée d'une hotte d'extraction silencieuse ultramoderne qui semblait fonctionner parfaitement, à en juger par l'absence d'odeur.

— Très bien, dit la patronne à une employée qui avait garni de poissons les paniers à frire rectangulaires avant de les plonger dans l'huile.

Dupin avait déjà vu faire ça sur des photos d'archives : dans chaque panier étaient étroitement alignées des centaines de sardines dont la nageoire caudale pointait vers le haut.

Le Ber ne put se contenir davantage. Il était déjà étonnant qu'il eût tenu sa langue aussi longtemps.

— La production se déroule comme il y a cent ou cent cinquante ans. Tout est artisanal. Les poissons sont rapidement saisis à la friteuse avant d'être placés dans les bocaux. Puis chaque chef y ajoute sa signature : son propre mélange d'huiles et d'épices, parfois même des fruits et des légumes. La base est toujours la même : de l'huile pure et du sel de mer. Ici, c'est de l'huile d'arachide, comme lorsque j'étais enfant.

L'expression de son visage se fit nostalgique.

— De nos jours, on utilise souvent de l'huile d'olive, ce qui est complètement idiot. Sans compter que c'est souvent de l'huile de mauvaise qualité… Tout dépend de l'huile.

Sieren Cléac adressa un regard reconnaissant à l'inspecteur avant de répondre au commissaire.

— Je ne peux y croire. J'ai parlé à un homme qui est mort quelques heures plus tard.

Elle se figea brièvement puis monta la température de la friteuse au maximum.

— Monsieur Chaboseau m'a proposé de racheter la conserverie. Je lui ai dit que je devais réfléchir. Ce que j'ai fait. Et je l'ai appelé hier. C'est comme ça que ça s'est passé.

— Il voulait vous racheter Fête de la mer ? intervint Le Ber sur un ton outré.

— Oui.

Dupin sortit son carnet de notes.

— Quand vous a-t-il fait cette proposition ?

Elle sembla réfléchir.

— Il y a quatre semaines.

— C'était une offre concrète ? Il vous a communiqué un prix ?

— Non, aucun prix. D'ailleurs il ne connaissait pas notre bilan financier. (Elle se dirigea vers l'un des plus petits plans de travail.) Mais il a dit qu'il en donnerait une belle somme. Il voulait se développer dans le secteur des conserves.

Sur le plan de travail se trouvaient des contenants métalliques arrondis dont la plupart étaient remplis d'algues. Dans les autres on trouvait des tomates séchées, de fines rondelles de citron, des échalotes. A côté, un bol de gros sel. Au milieu, trois saladiers avec de l'huile. C'est ici qu'était élaboré l'accompagnement.

— Fête de la mer, dit-elle en incorporant du sel dans un des saladiers d'huile, est une petite entreprise, spécialisée dans les conserves haut de gamme ; des poissons et des fruits de mer soigneusement sélectionnés, provenant uniquement de la pêche côtière. Nous sommes distribués chez des traiteurs ou dans des épiceries de luxe dans toute la France, pas seulement en Bretagne. Monsieur

Chaboseau pensait que nous pourrions compléter son offre.

— Comment est-il entré en contact avec vous ? Vous vous connaissiez ?

— De vue, oui. Mais nous ne nous étions jamais parlé. Il est venu me voir un midi, à l'Amiral. Il m'a demandé si nous pouvions nous voir pour parler affaires. (Elle saisit un imposant moulin à poivre.) C'est ce que nous avons fait. La semaine dernière au restaurant les Sables Blancs. Pour l'apéritif.

La terrasse de ce restaurant était l'un des plus beaux lieux où boire un verre. Juste au-dessus de la plage, rattachée à un magnifique hôtel. Des planches de bois rappelant le pont d'un navire, surélevées de quelques mètres, offraient une vue imprenable sur la baie de Concarneau.

— Y avait-il quelqu'un avec vous lorsqu'il vous a proposé ce rendez-vous ? demanda le lieutenant.

Le Ber jaugeait Sieren Cléac tout en restant concentré sur leur entretien.

— Non. Il a attendu le moment où je partais. Il m'a accompagnée sur le chemin alors que je rentrais chez moi.

— Où habitez-vous, madame Cléac ?

— Place du Général-de-Gaulle. Juste au-dessus de Hops !. La maison blanche.

Claire et le commissaire se retrouvaient souvent chez Hops ! après le travail. Katell, la propriétaire, avait disposé quelques tables devant la boutique

– un endroit idéal pour prendre un verre. On y servait notamment de délicieuses bières régionales, des créations de petites brasseries qui étaient une épine dans le pied du Roi Gradlon. Comme la Storlok, brassée par Erwan, le frère de Katell, que Dupin et Claire avaient goûtée récemment pour accompagner un fromage de chèvre corse.

— Savez-vous, reprit le commissaire, si le Roi Gradlon appartient en totalité à Pierre Chaboseau ? Ou si l'un de ses amis et partenaires y a également des parts ?

— D'après ce que je sais, il en est l'unique propriétaire.

— Quelle était son attitude lorsque vous vous êtes rencontrés ?

— Tout à fait aimable. (Sieren Cléac écrasait du citron au pilon dans le saladier.) Il faut dire que c'est lui qui voulait obtenir quelque chose de moi, et non le contraire.

— Avez-vous envisagé de vendre ? s'enquit Le Ber.

— Non.

Une réponse claire qui contenait tout son orgueil – ses yeux étincelèrent. L'inspecteur accueillit l'information avec un sourire satisfait.

— C'est d'ailleurs ce que je lui ai dit lors de notre première entrevue. Il m'a poliment invitée à y réfléchir un peu. Je lui ai répondu que ça n'y changerait rien mais que je lui ferais signe.

— Et, continua Dupin, c'est ce que vous avez fait hier ?

— Exactement.

— Comment l'a-t-il pris ?

— Avec fair-play. Il m'a dit qu'il serait toujours là si je changeais d'avis, que je n'avais qu'à lui faire signe.

Dupin regarda le mur derrière la table en aluminium où se trouvait leur interlocutrice ; une dizaine de conserves garnissaient une étagère.

— Ah ! Ce sont nos créations originales, dit-elle, une pointe de fierté dans la voix. Nos archives, pour ainsi dire.

Les étiquettes colorées au design sobre et efficace montraient le contenu : maquereaux marinés au sancerre, lut Dupin, maquereaux aux deux moutardes, moules à la poire et au wakamé, thon aux prunes et aux raisins... D'exquises promesses, représentatives de la récente créativité dont faisaient preuve les conserveries.

— Quel effet vous a fait le docteur Chaboseau au téléphone ? demanda Le Ber.

— Que voulez-vous dire ?

— Je veux dire, avait-il l'air nerveux ? Stressé ?

— Je le connais à peine, vous savez. Mais rien de tout ça. Il avait l'air parfaitement normal. La conversation n'a pas duré longtemps.

— Je comprends. Avez-vous abordé d'autres sujets lors de votre rencontre aux Sables Blancs ?

— Non.

— Vous connaissez monsieur Priziac, le pharmacien ? Et monsieur Luzel, le caviste ?

— De nom, bien sûr. Et de vue. Mais pas personnellement.

— Et le maire ?

— Il s'implique beaucoup en faveur des petites entreprises. Notamment pour les conserveries, dit-elle avec bienveillance.

— Jusqu'où précisément ?

Elle sembla réfléchir puis se reprit aussitôt.

— En principe, nous aurions dû déménager dans la zone industrielle. Mais je ne voulais pas. Comme nous proposons également des visites touristiques, nous avons pu rester ici. C'est lui qui m'a fait remarquer cette faille administrative.

— Etes-vous proches ? demanda Le Ber.

— Non. D'ailleurs, je ne l'ai jamais vu en privé.

— La conserverie n'appartient qu'à vous, madame Cléac, ou avez-vous un associé ?

— La plus grande partie appartient encore à la banque. Mais le reste n'est qu'à moi.

Elle avait posé son pilon pour redresser sa charlotte.

— Vous connaissez Françoise Gloux ?

Dupin lui-même ne savait pas précisément où il voulait en venir.

Un sourire chaleureux irradia le visage de la jeune femme.

— Je l'apprécie beaucoup. Et j'aime sa galerie.

— Vous connaissez la docteure Evette Derrien ? s'immisça Le Ber.

— C'est mon médecin traitant.

C'était intéressant : sans cesse de nouvelles ramifications. Il faut dire que la ville n'était pas bien grande – Sieren Cléac n'habitait qu'à cinq minutes du cabinet.

— Avez-vous déjà rencontré Chaboseau à son cabinet ? Avez-vous déjà eu une consultation avec lui ? demanda Le Ber.

— Ça ne fait pas longtemps que je la consulte, et je n'ai jamais croisé son confrère. Elle m'a été conseillée par une amie.

— Et madame Chaboseau, vous la connaissez ? Je veux dire, personnellement, dit Dupin.

— Non. Je l'ai croisée parfois. A la galerie par exemple. On ne peut pas dire qu'elle ait prêté attention à moi.

C'était tout. Dupin n'avait plus de questions sur sa liste.

— Merci de nous avoir accordé un peu de votre temps, madame Cléac. Une dernière chose. Où étiez-vous précisément hier après-midi entre quinze et seize heures ?

Elle n'eut pas l'air surprise le moins du monde.

— Dans mon bureau, comme tous les vendredis après-midi, pour faire la compta, les livraisons, les commandes, etc.

Elle mit une épice dans le saladier, que Dupin reconnut à l'odeur. Du Kari Gosse, le curry breton.

— Et où se trouve votre bureau ?

— Ici, dans l'annexe de la grange.

— Vous étiez seule ?

— Oui. J'avais une assistante jusqu'en mars. J'en cherche une nouvelle.

— Et dans la soirée, où étiez-vous ?

Ils avaient essayé de l'appeler, en vain.

— Chez ma meilleure amie, Michelle Vigourt. Elle habite à Trévignon.

C'était à un quart d'heure. Un tout petit port avec un long quai, où étaient amarrés quelques bateaux de pêche côtière qui, tous les jours à sept heures, vendaient leur précieuse cargaison. On y trouvait également l'un des bars favoris de Dupin, le Noroît. Le commissaire y avait été adopté par Christine et Pascal, sitôt la porte passée pour la première fois, à ses débuts en Bretagne : les deux propriétaires n'avaient cure des origines. Y compris lorsqu'elles étaient parisiennes.

— Vous faites du surf, madame Cléac ?

Cela revenait tout juste à l'esprit du commissaire.

— Non.

— On vous laisse travailler tranquillement. Au revoir, mesdames, lança Dupin aux ouvrières qui n'avaient cessé de s'affairer.

Quelques « Au revoir, messieurs » leur arrivèrent en retour.

— J'espère que votre enquête avancera, dit Sieren Cléac en souriant.

— Merci. Et mes condoléances pour la mort de votre mère.

Il aurait dû y penser dès leur arrivée.

— C'est bien aimable, monsieur le commissaire. Je vous remercie.

Ses yeux étincelèrent. Elle remit sa charlotte d'aplomb et retourna à son affaire.

Le Ber s'engagea dans le chemin de graviers qui conduisait à la route.

— Un instant, dit le commissaire.

Dupin longea le bâtiment et découvrit l'annexe à l'arrière. Elle était en bois, pas bien grande, peut-être trois mètres sur quatre. Une grande fenêtre, sur le côté une porte étroite, peinte en rouge. On apercevait par la fenêtre la porte qui ouvrait sur l'unité de production. Tout autour, un champ en friche qui courait jusqu'aux chênes au bord de l'eau.

— Elle aurait pu…

Le commissaire sursauta, Le Ber venait de surgir derrière lui.

— Elle aurait pu quitter son bureau sans avoir été vue.

Dupin acquiesça. Son téléphone sonna.

Nolwenn.

— Vous vouliez rencontrer monsieur Priziac. Il se trouve précisément au port. Dans les bureaux de

Héros naval. Si vous avez fini, vous avez encore le temps de passer le voir avant d'aller chez Chaboseau. J'ai prévenu de votre arrivée.

— Que fait-il au port ?

— Il voulait inspecter les dégâts en personne.

— A-t-il rendez-vous avec Jodoc Luzel ?

— Il n'en a rien dit.

— Merci, Nolwenn, à tout de suite.

Il remit son téléphone dans sa poche sous le regard inquisiteur de Le Ber.

— On va à Héros naval.

Le siège se trouvait rue du Moros, pas très loin du lieu de l'explosion, sur le port.

Le lieutenant et le commissaire longèrent le chantier naval. De bon matin, depuis la voiture, c'était un spectacle de désolation. Tous les travaux en cours avaient été suspendus, le dock était condamné et ils notèrent la présence de plusieurs policiers.

Héros naval occupait le dernier étage du bâtiment carré devant lequel ils se trouvaient. Sur la façade, le nom s'affichait en grandes lettres. Priziac les recevrait dans le bureau du gérant, qui était allé rendre visite aux ouvriers hospitalisés. On avait reçu les deux hommes à l'accueil où on leur avait indiqué que Priziac devait encore passer un appel téléphonique.

Ils arrivèrent dans une pièce à l'ameublement sobre et fonctionnel. Un bureau, une chaise pivotante, une petite table de réunion et quatre chaises en skaï brun clair. Les éléments standard d'un catalogue d'ameublement, le même que recevait le commissariat presque chaque semaine depuis le début de ses travaux de rénovation. Sur les murs, des photographies de bateaux dans des cadres en plastique bon marché. Seul détonnait un gigantesque écran. Quatre petites fenêtres ouvertes donnaient sur les chantiers navals et leur effervescence, un monde à part, animé et tonitruant : marteaux, soudure, ponçage, le jet à haute pression sur l'acier, un vacarme amplifié par les coques de bateaux, autour desquelles s'affairaient les ouvriers – sifflements, couinements, grincements stridents... Dupin regarda une belle gerbe d'étincelles provoquée par le ponçage d'une pièce métallique. Flottait dans l'air une odeur chimique.

— En quoi puis-je vous aider, messieurs ? Mon temps est précieux.

Priziac portait un costume et une chemise blanche, boutonnée minutieusement jusqu'au col, assorti d'une cravate rouge. Il avait un air autoritaire, plus dur encore que la veille.

— Vos collègues ont déjà tout fouillé. Que voulez-vous…

— Pour quelles raisons s'en est-on pris à Héros naval ? coupa Dupin. Qui avez-vous provoqué ?

Le pharmacien se figea, les yeux écarquillés, les sourcils froncés.

— Ridicule ! C'est nous qui sommes les victimes d'un acte odieux et...

— Que se passe-t-il ici, monsieur Priziac ? (Le commissaire peinait à se maîtriser. L'homme lui déplaisait de plus en plus.) Quatre personnes ont été blessées, deux ouvriers ont failli mourir. Dites-nous enfin ce dont il retourne !

Dupin s'approcha de l'homme corpulent qu'il dépassait d'une tête.

— Monsieur Priziac, fit Le Ber en s'interposant entre les deux hommes comme s'il craignait une altercation, si vous nous avez caché quoi que ce soit, alors il est temps de nous en faire part. Sans quoi, il y aura de nouvelles victimes.

— Je n'en sais rien. Je n'ai pas d'explication.

Toute hostilité avait quitté Priziac. L'échine courbée, il gagna son bureau devant lequel il s'immobilisa.

— Nous trouverons.

Dupin suivit l'homme de manière ostentatoire et se trouva de nouveau tout près de lui.

— Nous avons fait appel à nos experts de Quimper, Rennes et Paris. Ils vont passer à la loupe toutes les activités de votre entreprise, la moindre transaction, la moindre opération de paiement, le moindre de vos contacts. Nous allons chercher jusqu'à ce que nous trouvions quelque chose.

Intimider quelqu'un comme Priziac ne serait pas aisé, mais le brusquer ne pouvait nuire.

— Sans compter que votre chantier naval restera fermé jusqu'à ce que tout risque soit écarté. Personne ne bouge d'un orteil sans que je l'aie décidé. Autrement dit : ça peut durer longtemps.

Priziac lança un regard mauvais au commissaire.

— Faites votre boulot.

Dupin gagna la fenêtre et s'adossa au mur.

— Quelles entreprises, dont nous ne savons encore rien, détenez-vous avec le docteur Chaboseau ? Ou avec Jodoc Luzel ? Nous ne partirons pas d'ici sans avoir tous ces renseignements, monsieur Priziac.

La veille, il n'en avait pas soufflé un mot. Il n'avait abordé ce sujet qu'avec Luzel.

Priziac s'assit dans son fauteuil.

— Il n'y a que les deux entreprises que vous connaissez déjà.

Cette fois, il avait l'air à bout de forces, et s'était recroquevillé. La métamorphose avait été rapide. Le fauteuil, qu'il fit rouler en arrière, craqua sous son poids.

— Je n'ai fait aucun autre investissement. Mon gagne-pain principal, ce sont les pharmacies.

— Mais vous vous développez de manière offensive avec le chantier naval et la brasserie, remarqua Le Ber.

— On a des plans, oui. Disons-le comme ça.

Son intonation était redevenue énergique.

— Y compris pour acquérir d'autres entreprises ?

— Absolument. Un chantier naval à Arcachon.

On a fait une offre. On s'intéresse aussi à deux brasseries normandes.

Enfin, ils obtenaient quelques détails.

— Concernant cette entreprise d'Arcachon, vous êtes en concurrence avec d'autres ?

Un bruit de ferraille, à percer les tympans, retentit sans nullement perturber Priziac.

— Non. On a fait notre offre très discrètement. Et à notre connaissance, c'est la seule.

Facile à vérifier. C'était d'ailleurs ce qu'ils allaient faire.

— Et le docteur Chaboseau ? Dans quoi avait-il investi ?

— Seulement dans des conserveries. Un marché dans lequel il voyait un grand potentiel, surtout dans le haut de gamme. (Le pharmacien sourit comme pour appuyer ses propos. Dupin avait sorti son carnet.) Il a également placé beaucoup d'argent dans l'art. C'était un collectionneur compulsif.

Dupin remarqua que ce sujet n'avait pas été abordé depuis le début de l'enquête. Une conversation avec madame Chaboseau serait l'occasion de l'approfondir.

— Le docteur Chaboseau vous a-t-il dévoilé ses intentions concernant la conserverie de Sieren Cléac ?

Dupin s'interrompit. Il s'y prenait mal, mais ne pouvait plus faire machine arrière.

— Vous a-t-il parlé de son projet de racheter Fête de la mer ?

Une expression de doute parcourut le visage du pharmacien, puis il se reprit.

— Oui. Il avait quelques candidats sur la liste.

— Lesquels ?

Si c'était vrai, c'était une information inédite.

— Les deux autres conserveries moyennes de la ville. JB Océane et Gonidec.

Elles produisaient également des conserves de qualité.

— Avait-il fait des propositions ?

— Non.

— Vous en êtes certain ?

— Il me semble bien, oui.

Dupin s'efforçait de découvrir tout ce que le pharmacien connaissait de Chaboseau. Cela lui permettrait de savoir à quel point les deux compères se faisaient confiance et ce qu'ils savaient l'un sur l'autre.

— Et les terrains ?

L'homme bascula en arrière dans son fauteuil.

— Pierre a eu une chance incroyable avec le foncier derrière les Sables Blancs. Quant à ses autres terres, vers l'anse Saint-Jean, elles sont sur un domaine naturel protégé. On ne pourra jamais construire.

— Et le spa ?

— Un investissement ciblé, rapide et fructueux. Mais il n'y a pas d'autres affaires immobilières.

Dupin compara avec les notes de son carnet. Apparemment, il ne demeurait plus de lacunes concernant les activités de Pierre Chaboseau. Soit le pharmacien et le caviste cachaient quelque chose, soit ils ne savaient pas tout. Il pourrait demander à madame Chaboseau.

— Réfléchissez encore à l'attentat d'hier soir, monsieur Priziac, intervint Le Ber. Qu'en dit votre ami Jodoc Luzel ?

— Il est tout autant sous le choc que moi.

Il regarda le commissaire.

— Vous l'avez vu, d'ailleurs, la nuit dernière.

— En compagnie de son pire ennemi, Kireg, dont il aimerait hériter des fonctions de maire.

Priziac tenta un sourire ironique.

— Ce qui serait une bonne chose. Avez-vous suivi mon conseil et lui avez-vous parlé du conflit qui l'opposait à Chaboseau, jeune homme ? Lui avez-vous parlé des projets qui nuisent clairement aux affaires du Roi Gradlon ?

Dupin ne répondit pas. Il en avait soupé.

— Le docteur Chaboseau vous a-t-il entretenu de l'insistance de sa consœur, la docteure Derrien, à reprendre le cabinet ?

— Elle est très pugnace et l'a bousculé. Pierre n'y voyait aucun problème. C'était seulement un peu difficile pour lui de fixer une date butoir. Ça se comprend. En revanche, je ne crois pas qu'elle l'ait tué pour ça. Enfin, c'est vous qui en décidez.

— Merci beaucoup pour ces précieuses informations, monsieur Priziac, dit Dupin sans dissimuler un ton sarcastique. Comme je vous le disais, il y a selon nous un risque sérieux qu'un autre sabotage soit commis au chantier naval, raison pour laquelle il reste fermé jusqu'à nouvel ordre.

Les deux enquêteurs gagnèrent la porte. Ils étaient presque dehors quand leur parvint un « Attendez » murmuré.

Ils firent demi-tour.

Le pharmacien était penché sur son bureau et pianotait sur le clavier de son ordinateur.

— Il faut que vous voyiez ça.

Il désigna l'écran. Après une courte hésitation, Dupin et Le Ber se placèrent derrière lui.

— Voici ce que j'ai reçu cette nuit à minuit trente.

Un courriel. Quatre phrases.

> *Pas touche aux yachts.*
> *Nous sommes sérieux.*
> *Retirez-vous doucement et sans bruit.*
> *Et ne parlez de ce mail à personne, surtout pas à la police.*

— Qu'est-ce que ça signifie ?

C'était insensé.

— Et pourquoi vous nous cachiez ça, monsieur Priziac ? s'emporta Le Ber.

— Avec Jodoc, on n'était pas sûrs.

— Pas sûrs ? répéta Dupin, décontenancé.

— Il y a six semaines, nous avons déposé un dossier pour la construction d'un yacht. La classe des quarante mètres. Une première. Un yacht de luxe. Pour dix personnes, armé par sept hommes d'équipage.

— Héros naval construit un yacht ? demanda Le Ber, incrédule.

— Nous avons fondé une entreprise sœur, Rêves maritimes. (L'homme hésita.) L'entreprise de construction navale que nous voulons acquérir à Arcachon, le Grand Large, est spécialisée dans les yachts. De classes différentes, mais tous luxueux. Du sur-mesure selon les désirs des clients.

Il y avait, à la maison de la presse voisine de l'Amiral, là où le commissaire achetait son quotidien, tout un rayon de magazines sur les bateaux et les yachts. S'il ne manifestait pas un grand intérêt pour ce qui relevait du domaine maritime, en raison notamment d'un mal de mer incurable, Dupin trouvait impressionnantes les photos sur papier glacé. Des résidences flottantes de luxe, de véritables villas. Un monde de gens fortunés.

— Vous voulez donc vous lancer dans le commerce des yachts, conclut Le Ber. Et, manifestement, ce n'est pas du goût de tout le monde.

Du moins, cela expliquerait le sabotage, cela expliquerait également qu'il n'ait pas été initialement prévu de blesser des gens, mais de provoquer des dommages limités en guise d'avertissement. Mais quel lien avec la mort de Chaboseau ?

Le Ber pensait la même chose.

— A-t-on noté hier la présence de quelqu'un d'une autre entreprise ?

Priziac leva sur l'inspecteur un regard déconcerté.

— Non, pas que je sache. Ni Jodoc. (Il avait l'air vraiment surpris.) Je... je crois qu'il nous l'aurait dit. Qui ça aurait pu être, d'ailleurs ?

— Avez-vous eu l'écho de rumeurs concernant l'offensive de Héros naval dans l'univers des yachts ? Une autre entreprise ? Un concurrent ?

Le Ber cherchait à reconstituer un scénario plausible.

— Bien entendu, nous sommes restés discrets...

Priziac s'interrompit, des gouttes de sueur roulaient sur son front.

— Mais il se peut que la rumeur ait circulé. Je veux dire qu'il est possible qu'une entreprise en ait eu vent par le prospect auquel nous avons fait l'offre.

— Pensez-vous à un nom en particulier ?

— Non. Enfin peut-être... (Il parlait tout doucement.) Peut-être quelqu'un est-il allé chez Pierre hier sans avoir été annoncé. Quelqu'un qu'il ne connaissait pas.

— Pour le menacer. Puis la situation a dégénéré, compléta Le Ber. Mais pourquoi aller précisément chez Pierre Chaboseau ? Et pas chez vous ou chez monsieur Luzel ? C'est lui qui détient la plus grande part de l'entreprise.

— Ça, personne ne le sait, objecta Priziac.

— Sans doute que peu de gens savent que Héros naval appartient à vous trois, non ? dit le lieutenant. Et ceux qui le savent sont du milieu.

— Sans doute, acquiesça le pharmacien.

Dupin décela une profonde gêne.

— Qu'est-ce que ça voudrait dire ? grommela-t-il. On débarque chez Chaboseau pour lui intimer de tenir Héros naval à distance du monde des yachts ? Puis, après l'avoir tué par mégarde, on va saboter un chantier naval de nuit ? Puis on envoie un mail de menaces ?

Ça n'avait aucun sens.

— Peut-être qu'il n'y avait pas de plan. Ça arrive.

L'inspecteur avait raison. Et pourtant… ce scénario n'était que pure spéculation.

— Qui est le client pour lequel vous construisez ce yacht ? demanda Dupin.

Cela lui semblait être un bon point de départ.

Un son puissant résonna. Comme si quelque chose avait violemment heurté le sol à proximité du bâtiment.

— Renan Budig. De Saint-Malo.

Un nom inconnu aux oreilles du commissaire, mais pas à celles de Le Ber.

— Proche de la famille Goulfart, compléta-t-il.

Celui-ci disait quelque chose à Dupin. Un immense empire de la logistique, une grande famille d'entrepreneurs. C'était Olivier Goulfart, un Breton de souche, qui l'avait fondée. Dorénavant, elle officiait dans le monde entier.

Le Ber réagit sur-le-champ.

— Je vais contacter monsieur Budig sans plus tarder. Il pourra nous dire s'il a parlé de son offre à un tiers. Lui avez-vous demandé de rester discret ?

Le pharmacien secoua la tête.

— Pas expressément.

— Combien y a-t-il d'entreprises en France qui travaillent dans le milieu des yachts de luxe ?

— Dix, peut-être.

— Il faut demander à Nolwenn de nous dresser une liste, dit Dupin à son lieutenant.

Le Ber plissa le front.

— C'est un marché international. Des entreprises espagnoles, néerlandaises ou anglaises pourraient voir d'un mauvais œil l'arrivée d'un nouveau concurrent. La liste sera longue, conclut-il, résigné.

— Et vous n'avez pas la moindre idée de l'expéditeur de l'e-mail ? demanda Dupin à Priziac.

— Il n'a pas été envoyé d'une messagerie classique.

Le pharmacien scrutait l'écran. On distinguait dans l'intonation de sa voix une pointe de condescendance, de supériorité.

— Mais la police n'a-t-elle pas les moyens de remonter la piste ?

— Nos techniciens vont regarder. Mais celui qui veut rester anonyme y parviendra toujours. Avec une fausse adresse IP par exemple... (Une idée se présenta à Dupin.) Savez-vous si Renan Budig possède un yacht ? Ou un membre de sa famille ? De telle manière qu'il ait déjà eu des contacts avec une entreprise de construction navale ?

Quelqu'un sur les rangs aurait été mis hors jeu par Héros naval.

Priziac prit un air pensif.

— Son frère possède un yacht, sorti d'un chantier naval de La Rochelle, les chantiers Dauphin.

— On leur rendra visite en premier. Je les appelle, patron, dit Le Ber en sortant son portable.

— Je viens avec vous, Le Ber. On a fini ici.

Le pharmacien se redressa.

— Qu'est-ce que je dois faire, moi ? Quelle attitude prendre ? Jodoc et moi, nous tous ?

— Vous ne faites rien du tout. Rien que la routine, répondit Dupin. Prenez soin de vos ouvriers et de leurs familles. (Le commissaire était déjà à la porte.) Soutenez-les, et restez à notre disposition. Ne quittez pas la ville. On se reverra bientôt.

Lorsqu'ils arrivèrent dans la rue, Le Ber était au téléphone. Il faisait part de leurs récentes découvertes à Nolwenn.

La voiture était sur le quai, à quelques pas. Dupin regarda alentour. Le long de l'un des embarcadères se trouvait un navire de la Marine nationale. Anguleux, fin, à la robe gris clair, une petite frégate ou un patrouilleur. Sur une grande étendue devant le quai, trois rangées de rails de couleur rouille lacéraient le béton. Sur la voie du milieu, un bâtiment d'une vingtaine de mètres, dont le pont supérieur laissait voir un ensemble de dispositifs techniques, un bateau de servitude. Plus loin, de gigantesques rampes d'acier conduisaient à l'eau. Le brun orangé de la rouille, qui brillait dans la lumière estivale, était la couleur dominante, avec le blanc. En face, un long embarcadère en béton marquait l'extrémité du chantier naval. A côté, ridiculement petits, d'étroits pontons pour les navires de plaisance. Le port du premier bassin, à l'embouchure, ne suffisait plus depuis longtemps pour accueillir les nombreux bateaux, aussi la ville avait-elle aménagé des emplacements supplémentaires pour de petites embarcations à voile ou à moteur dans le grand bassin autour de la Ville close.

— C'est bien, très bien. Le Menn doit me contacter directement…

Ils étaient arrivés à la voiture et Le Ber téléphonait toujours.

La contrariété de Dupin se mua en un profond dépit. Les deux événements, quelle que fût la manière de les aborder, ne collaient pas. Le meurtre de Chaboseau, d'une part, et le sabotage, d'autre part, pour lequel ils avaient dorénavant un suspect (anonyme, certes) et un mobile. Ce qui pouvait signifier qu'il n'y avait pas une mais deux affaires indépendantes dont les protagonistes et les lieux se recoupaient. Un hasard improbable mais qu'il ne fallait pas exclure. Pour reprendre une des formules favorites de Claire, on pouvait avoir des poux *et* des puces. Y avait-il dans cette affaire des poux *et* des puces ?

Dupin démarra, Le Ber était encore au téléphone.

Dans cette partie du port, le réseau des ruelles était labyrinthique. Le plus troublant, c'est qu'aucune voie n'était barrée, que toutes les installations portuaires étaient accessibles. Il fallait rouler doucement, tout doucement et rester vigilant. Ils passèrent devant un autre navire militaire en cale sèche. Dupin mit le clignotant et prit à droite.

Il y avait pensé en apercevant le quai des Seychelles et le petit port de loisirs, de l'autre côté du bassin, en gagnant la voiture. Sa tête ne travaillait pas vraiment, il lui fallait de la caféine. Il n'avait plus le choix. Ça ne prendrait que quelques minutes, du reste. Il boirait un café au Pas Sage, au niveau de l'embarcadère du bac qui reliait les deux parties de Concarneau.

Le Ber se tourna vers le commissaire, la mine interrogative, et devina instantanément ses préoccupations, rodé par une collaboration de plusieurs années.

Trois minutes plus tard, ils étaient installés à la table au bord de la terrasse, ceinte de grands pots d'où sortaient d'imposants bambous et des lauriers-roses. De petites tables noires, une dizaine à peine, de confortables chaises rouge foncé. Les cafés étaient déjà commandés. Dupin aimait ce quartier, le quartier Lanriec. Le restaurant se trouvait dans une ancienne maisonnette de pêcheurs. La façade était peinte en rose clair, portes et fenêtres étaient encadrées de granit. Mais le plus ornemental, c'étaient les décorations en stuc de la façade.

La vue était superbe. Tout le lieu, d'ailleurs, comme l'atmosphère qui s'en dégageait. On voyait la Ville close, les hautes fortifications qui avaient tout enduré depuis le Moyen Age : les hordes de belligérants, les assauts de l'Atlantique, les flots déchaînés. Dupin repensa malgré lui à l'enchanteur qui les avait fait jaillir de nulle part, à l'histoire d'amour désespérée.

— C'est bon, tout est réglé, fit Le Ber avec satisfaction.

Il avait appelé Nevou après sa conversation avec Nolwenn. Il se renversa en arrière en lâchant un long soupir.

— On vient de commencer les recherches sur

les fabricants de yachts. Nolwenn a déjà tanné une dizaine de personnes pour en savoir plus sur Héros naval et les affaires de notre trio. Jusque-là, aucun scandale, pas de magouilles, ni corruption, ni irrégularités fiscales. Elle a passé quelques appels discrets, sans rien découvrir d'intéressant. Ils passent pour trois types roublards, durs, offensifs, voire agressifs, mais sans aucune pratique illégale.

Dupin opina du chef, l'air résigné.

— Kler Kireg et Evette Derrien ont été élus il y a trois semaines au bureau d'une association nommée Les Amis de la Torche, continua le lieutenant.

— Elle fait quoi, cette association ?

— Elle s'implique dans l'organisation d'événements importants autour du surf, notamment les relations publiques.

— Et voilà !

Marie-Ophélie, la patronne du Pas Sage, déposa les cafés devant eux.

— Vous prendrez un petit déjeuner ?

Dupin fit non de la tête, ils n'avaient pas le temps. C'était d'autant plus regrettable qu'on mangeait très bien ici. Marie-Ophélie et Valentin avaient ouvert le restaurant ensemble. Auparavant, ils avaient parcouru le monde pendant six ans. Valentin, un Concarnois pure souche, avait travaillé comme chef dans les Caraïbes, au Brésil, en Irlande et en Afrique du Nord. Voilà encore un trait breton : arpenter le monde. Aussi vrai que l'exact opposé : rester chevillé à un lopin de terre jusqu'à ses derniers jours, pour son plus grand bonheur. La cuisine de Valentin était marquée par ses voyages. Il y a deux semaines, Claire et Dupin s'étaient régalés d'un bœuf tartare tandoori.

— Pour moi non plus, merci, dit Le Ber non sans dépit.

Il était debout depuis plus longtemps que Dupin.

— Georges Simenon mangeait volontiers ici, observa-t-il.

Tout comme l'Amiral, le Pas Sage avait un riche passé. Il s'appelait jadis le Café de la Marine, tenu par deux sœurs. Un rendez-vous de pêcheurs. C'est ici que Simenon avait donné vie aux protagonistes de son roman *Les Demoiselles de Concarneau.*

— Que savez-vous d'autre sur cette association ? demanda Dupin afin de prévenir une digression de son lieutenant.

— Rien que dans les huit derniers jours, deux compétitions d'envergure ont eu lieu. La deuxième manche de la Coupe de France de shortboard et la E. Leclerc Junior Pro La Torche, l'une des compétitions européennes les plus en vue pour les surfeurs jusqu'à dix-huit ans.

C'était incroyable de constater à quel point il était bien informé sur la vie locale.

— Pour ces deux épreuves, les surfeurs bretons ont toutes les chances de…

— La docteure Derrien et le maire sont-ils en relation ? coupa Dupin.

Derrien, d'une part, qui avait des vues sur le cabinet médical, et l'élu, d'autre part, qui était en conflit avec Chaboseau au sujet des licences accordées aux brasseries. Ces deux éléments, pour l'heure, ne suffisaient pas à expliquer un meurtre.

— Pas nécessairement.

Dupin se souvint de son échange avec le maire au sujet d'Evette Derrien ; il lui avait demandé s'ils étaient proches. Il leur arrivait de converser amicalement ensemble, rien de plus, avait-il répondu.

— En tant que membres du bureau, compléta Le Ber, il y a peu de chances qu'ils prennent part aux activités quotidiennes de l'association.

— Je comprends.

Le commissaire but son premier café en trois gorgées, comme à son habitude. Puis le second.

Le Ber se leva.

— Je vais essayer de joindre Renan Budig et son contact chez Dauphin. Et parler à un collègue de La Rochelle. Peut-être connaissent-ils cette entreprise. Ce serait bien que la police aille voir sur place.

Ça semblait quelque peu exagéré, mais le mail de menace laissait penser que le sabotage des chantiers navals était l'œuvre d'un concurrent sans scrupule. Et peut-être y avait-il un lien avec le meurtre, qu'on n'aurait pas encore entraperçu.

— Allez-y, patron. Je dois passer plusieurs coups de fil. Je vous rejoindrai.

Il avait déjà son portable contre l'oreille et s'éloignait vers la mer.

Dupin déposa de la monnaie dans la coupelle avant de quitter la terrasse.

Une liaison maritime entre les deux parties de la ville existait depuis le Moyen Age. Le petit bac partait de la Ville close. Les Concarnois qualifiaient la traversée de « plus courte croisière du monde ».

Jusqu'à quelques années en arrière, c'était un bateau vert dont le moteur Diesel bravait les courants. La vibration se communiquait aux os des passagers. Depuis peu, le Vachic avait pris la relève, un catamaran blanc à propulsion électrique, paré d'un drapeau français à la poupe, silencieux comme une brise. C'était le seul voyage en bateau que supportait Dupin, et il l'appréciait.

Dupin s'était imaginé Félix Chaboseau autrement. Pas seulement à cause de son apparence – il ne ressemblait ni à sa mère ni à son père –, mais aussi en raison de son tempérament. Il n'aurait su dire pourquoi, mais il s'était attendu à rencontrer un homme portant les stigmates de celui qui a été rabaissé toute son existence. Il se souvenait de ce que lui avait dit Priziac au sujet de son géniteur.

Mais Félix Chaboseau n'avait rien d'un homme brisé. C'était un homme posé, sûr de lui, qui, de toute évidence, portait le deuil sans être effondré. Dupin estimait qu'il devait mesurer un mètre quatre-vingts, pas aussi mince que son père, les cheveux longs et raides, châtains, qui tombaient un peu sur un visage aux traits sympathiques et tendres. Il portait un jean, une veste en lin bleu foncé dont les boutons du haut étaient ouverts.

Ils se trouvaient dans le grand salon de madame Chaboseau au deuxième étage.

— Oui, mon père et moi avions peu de contacts, dit Félix Chaboseau. En fait, pas du tout. C'est regrettable.

L'homme était assis dans l'un des larges fauteuils, Dupin face à lui sur le canapé, entre eux une petite table élégante en bois de chêne. L'ensemble des sièges était en cuir noir. Tout comme l'étage supérieur, cette pièce faisait penser à un musée : les murs étaient garnis de tableaux par dizaines.

— Ça m'a toujours rendu très triste.

Quoique un peu théâtral, Félix Chaboseau avait l'air sincère, sérieux, et paraissait ébranlé.

— Et ça ne m'a jamais laissé en paix. (Sa voix était douce mais assurée.) Ce qui ne m'a pas empêché de mener ma barque. Mon père était un homme heureux, pour autant que je pouvais en juger. Je le suis aussi. Je suis en accord avec mes choix de vie.

Dupin avait commencé par questionner Félix Chaboseau sur sa relation avec son père, et la réponse n'était pas dénuée de tristesse. Madame

Chaboseau s'était retirée après avoir posé un petit plateau d'argent contenant une bouteille d'eau minérale et trois verres sur la table devant le canapé. Le fils avait un solide alibi : de nombreuses personnes l'avaient vu, la veille, au moulin. Ils avaient vérifié. De toute évidence, il n'était pas le meurtrier.

— Quelle tristesse de finir comme ça...

Félix Chaboseau regardait le commissaire droit dans les yeux. Un regard doux mais insistant.

— Qui peut bien avoir agi ainsi ? Pour quelles raisons ? Avez-vous une piste ? Une idée ?

Etonnant que le fils Chaboseau soit le premier à poser cette question.

— Rien de concret, malheureusement. Il se pourrait que l'assassinat de votre père soit en lien avec le sabotage à Héros naval. Auquel cas, quelque chose se cache derrière les deux affaires.

Félix Chaboseau accusa le coup. Il but une gorgée d'eau.

— Quand avez-vous vu votre père pour la dernière fois ?

— En janvier. C'était à Douarnenez. Il avait à faire en ville. Nous avons déjeuné ensemble. Au Ty Mad.

Dupin avait sorti son carnet et prenait des notes.

— Il avait tout juste quarante minutes à me consacrer. Il m'a proposé de commercialiser ma farine à grande échelle en passant par un de ses amis. Il pensait que je devais coûte que coûte augmenter ma production. Comme d'habitude.

— Quelle relation entretenaient vos parents ? (Dupin sautait du coq à l'âne.) Naturellement, votre mère compte parmi les suspects.

Félix Chaboseau se tut.

— Pour être honnête, je serais bien incapable de vous en parler. Pendant un temps, je me suis dit que je comprenais leur fonctionnement, puis je l'ai haï. Avant d'admettre que je n'y comprenais rien du tout.

— Et lorsque vous pensiez comprendre, qu'en pensiez-vous ?

— Que leur mariage, bâti sur l'intérêt, était une prison. Et qu'ils feraient mieux de se séparer.

— Puis ?

— Puis j'ai remarqué que c'est précisément ce qu'ils voulaient. Tous les deux. Parce que chacun en tirait un avantage.

— Votre père a-t-il connu d'autres femmes ? Des liaisons ?

— Oh, oui. Au moins pendant mon enfance. Pas beaucoup, mais ça durait longtemps.

— Votre mère savait ?

— Elle avait une manière très particulière de savoir quelque chose tout en ne le sachant pas. Elle ne refoule pas complètement les choses, mais elle le fait à sa manière. C'est bien plus efficace.

C'étaient des observations intelligentes. Dupin comprenait parfaitement ce qu'il voulait dire.

— L'a-t-elle détesté ?

— C'est une formulation trop simpliste. (Là aussi, le commissaire comprenait.) Sachez que ma mère n'était jamais seulement passive.

— Votre père a-t-il eu une liaison dernièrement ? Ce serait une piste intéressante.

— Je ne sais pas. J'ai été envoyé à l'internat à quatorze ans. Depuis, j'ai rarement fréquenté mes parents.

— Etes-vous au courant de leurs affaires ? De leurs investissements ?

— Très peu. Autrefois, ma mère prenait part à toutes les décisions. Je me souviens du projet de spa et de thalasso, par exemple.

— Que savez-vous sur Héros naval ?

— C'était plutôt le domaine de mon père. Mais je ne sais rien de précis. Mon grand-père maternel possédait des parts dans l'une des plus grandes entreprises de construction navale de Saint-Nazaire.

— Votre mère les a-t-elle encore ?

— Non. Bien entendu, elle en a hérité, mais elle les a cédées. Il y a vingt-cinq ans, je dirais.

— Avez-vous eu vent de projets de votre père dans le domaine de la construction navale ? Lorsque vous vous êtes vus en janvier, a-t-il fait des allusions à quelque chose de particulier ? Même l'air de rien ? Qu'il voulait s'agrandir, par exemple ?

— Non. Si j'ai bien compris, ses deux amis ont des intérêts dans la plupart de ses affaires. Vous avez dû leur parler.

Le commissaire acquiesça. Si ce que disait Félix Chaboseau était vrai, et il n'y avait aucune raison d'en douter, alors il était le pire témoin du monde : il ne savait rien.

— Etes-vous l'héritier direct ? reprit Dupin. Des parts de votre père, je veux dire ? Ou est-ce votre mère ?

Un point important auquel Dupin avait songé à plusieurs reprises sans avoir eu l'occasion de s'en préoccuper.

— Je suis vraiment navré, mais je n'en ai pas la moindre idée.

— Vos parents ont-ils un contrat de mariage ? Qu'en est-il de leur fortune, des tableaux, des entreprises ? Est-ce que tout appartient…

— Je ne vois pas en quoi cela concerne la police, monsieur le commissaire ! Il s'agit d'affaires privées.

Madame Chaboseau venait de se glisser dans le salon par la porte latérale.

— Oh ! Mais je vais vous dire précisément en quoi ça nous concerne.

Le commissaire se leva. Aujourd'hui, il la ferait parler. Il se dirigea vers elle en essayant de se contenir.

— Cela nous importe beaucoup. Nous essayons d'élucider le meurtre de feu votre mari, et vous êtes suspecte. Et nous allons exiger de vous, ici et maintenant, tout ce dont nous avons besoin pour notre enquête. Si vous n'êtes pas d'accord, nous aurons un mandat d'ici cinq minutes, et nous emportons tout avec nous. A vous de choisir.

Madame Chaboseau gratifia Dupin d'un regard méprisant. Elle prit une carafe en cristal de l'armoire du bar à mi-hauteur, du cognac présuma Dupin, se servit un plein verre bombé, et en but une grande lampée.

— Bien, lâcha-t-elle avec une intonation glaciale.

Elle s'assit à côté de son fils, qui lui jeta un regard peu éloquent. Elle passa la main sur sa robe en soie, un motif floral si sombre qu'il se détachait à peine du canapé noir, et prit une autre gorgée. Sa coiffure n'était pas aussi parfaite que la veille – en revanche, elle-même était plus maquillée.

— Que voulez-vous savoir ?

Dupin s'assit également. Il prit son temps.

— Entre autres choses, ce que je viens de demander à votre fils : comment votre contrat de mariage, s'il existe, règle-t-il les questions d'héritage ? Plus généralement, comment se répartissent les biens du ménage entre votre mari et vous ?

— Nous n'avons pas de contrat de mariage, ce sont des fadaises à la mode. Tout ce que nous avions au moment de nous marier, et tout ce que nous avons acquis par la suite, appartient à parts égales à chacun d'entre nous. Ça vaut aussi pour les entreprises et les parts sociales. Il n'y a rien d'autre à ajouter.

— Et comment se présente la succession ? Y a-t-il un testament ? J'imagine que vous êtes au courant.

— Bien sûr qu'il y en a un et bien sûr que je le connais.

Puis, sur un ton plus incisif :

— Félix hérite d'un quart du patrimoine, sous certaines conditions. Le reste me revient.

Donc les trois quarts.

— Quelles conditions ?

— Il doit utiliser cet argent pour effectuer des investissements.

Aucun regard pour son fils.

Dupin se tourna vers lui dans l'espoir qu'il dise quelque chose. Rien.

Un semblant de sourire finit par apparaître sur le visage de Félix Chaboseau. Ni cynique ni sarcastique. Plutôt rédempteur. Il ferma les yeux un instant puis les rouvrit. Dupin ne poserait pas de questions à ce sujet. Mère et fils devaient laver leur linge sale en famille.

— Héros naval, poursuivit Dupin. Qui s'est occupé de l'entreprise, madame ? Vous ? Votre époux ? Tous les deux ?

— Mon mari. Je me suis contentée de me prononcer en faveur de cet investissement.

Félix Chaboseau s'était levé.

— Il me semble que vous n'avez plus besoin de moi.

Sans même attendre de réponse, il gagna la porte qui menait à la petite bibliothèque.

— Et pourquoi vous êtes-vous prononcée favorablement ? s'enquit Dupin après un silence.

— La construction navale est un commerce lucratif.

— Est-ce vous qui avez soufflé l'idée à votre mari ?

— Non. Brecan Priziac.

— Qu'en est-il du plan d'investissement ? De votre arrivée sur le marché des yachts ? De la création de Rêves maritimes ?

— Ces deux décisions sont bonnes. La demande en yachts de luxe est croissante.

Une information qu'elle livrait étonnamment vite lorsqu'on la connaissait.

— Avez-vous abordé ces questions avec votre mari ?

— Oui.

— Et les discussions entre votre époux et ses deux amis… Y étiez-vous conviée ?

— Non.

La relation des Chaboseau était particulière, étrange. Pour peu que madame Chaboseau ait dit la vérité.

— Auriez-vous une idée de la raison pour laquelle on en voudrait à Héros naval ?

— Non.

Madame Chaboseau vida son verre.

— Pouvez-vous nous dire si nous sommes bien au courant de toutes les activités de votre mari ou s'il y en a encore que nous ignorons ? (Il lut ses notes.) La conserverie, le chantier naval, la brasserie, les terrains, l'investissement dans la thalasso, la collection d'œuvres d'art et, bien entendu, le cabinet médical.

Madame Chaboseau eut un imperceptible hochement de tête.

— C'est tout.

— Qu'en est-il de la capsule sous-marine et du bateau de ces trois chercheurs qui transforme le plastique en carburant ?

— Nous n'avons pas investi dans ces deux projets. Héros naval construit la capsule, mais nous n'avons rien à voir avec le financement.

— Autre chose. (Un coup d'œil sur ses notes.) Votre mari vous a appelée hier après-midi à quatorze heures vingt, et vous n'en avez rien dit. Quel était l'objet de cette dernière conversation ?

— Il voulait simplement me rappeler quelque chose.

— Quoi donc ?

— Je devais éclaircir quelque chose à la galerie Gloux. Son appel était tout à fait superflu, je n'aurais pas oublié.

Dupin sentait son impatience monter.

— Votre visite à la galerie était liée à deux œuvres. Hier, vous n'en avez mentionné qu'une seule.

— Ah ! lâcha-t-elle avec un haussement d'épaules dédaigneux.

Elle le regardait d'un air exagérément perplexe. Dupin lui-même ne savait pas où il voulait en venir. Il se leva et s'approcha de la fenêtre qui donnait sur le port. Il ne tenait plus en place. Il se campa devant un tableau, dos à la veuve.

Paul Signac, *Concarneau*, 1931. L'année même où Maigret avait écrit *Le Chien jaune*, songea Dupin. Au premier plan, un bateau avec deux mâts imposants, de l'époque où Concarneau était le plus important port thonier du monde. Plus loin, les imposantes murailles de la Ville close. Une toile avec un trop-plein de couleurs. La chaloupe d'un bleu profond, les voiles orange. La mer verte avec des îlots de couleur donnant une impression d'ivresse, un bleu clair, quasiment blanc, qui rayonnait, presque phosphorescent. C'est précisément ainsi qu'était parfois la mer en Bretagne. Le ciel montrait plusieurs teintes de rose. Les toits des vieilles maisons se paraient d'un gris plombé et les murs de la Ville close d'un vert clair surnaturel. Le monde comme couleur. Le plus fou, c'est que le peintre avait réussi à le voir tel qu'il était vraiment.

Dupin se retourna brusquement.

— Quel conseil avez-vous donné à votre mari

concernant la docteure Derrien ? Manifestement, elle a été insistante.

— C'est une honte tout ce que cette bonne femme s'est permis ! (La réaction était sans ambiguïté.) Nous avions décidé que nous conviendrions seuls de la date, lorsque le moment serait venu.

— Jusqu'où est allée leur dispute ?

— Mon mari lui a bien trop… (Elle s'interrompit.) Jusqu'à présent, nous n'avions pas pris de dispositions.

— Allez-vous céder le cabinet à la docteure Derrien ? Elle va probablement vous interroger à ce sujet.

— Ha ha ! J'aimerais bien voir ça.

— Il me reste une question, madame. Votre mari entretenait-il une liaison ?

De nouveau un regard assassin.

— Alors ? insista Dupin.

— Non, certainement pas.

— En êtes-vous certaine ?

— Absolument.

— Si c'était le cas, vous nous le diriez ?

— Non.

Dupin n'en était pas surpris.

— Quoi qu'il en soit, votre mari a récemment négocié avec une jeune femme.

La veuve fut piquée.

— Mon mari a toujours eu le sens des affaires. Et pas seulement dans la construction navale.

Habile contre-attaque.

— Y compris dans le domaine des conserveries ?

— Où voulez-vous en venir ?

— Madame Sieren Cléac et votre époux ont eu un rendez-vous.

Elle haussa ostensiblement les épaules.

— Il a rencontré tellement de monde.

— Ne saviez-vous pas qu'il projetait d'acheter la conserverie Fête de la mer ?

Madame Chaboseau se donnait du mal pour rester naturelle.

— Comme je vous l'ai dit, nous envisagions de nous agrandir. Les conserveries connaissent une forte croissance, surtout dans le haut de gamme.

— Vous n'en saviez rien, n'est-ce pas ?

Dupin en était certain. Pierre Chaboseau en avait parlé à son ami Priziac mais pas à sa femme. Celle-ci devait être bien amère, elle qui essayait si énergiquement de prouver qu'elle et son époux prenaient toutes les décisions de concert.

— Madame Cléac a appelé votre mari quelques heures seulement avant sa mort. Pour renoncer à son offre. Un appel dont vous ne savez probablement rien, j'imagine.

— Vous semblez prendre un malin plaisir à soulever des détails anodins, monsieur…

Le téléphone de Dupin les interrompit.

Nolwenn.

— Un moment, je vous prie.

Dupin gagna le grand corridor et tira la porte derrière lui.

— Un point non dénué d'intérêt, patron, d'autant plus que vous êtes avec la mère Chaboseau. (Elle allait droit au but, comme d'habitude.) Il s'agit du maire et du docteur Chaboseau.

— Oui ?

— On les a vus ensemble au Café de l'Atlantique, tard le soir, vers vingt-trois heures, un jeudi. C'est ce qu'Anne m'a dit, je me le suis fait confirmer par Aurélie. Anne était à deux tables d'eux.

L'enquête allait bon train. Certes, le commissaire ne savait pas qui était cette Anne, mais il connaissait les deux propriétaires du Café de l'Atlantique, les sœurs Aurélie et Diane Gavoué.

— Elle les a entendus se disputer violemment. Elle ne pouvait pas tout comprendre, mais manifestement Chaboseau a menacé de retirer tous ses investissements de la commune, et même de déménager le Roi Gradlon hors de la ville, si Kireg continuait à distribuer ainsi des licences aux brasseries.

C'était incroyable. Pourquoi madame Chaboseau n'en avait-elle soufflé mot ? N'en savait-elle rien ? Et pourquoi le maire avait-il tu cette information ? Et Priziac ? Et Luzel ? Il y avait pourtant fort à parier que le docteur en avait parlé à sa femme et à ses deux plus proches amis.

— Comment a réagi Kireg ?

— Il parlait à mi-voix. D'après ses mimiques, il avait l'air de vouloir calmer le jeu.

— Anne a-t-elle entendu autre chose ?

— Non.

— Et sinon, du neuf à propos de cette boîte qui fait des yachts, Dauphin ?

— Je vous fais signe dès que c'est le cas. Encore une chose... (Elle prit un ton enjoué qui ne lui ressemblait guère.) Après vos déclarations dans la presse, de très nombreux témoignages arrivent au poste. Cette nuit, on a volé cinq cabines de W-C sur la plage des Sables Blancs. Elles étaient prévues pour le concert d'aujourd'hui. Il y a aussi quelqu'un qui soutient avoir vu un inconnu la nuit dernière.

— C'est complètement fou.

— Mais c'est ainsi. Surtout pour les organisateurs. Si les toilettes ne refont pas surface, le comité des fêtes devra les remplacer... mille cinq cents euros. A plus tard.

Elle raccrocha et Dupin regagna le salon.

— Madame, je viens d'apprendre que vous nous avez caché une information de la plus haute importance. Votre époux a vu le maire il y a deux semaines. Il a menacé de déménager le Roi Gradlon et tous les emplois hors de la ville. Ce sont plus que des détails anodins, comme vous dites. Pourquoi ne nous avoir rien dit ?

Elle parut déconcertée.

— Je… On en a parlé, oui, et c'est ce que nous voulions faire.

— Qui ? Vous et votre époux ?

— C'est ce que je pensais. (Elle semblait avoir partiellement recouvré ses esprits.) Je voulais dire que nous avions tous deux décidé, dans cette histoire, de suivre une ligne dure. Et…

— Pourquoi ne nous avez-vous rien dit de cette dispute hier ?

Ce que le maire avait également omis de faire.

— Rappelez-vous, commissaire, que je venais de retrouver mon mari écrasé sur le bitume… Figurez-vous que ça déstabilise…

Elle se dressa, s'avança au bord du fauteuil, faisant froufrouter l'étoffe de sa robe.

Dupin n'était pas encore prêt à renoncer. Un coup en l'air, juste pour voir.

— J'ai entendu dire que la brasserie rencontrait des difficultés financières.

Les yeux de la veuve s'écarquillèrent.

— C'est un monde, tout de même ! Une atteinte à la bonne réputation de notre entreprise. Qui propage de tels mensonges ? J'aimerais bien…

On sonna à la porte.

Madame Chaboseau se leva et quitta le salon sans un mot, suivie de Dupin. Elle laissait transparaître des émotions, mais on ne savait lesquelles. Elle ouvrit la porte. Rosa Le Menn se tenait sur le seuil, livide et hors d'haleine.

— Jodoc Luzel, dit-elle, il est mort. On l'a tué.

— Le caviste ? s'enquit le commissaire. Assassiné ? Que s'est-il passé ?

— Sans doute frappé avec une bouteille. Au Roi Gradlon. Il…

— Qui l'a trouvé ?

— Monsieur Priziac. Il y a quelques minutes à peine.

— Priziac ? (Il devenait dingue.) Nous venons de le voir. Dans les bureaux de Héros naval. Qu'est-il allé faire à la brasserie ?

— Je n'ai pas d'informa…

— La brasserie est ouverte aujourd'hui ?

— Non.

Dupin se tourna vers madame Chaboseau. Il était difficile de lire l'expression de son visage. Il y avait de la frayeur, mais autre chose aussi. Dupin n'aurait su dire quoi.

— L'ami de votre mari, madame. Le deuxième du trio. Avez-vous des déclarations à nous faire ?

— Non.

— Vous ne pouvez pas, dit Dupin d'une voix pressante, ou vous ne voulez pas nous dire ce qu'il se passe ? Quelque chose, manifestement, en lien avec le trio. Et les affaires de votre mari sont également les vôtres. Ce que je veux dire, c'est que vous êtes également en danger. En danger de mort.

C'était la plus stricte vérité. Madame Chaboseau leva le menton.

— Je vous ai dit tout ce que je sais.

Elle avait repris son air autoritaire.

— A votre guise, rétorqua Dupin, à votre guise, madame. Au revoir. Venez, Le Menn.

Il dévala les escaliers sans se retourner.

Neuf minutes plus tard, la Citroën du commissaire arrivait sur le parking vide en face du bâtiment moderne.

Ils n'échangèrent pas une parole de tout le trajet. Dupin était absorbé par ses pensées, sans pourtant réussir le moins du monde à y voir plus clair.

Une seule chose semblait certaine : tout tournait autour des trois amis, ce trio dont deux membres avaient été tués. C'était le seul élément sur lequel pouvait se reposer le commissaire.

Nevou l'attendait à l'entrée de la brasserie, elle était arrivée quelques minutes plus tôt.

— Ça s'est passé quand ? demanda impatiemment Dupin.

— Seul le légiste pourra le dire. Il doit arriver d'un moment à l'autre.

— Où est Priziac ?

— Dedans. Avec deux collègues.

Il se précipita à l'intérieur suivi de Nevou et de Le Menn.

— A gauche, indiqua Nevou. Dans l'espace création.

— Où ça ?

— C'est une petite zone à part où on développe de nouvelles bières, expliqua Nevou en se hâtant dans le couloir. J'ai déjà appelé le patron de la brasserie. Le samedi et le dimanche, on ne produit rien. Aucun des collaborateurs n'était donc présent. Mais Luzel a un passe-partout.

— Priziac aussi ?

— Il dit que non, que la brasserie n'appartient qu'à Luzel. Je veux dire… appartenait.

— Soit Jodoc Luzel avait quelque chose de précis à faire là, et l'assassin l'a suivi ou savait qu'il viendrait, soit Luzel avait rendez-vous avec son assassin, conclut Le Menn.

— Dans tous les cas, monsieur Priziac savait qu'il était là, compléta sèchement Nevou.

L'un des artifices les plus anciens et les plus rudimentaires de toute l'histoire criminelle : feindre d'avoir trouvé le corps. Audacieux, culotté, et toujours efficace. En l'absence de traces, sans indices clairs ni témoins, même si l'affaire semble entendue, on ne peut rien prouver. Dupin estimait que le pharmacien avait toutes les qualités requises pour échafauder un tel stratagème.

Une salle excessivement haute s'ouvrit devant eux, aux grandes fenêtres qui laissaient voir un petit bois, de grandes cuves rondes en inox qui devaient faire dans les quatre mètres de haut, de part et d'autre d'une allée, y compris devant les fenêtres – tout autour, des escaliers et des plateformes métalliques dont la plus élevée les surplombait. D'imposantes et cauchemardesques constructions. Entre les cuves se dressait un appareil carré devant lequel attendaient des bouteilles vides. Toutes les deux cuves, des piles de gros sacs.

Dupin vit, tout au fond de la salle, Brecan Priziac avec deux policiers, ainsi que le cadavre gisant dans l'allée.

— Bon Dieu, qu'est-ce que… commença Dupin en fondant sur le pharmacien.

— Jodoc m'a prié de venir le voir. Voilà ce que je faisais ici, coupa l'homme.

C'était la première personne à s'être confrontée au triste spectacle de son ami mort.

— Il était là lorsqu'on s'est parlé au téléphone.

Priziac regarda autour de lui. Pendant un instant il eut l'air perdu.

— Ici, c'est le terrain de jeu de Jodoc, son laboratoire. Les créations de bières sont son dada.

Il se tut. Il faisait chaud dans l'espace création. Le pharmacien transpirait dans son costume, des gouttes de sueur roulaient sur son front.

— Toute la semaine, Jodoc s'est consacré à de nouvelles recettes, de nouveaux assemblages. Je suppose qu'il avait encore quelque chose à faire ce matin, qu'il avait eu une idée et qu'il ne voulait pas la perdre.

— Votre ami et associé commun est assassiné,

un peu plus tard un sabotage a lieu contre l'une de vos entreprises, blessant quatre hommes dont deux grièvement, vous recevez une menace explicite, et monsieur Luzel pense à ses recettes de bières ?

Priziac avait sorti un mouchoir en tissu de sa poche pour s'essuyer le front.

— Que puis-je bien vous dire ?

— Lequel a appelé l'autre pour lui donner rendez-vous ici ? Et à quelle heure précisément ?

— Quand êtes-vous venu à Héros naval ce matin ? Le coup de fil avec Jodoc a eu lieu juste avant. Donc un peu avant huit heures trente. Je l'ai appelé depuis le siège.

Dupin se rappela que Priziac les avait fait attendre en raison d'un appel téléphonique.

— C'est donc vous qui l'avez appelé ?

— Oui. Nous avons parlé du sabotage et des assurances. Avant de raccrocher, il m'a demandé de le rejoindre ici.

— Et ensuite, vous n'avez plus eu de ses nouvelles ? Pas d'appel, pas de SMS, rien ?

— Non.

— Le mort, intervint Nevou, n'a pas de téléphone portable. J'ai déjà vérifié. Mais nous aurons ses fadettes. Nous verrons bien.

— J'imagine, dit Dupin qui commençait à transpirer, que vous vous êtes téléphoné à plusieurs reprises entre hier soir et ce matin.

— Bien sûr.

— Jodoc Luzel n'a pas éprouvé le besoin de venir sur le chantier naval ce matin ?

— Il s'en était fait une idée précise la nuit dernière.

— Quand êtes-vous arrivé au chantier ?

— A huit heures. Il y a beaucoup à faire, comme vous pouvez l'imaginer.

— On vous y a vu ? Y a-t-il des témoins ?

— La plupart du temps, j'étais avec le gérant. Avant qu'il n'aille à l'hôpital.

— Nous sommes arrivés vers huit heures et demie. Vous avez trouvé le cadavre à onze heures moins le quart. Que s'est-il passé entre-temps ? A quelle heure précise êtes-vous arrivé à la brasserie ?

— Vers onze heures moins le quart. Peut-être quelques minutes plus tôt. Avant de partir, j'ai passé deux coups de fil à notre assurance.

Dupin s'accroupit afin d'examiner le corps de plus près.

— Vous a-t-on vu quitter Héros naval ? embraya Le Menn.

Il jeta un regard condescendant à la jeune policière.

— Pas la moindre idée.

— Ça n'a pas d'importance, d'ailleurs, répondit-elle sèchement. Quelques minutes auraient suffi pour tuer votre ami.

— L'heure du décès ne peut être établie à la minute près, compléta Dupin. (Ils formaient une bonne équipe.) Luzel est mort entre huit heures trente et dix heures quarante-cinq, si vos déclarations sont exactes.

Dupin regardait le fort hématome sur la tempe droite de Luzel : une bosse grosse comme le poing à la coloration repoussante. La peau avait éclaté et un mince filet de sang parcourait son visage. La tête de Luzel était inclinée sur le côté, du sang avait également coulé dans ses yeux. Un spectacle cruel. Bras et jambes étaient droits comme des I, comme sous l'effet d'une quelconque tension musculaire. Luzel portait un tee-shirt Lacoste à manches longues vert pâle, un chino vert foncé et des chaussures bateau en cuir.

Le commissaire se redressa.

A deux mètres du corps, non loin de l'allée centrale, se trouvait une bouteille brisée entourée d'éclats de verre de toutes tailles. De la bière était répandue sur le sol en béton.

Nevou vit le regard de son chef.

— La bouteille ne s'est sans doute pas brisée sur le crâne de Luzel. Les débris sont trop éloignés. Le coupable l'a sans doute fait tomber après son crime. Elle provient d'un stock qui se trouve devant, avec une étiquette vierge. Il y en a plein. Des pleines et des vides. Celle-ci était pleine.

Dupin remarqua le regard de Priziac posé sur le corps sans vie de son ami. Il l'observa. Par expérience, il savait déchiffrer les gens, mais il n'aurait su dire ce que ressentait le pharmacien.

Lui-même était préoccupé par une idée ridicule – rien de surprenant dans une telle enquête. Il ne devait pas se laisser déconcentrer par des pensées folles, il devait se focaliser sur Priziac.

— A quoi pensez-vous ?

Il s'approcha du pharmacien dont le regard était toujours fixé sur le cadavre.

— Le crime est-il imputable à la concurrence entre chantiers navals ? A quoi bon vous poser la question... Vous n'avez pas la moindre idée de ce qui a pu se jouer ici, ajouta le commissaire pour prévenir toute nouvelle réponse dilatoire du suspect. Qu'importe, ce sera tout pour l'instant. Nous vous préviendrons si nous avons d'autres questions – ce qui sera le cas.

Le pharmacien tenta un sourire triste, plutôt une grimace, avant de tourner les talons et de gagner la sortie.

Dupin s'adressa aux deux policières.

— Je veux que sur-le-champ...

— Qu'est-ce que nous avons de beau, alors ?

Dupin ne l'avait pas vu arriver.

René Salou. Le plus grand médecin légiste de toute l'histoire, suivi de ses deux assistants et de l'équipe scientifique. Dupin s'était attendu à voir arriver le vieux Lafond, comme la veille.

— C'est pas beau à voir...

Un ton artificiel, une compassion feinte. Comme d'habitude, le grand spectacle.

— Mesdames, messieurs, pourriez-vous me faire place nette afin que je me mette au travail ? Et vous, commissaire, pourriez-vous enfin faire le vôtre ? (Il posa sa mallette en aluminium tape-à-l'œil.) Voyons si, grâce aux méthodes scientifiques, nous trouvons trace de ce « mystérieux étranger » dont tout le monde parle.

Ne réagir à aucune de ces insolentes provocations exigeait de Dupin une forte dose de patience.

— Il me faut l'instant précis du décès, je dis bien précis. On sait que la mort a eu lieu entre huit heures trente et dix heures quarante-cinq.

— Dupin, vous savez bien que…

— Et aussi vite que possible.

Le commissaire se hâta de rejoindre Nevou et Le Menn à l'autre bout de la pièce, près de la sortie. Il n'entendit que d'une oreille le flot de jurons que lâcha Salou.

— Nous devons savoir où se trouvait le maire ce matin, dit-il aux policières. Même chose pour madame Chaboseau. Du moins jusqu'à notre rendez-vous. Pour son fils aussi. (Il n'était arrivé chez sa mère que peu avant dix heures.) Idem pour la docteure Derrien et Sieren Cléac.

Nevou n'eut pas l'air convaincue.

— Le lien entre Derrien, Cléac, Héros naval et

les investissements des trois amis est peu probable. Vous avez d'autres mobiles en tête ?

— Tous les mobiles possibles. (Un principe essentiel pour le commissaire.) Etudiez tout jusqu'au moindre détail. Nous avons besoin de témoins, de preuves. Je…

— Patron !

Le Ber venait d'apparaître.

— Je dois vous parler, il y a du neuf ! (Le lieutenant était en forme.) D'abord, les experts ont analysé l'e-mail anonyme. Comme nous le présumions, il est impossible d'en remonter la trace. Sans doute l'auteur est-il passé par Tor, puis par un VPN douteux…

— Abrégez, Le Ber.

— D'autre part, et ce n'était pas facile un samedi, ça a duré plus longtemps que prévu, mais j'ai pu joindre tout le monde. Renan Budig, pour qui Rêves maritimes, la filiale de Héros naval, veut construire le yacht, et son frère qui a signé avec la société Dauphin pour le sien. J'ai également eu le patron de Dauphin. Renan Budig a demandé deux devis pour son yacht. L'un à Dauphin à La Rochelle, sur le conseil de son frère, l'autre à Rêves maritimes. Il a eu des doutes, d'après ce que m'a confié le patron de Dauphin, il s'est demandé si c'était une bonne idée d'être le tout premier client d'une entreprise qui n'avait pas d'expérience dans la construction des yachts de luxe. Et pourtant, il s'est décidé en faveur de la société de notre trio, dont le devis était de loin le plus attractif. C'est ainsi qu'ils comptaient se faire une place sur ce marché. Agressif, mais efficace.

Les appels téléphoniques de son inspecteur avaient été plus fructueux que ne l'avait escompté Dupin.

— Ce qui signifie, compléta Le Menn, que le patron de Dauphin avait toutes les raisons d'être en colère.

La jeune fonctionnaire était dans le vrai. Mais était-ce une raison suffisante pour justifier un homicide ?

Le Ber n'en avait pas fini.

— Nolwenn fait des recherches sur l'entreprise et son propriétaire, Denis Malraux. Elle a pu s'entretenir avec les collègues de La Rochelle. Ils ont commencé à s'intéresser sérieusement à la société et à son patron.

— Très bien. Peut-être faut-il vous rendre en personne à La Rochelle pour vous entretenir avec cet homme, Le Ber. Peut-être devrions-nous même y aller ensemble.

— Ou nous le convoquons.

La proposition de Nevou était la plus simple.

— Qu'est-ce qu'on fait, patron ?

Dupin était indécis. Soudain, une question refit surface dans sa mémoire.

— Une chose, Le Ber, Priziac a déclaré que

Jodoc Luzel avait sans doute quelque chose à finir aujourd'hui à la brasserie. Qu'il avait travaillé toute la semaine sur de nouvelles recettes, et qu'il était venu pour ça. Afin de ne rien oublier, ou un truc dans le genre. Qu'est-ce que ça pourrait être ?

Nul doute que Le Ber s'y connaissait également en brassage de bière.

L'inspecteur sembla réfléchir puis il s'approcha d'une table en aluminium sous laquelle se trouvaient une dizaine de bacs en plastique colorés. Sur la table, quelques verres bombés. Il en prit un et se rendit vers une cuve d'où saillait une petite chantepleure. D'un geste presque cérémoniel, sous le regard médusé de Le Menn et de Nevou, il l'ouvrit sur le verre.

Dupin, qui l'avait suivi, ne vit que de la mousse grisâtre.

Le Ber agita le verre, le regarda d'un œil critique – au fond, un liquide jaune ambré. Il but tranquillement une gorgée, sans piper mot.

— Qu'est-ce que vous faites ? s'agaça Dupin, impatient.

Il ne pouvait s'en prendre qu'à lui-même – après tout, c'est lui qui avait sollicité son lieutenant.

— Impressionnant ! Très aromatique, un parfum de malt, de baies, et de pêche. Peut-être de l'abricot. Du caramel aussi, contre toute attente. Délicat en bouche, légèrement amer, agréablement rafraîchissant avec des notes de pamplemousse, je dirais. Incroyablement rond, une belle texture en bouche.

Le Ber posa son verre et marcha d'un pas décidé vers un appareil qui ressemblait à un congélateur. Il en sortit un sachet.

— Le brassage de la bière est un processus hautement créatif, presque un art. Et les Bretons l'ont perfectionné. Ça, c'est un houblon qui vient d'Alsace. Aramis, un goût très fin. Le houblon est l'un des éléments de base.

Le Ber replaça le sachet et désigna les gros sacs entre les cuves.

— Ici, le malt, purement breton, Yec'hed Malt, première qualité, puis de l'eau, de la levure et enfin le houblon. Comme pour tout, le plus important, c'est le savoir-faire. Prenons le frère de Katell, Erwan. Il s'y connaît avec sa bière Storlok...

Dupin le coupa.

— Voyez-vous une raison plausible qu'aurait eue Luzel de venir aujourd'hui, ou non ?

Au lieu de répondre, Le Ber se rendit deux cuves plus loin, s'approchant dangereusement de la zone où officiait le légiste. Il ouvrit et ferma portes et clapets de la cuve, comme pour l'examiner.

— Non, je ne vois pas de raison cruciale, dit-il enfin. Cette bière est déjà brassée. Et excellente. Sinon, oui, il aurait eu une bonne raison de venir. A un certain point du processus, il faut le poursuivre dans un laps de temps donné, sans quoi la bière est perdue. Ce qui n'est pas le cas ici. Peut-être est-il simplement venu pour la tester. Ou prendre quelques bouteilles. (Le Ber pointa le doigt vers un appareil anguleux d'assez grande taille devant lequel se trouvaient des bouteilles.) Une remplisseuse. Ou faire goûter sa création ?

Si le brassage de bière n'était pas le motif de sa venue, que faisait Luzel ici ? Une énigme de plus. Mais peut-être l'inspecteur avait-il vu juste : il voulait tout bonnement goûter sa nouvelle bière. Ici, sur le lieu de son péché mignon, auquel ni la mort de Chaboseau ni le sabotage de son entreprise ne l'avaient empêché de succomber – pour peu qu'on lui concède un certain détachement. Un moyen de se changer les idées ? Tout était possible.

— J'ai quelque chose, intervint Nevou. Nous avons eu une dizaine de signalements supplémentaires concernant cet inconnu et l'endroit où les gens l'ont aperçu. Certains se recoupent étonnamment. Un homme, environ un mètre soixante-dix, brun, silhouette fine. Un pantalon plutôt sombre. Trois personnes travaillant au marché aux poissons ont vu hier soir un individu correspondant au signalement descendre d'une voiture blanche. Il avait l'air plutôt nerveux. Il a garé son véhicule au bout du marché, à peu près à l'endroit où commencent les chantiers navals.

Dupin lui jeta un regard attentif.

— Vous prenez ça au sérieux, n'est-ce pas ?

Le Ber vola au secours de sa collègue.

— Il le faut. Il suffit de considérer qu'un tiers est impliqué dans cette affaire. Ou l'homme de main d'une des personnes auxquelles nous nous intéressons.

Dupin voulut rétorquer mais il n'en fit rien. Pas complètement insensée, cette piste lui paraissait néanmoins trop ténue.

Le commissaire tourna les talons et se dirigea à grands pas vers le légiste.

René Salou discutait avec ses deux assistants. Il feignit de ne pas voir l'enquêteur.

— Pouvez-vous nous renseigner sur l'heure du décès ?

— Nous allons emporter le corps…

— Plutôt huit heures trente ou dix heures quarante-cinq ?

Il y avait chez le médecin une lutte manifeste entre l'envie de protester vertement et celle de répondre avec pragmatisme. Il se décida pour la seconde option, ce qui accrut sa contrariété. Trop souvent déjà Dupin et lui s'étaient écharpés. Il lâcha un soupir dramatique.

— Vers dix heures trente, mais…

— La mort a-t-elle été provoquée par un coup de bouteille ?

— Oui.

— Des traces de lutte ?

— Non.

Dupin se détourna sans autre explication et s'adressa au responsable de la scientifique.

— On n'a rien trouvé, dit celui-ci avant même qu'on lui eût posé une question. On emporte les éclats de verre, et on étudie tout ça au labo.

Pour l'heure, il n'y avait plus rien à faire ici.

Le Ber, Le Menn, Nevou et Dupin se trouvaient dans l'entrée au style moderne de la brasserie. Sur les étagères qui montaient jusqu'au plafond, étaient présentées fièrement les différentes variétés de bières du Roi Gradlon.

— Doit-on convoquer Denis Malraux, le patron de cette entreprise de construction de yachts, patron ? demanda Le Ber.

— Oui. Nolwenn doit essayer.

Le Ber avait l'air fatigué. Il faut dire qu'il était debout depuis cinq heures.

— Et nous vérifions les alibis, dit Le Menn.

Le commissaire acquiesça.

— Faites donc. Et tenez-moi au courant.

Nevou et Le Menn partirent sans plus tarder.

Dupin hésita un instant, puis il sortit, suivi de Le Ber.

Il avait besoin de réfléchir. Réfléchir en silence. Pour l'instant, aucune pièce ne s'imbriquait dans une autre. Il remarqua en outre que ce qui l'avait préoccupé jusqu'alors ne lui laissait toujours aucun répit.

Ajoutons à cela qu'il avait une faim de loup, ce qui devait également être le cas de Le Ber. Il devait avaler quelque chose sans délai. Il ressentait déjà l'irritation et l'hypersensibilité qui montaient lorsqu'il ignorait trop longtemps son estomac. Et un café supplémentaire ne pourrait certainement pas lui nuire.

Dupin s'arrêta à l'extérieur.

— Que pensez-vous d'un rapide détour par la Corniche, Le Ber ?

La meilleure sandwicherie du monde. Une institution de Concarneau. Le local comme ses propriétaires. « Chez Jean-Jean et Dame Nicole », comme il était précisé sur un aviron sur un mur. A deux pas de chez Claire et le commissaire. On y servait des sandwichs divins et des frites parfaites. Les Concarnois s'y retrouvaient volontiers, Jean-Yves et Nicole connaissaient tout le monde et tout le monde les connaissait.

Le visage de Le Ber s'illumina.

— J'aimerais... discuter de quelque chose avec vous, ajouta Dupin en hésitant. Une pensée curieuse. Même pas une pensée, je...

— Bien volontiers, patron, le coupa Le Ber.

— Je suis venu en voiture. On se retrouve là-bas ?

Ce n'était pas loin. D'ailleurs, rien n'était loin à

Concarneau. Pourtant, on n'éprouvait pas la sensation d'être à l'étroit. Bien au contraire.

Précisément quatre minutes plus tard, Dupin coupait le contact. Le Ber n'allait pas tarder.

La sandwicherie donnait sur la route qui longe la mer en direction des Sables Blancs. Une maison blanche et lumineuse, un store bleu atlantique sur lequel était inscrit « Bar à Sandwich ». Au-dessus, sur le mur, en grandes lettres bleues : « La Corniche ». Des pots de fleurs suspendus de chaque côté de l'entrée ; devant, un vélo bleu des années 1950, une caisse de criée sur le porte-bagages.

A gauche, lorsqu'on regarde vers le large, on trouve le centre nautique des Glénans, la station de biologie marine et le Marinarium en face duquel Dupin avait vécu. Depuis le long banc peint en turquoise, à droite de la devanture, on apercevait les villas, les hauts pins, et surtout la mer et le quai Nul, étroit et élancé, qui faisait partie des lieux les plus connus de la ville. A la fin du XIXe siècle, le quartier de la Croix, qui donne directement sur la grève, était connu pour ses conserveries. Il y en avait plus de dix et elles employaient des centaines de sardinières en habit sombre, sabots et coiffe blanche – au fil des décennies, elles avaient écrit un chapitre significatif de l'histoire moderne de la cité. Les chaloupes de pêcheurs qui arrivaient tous les jours – des centaines, comme l'attestent d'anciennes photographies où l'on voit littéralement une marée d'embarcations – mouillaient non loin de la plage, face aux petites usines, ce qui n'était pas sans danger en raison des courants et des marées. On a alors construit un quai s'avançant dans la mer. Il fallut vingt ans pour l'achever et, faute de savoir-faire, il ne fut d'aucun secours. Orienté dans le mauvais sens, il ne procurait qu'un abri précaire par gros temps ; on le nomma alors le quai Nul. En revanche, aucun endroit n'était plus beau ni plus propice à la flânerie ou à la lecture.

— Alors ?

Jean-Yves était derrière son comptoir et fit un signe de tête.

— Pour l'inspecteur, qui arrive d'une minute à l'autre, un Wendy thon, pour moi un Mataff. Comme d'habitude.

Le sandwich standard de Dupin : pâté de porc, tomates, cornichons croquants et salade fraîche.

Au-dessus du comptoir était accroché un grand tableau avec trois pêcheurs peints à gros traits, un peu plus haut une véritable casquette de marin.

— Et des frites.

Dupin connaissait par cœur les préférences de son inspecteur.

— Et trois cafés avec une bouteille d'eau.

Ce serait une longue journée. Qui sait quand ils pourraient de nouveau manger ?

Le regard du commissaire tomba sur un grand

tableau : « Les règles de la plage ». Contre toute attente, elles ne disaient pas ce qui était interdit, mais ce qu'il fallait faire à tout prix : sauter dans les vagues, admirer les couchers de soleil, etc. Pour l'heure, tout ça était encore lointain.

— Vous vous en sortez ? demanda Jean-Yves.

— Difficilement, grogna Dupin.

— Arf ! La radio vient d'en parler. Le caviste maintenant…

Il tartina la baguette d'une forte couche de pâté Hénaff.

— Le maire a affirmé que tout ce qui était arrivé depuis hier serait lié à des histoires d'argent dans un cercle très précis.

Une pause ; il coupait les cornichons.

— Qu'il n'y avait donc aucune raison de s'en faire. Et que ce soir, on ferait la fête quoi qu'il arrive.

— Pardon ?

C'était incroyable. Bien entendu, ça collait à Kireg et à ce qu'il avait annoncé la veille au soir. L'ouverture de l'Eté en fête ! serait célébrée comme il se doit.

— C'est ce que le maire a déclaré juste après l'annonce du meurtre à la brasserie.

Il y avait deux possibilités : perdre toute contenance et intervenir, ou ravaler sa rage.

— Tu as déjà un soupçon concret ? demanda Jean-Yves en fermant le sandwich.

— Non.

— Vous mangez sur place ou je vous l'emballe ?

— On reste ici.

Jean-Yves tendit le sandwich au commissaire. Il prépara le thon pour celui de l'inspecteur, ajouta la mayonnaise, des tomates et de la salade.

— Et l'inconnu ? demanda-t-il. Un fantôme ?

— Je suis là, patron.

Le Ber avisa son sandwich presque prêt et son regard s'illumina.

— Malraux n'est pas du tout d'accord pour venir à Concarneau. Il s'est montré encore plus désagréable que la dernière fois. Trois collègues de là-bas sont en train de le sonder. Il est hors de lui. Je ne crois pas qu'il sera très coopératif.

Le commissaire et l'inspecteur prirent place sur le banc devant la sandwicherie.

— Que fait-on, patron ? dit Le Ber, la bouche pleine. On va à La Rochelle ? Ensemble ? Seulement moi ?

Dupin ne savait pas précisément. Une telle excursion leur coûterait le reste de la journée.

— Je dois absolument rendre visite au maire.

A cause de ses déclarations publiques inouïes. Mais surtout à cause de cette querelle au sujet de la brasserie entre lui et le trio – manifestement, les choses s'étaient envenimées. C'était un élément plus central qu'ils ne l'avaient pensé. De même que la construction navale occupait une place plus prédominante. Et s'ajoutait un dernier mystère autour de Chaboseau.

Autrement dit, il y avait trois points fondamentaux. Peut-on être infesté par des puces, des poux et un troisième nuisible ?

— Aucun problème. Je peux interroger Malraux tout seul.

L'inspecteur enfourna une nouvelle bouchée. Ce que Dupin aurait fait également si la sonnerie de son portable ne l'en avait empêché. Il regarda l'écran.

Labat, son deuxième inspecteur. Ça ne pouvait être vrai.

— Labat, que se passe-t-il ?

— Je viens d'apprendre le meurtre du caviste. Je suis avec les enfants aux Sables Blancs, là où il y a le toboggan.

— Que voulez-vous, Labat ?

— Si je peux vous être utile... (Le ton semblait désespéré.) Faites-moi signe...

— Votre femme est-elle revenue ?

— Non, pas encore. Mais je voulais savoir comment l'enquête avançait.

— Nous en parlerons plus tard, Labat. Au revoir.

Le commissaire raccrocha.

— Pas facile pour lui, commenta Le Ber. Je comprends.

— Je voulais vous demander quelque chose, Le Ber.

De nouveau, Dupin hésitait.

— Oui ?

Son lieutenant lui lança un regard curieux.

Dupin sortit son carnet de notes.

— Dans ce roman de Simenon, *Le Chien jaune*... Hier, vous avez parlé des différents protagonistes : un médecin, un pharmacien et un négociant en vins, c'est ça ?

— Oui. Mais comme je vous le disais, le pharmacien n'a pas un rôle très important, le médecin est à la retraite, et il y a aussi un journaliste employé par un canard de Brest. Le pharmacien se tient à part. C'est lui qui établit, lors de la première nuit d'enquête, que le Pernod servi à l'Amiral contient de la strychnine.

Dupin n'aurait su dire pourquoi cette affaire le préoccupait autant.

— Quant au négociant en vins, compléta Le Ber, il ne fait pas partie des personnages principaux. On lui tire dessus tout au début, puis il n'apparaît plus.

Dupin appréciait les enquêtes de Maigret, il en avait lu beaucoup, mais ça remontait à loin et *Le Chien jaune* n'en faisait pas partie.

— Dites-m'en plus, Le Ber.

Il se passa un instant avant que le lieutenant prenne conscience de ce que lui demandait le commissaire. Ce n'était pas tous les jours qu'il le questionnait sur des romans criminels.

— Ces trois-là sont des notables, ils représentent

les familles riches et puissantes de la ville et forment une sorte de club de gentlemen. Ils se retrouvent le soir à l'Amiral, boivent et fument. Ils appellent ça « le dernier carré de joyeux garçons de Concarneau ». Ils font également des affaires.

L'inspecteur marqua une pause.

— Vous avez une idée précise, patron ?

— Non, non, continuez.

— Les véritables héros sont Emma, la fille de salle de l'Amiral, et son amant, que les trois hommes ont envoyé vers un destin tragique.

— Je comprends.

Jean-Yves déposa un plateau avec les cafés, l'eau et une grosse portion de frites accompagnée d'un petit panier avec différentes sauces – américaine, barbecue, mayonnaise.

D'un geste, Dupin invita Le Ber à se servir, ce qu'il fit aussitôt.

— Dans le roman, on recherche également un inconnu de grande taille.

Dupin piocha quelques frites.

— Pensez-vous qu'il y ait un inconnu dans notre affaire ?

— Non, répondit le lieutenant, étonnamment sûr de lui. Mais dans les contes et légendes de Concarneau, les inconnus occupent une place de choix.

Dupin repensa à son rêve.

— Et dans le livre, qui a tué qui ?

L'inspecteur but une gorgée de café.

— Il n'y a aucun mort. Le négociant survit, l'empoisonnement échoue, et la scène de crime sanglante dans une voiture n'est qu'une feinte : le journaliste fait croire à son assassinat. Une manœuvre dilatoire. Par ailleurs, il y a aussi le maire de la ville, un personnage absolument agaçant, qui ne cesse d'exercer des pressions sur le commissaire. Ce qui n'impressionne pas Maigret le moins du monde.

Le Ber semblait s'en réjouir.

Dupin resta un instant silencieux avant de soupirer.

— C'est un peu étrange.

L'inspecteur leva un regard perplexe sur son supérieur.

— Vous voulez dire, les ressemblances avec notre affaire ?

Le commissaire opina du chef.

— Oui, en effet. Mais on retrouve ces personnages dans toutes les petites villes, ajouta Le Ber. Ce sont des figures locales : le médecin, le pharmacien, le maire… Et par rapport à notre affaire, il y a surtout des différences.

C'était le monde à l'envers. Le Ber qui tentait d'expliquer à Dupin que la réalité et la fiction étaient deux choses différentes.

— Et surtout, reprit le lieutenant, qu'est-ce que ça signifierait ? Que quelqu'un tue les gens d'après le livre ? Qu'un malade rejoue *Le Chien jaune* ? Ce qui d'ailleurs ne tient pas, on pourrait l'imiter bien mieux et plus précisément. Et quel serait le mobile ? Un dément ? Un psychopathe ? Un tueur en série ?

Dupin ne chercha même pas l'amorce d'une réponse. Il n'en avait pas.

Son lieutenant avait raison en tous points. Dupin n'avait fait que constater qu'il était préoccupé depuis que Françoise avait évoqué, dans sa galerie, *Le Chien jaune* et le meurtre du négociant.

Dupin commanda un autre café. Les deux hommes étaient plongés dans leurs pensées.

— Vous connaissez l'histoire des selkies ? Ces créatures qui vivent dans l'océan depuis des temps immémoriaux, qui règnent sur les flots et commandent aux éléments, en profonde osmose avec les courants et les marées… Peut-être est-ce une histoire de ce type.

C'était maintenant Le Ber qui glissait vers le fantastique.

Ce mythe, comme celui d'Emilia et de Siprian, les amants maudits, était constitutif du folklore de la ville. Une légende édifiante, sur les côtés obscurs de l'être humain, où s'entremêlent envie, jalousie, cupidité, insensibilité, bêtise, harcèlement, violence et vengeance. L'amour pur, d'après la forme courte de la légende, entre un jeune homme, Pierre, et une magnifique selkie nommée Mauve, qui prend fin tragiquement. Un groupe d'habitants de la Ville close, jaloux de leur bonheur, organise une sinistre chasse aux sorcières, à l'issue de laquelle Mauve est transpercée par de nombreux harpons. Les selkies poursuivent alors de leurs patientes représailles quiconque est impliqué dans ce drame.

— L'impitoyable malédiction ne prit fin qu'avec le dernier souffle du dernier coupable, conclut Le Ber. Au moins l'affaire ne serait plus une énigme, je veux dire s'il s'agissait d'une ancienne malédiction. Par ailleurs, il y a vraiment eu une union entre un Pierre et une Mauve dans la vieille ville. Leur histoire s'est également conclue tragiquement ; la femme a été sauvagement tuée.

Le commissaire ne pipait mot.

— Alors patron, réagit Le Ber au bout d'un moment. Qu'est-ce que vous en dites ? Il faut un peu plus de trois heures pour aller à La Rochelle.

— Je...

— Salut, Georges !

Dupin leva le regard.

Claire et ses parents, tous en légers vêtements d'été. Le père portait un chapeau de paille avec un bandeau noir, la mère un modèle plus large, noir, orné d'extravagants motifs floraux, ainsi qu'une salopette en lin et des espadrilles.

On salua, on enlaça et on embrassa le commissaire avant qu'il n'ait pu dire ouf.

— Ah ! Enfin, te voici, il était temps, dit la mère de Claire. Nous allons nous balader et faire quelques emplettes en ville avant de déjeuner dans ce nouveau restaurant sur le port de pêche.

Dupin était encore trop déconcerté pour dire quoi que ce soit, mais il s'était levé.

— Je croyais qu'il y avait un meurtre.

La voix d'Hélène devint grave et elle se découvrit d'un geste théâtral.

— Et n'a-t-on pas encore tué dernièrement ? Que faites-vous là ?

— Ils réfléchissent, Hélène ! C'est aussi du travail. Et puis la police a le droit de se sustenter.

— On vous laisse tranquilles, Georges, s'interposa Claire.

— Et ce soir, tu dînes avec nous, sans quoi on ne te verra pas ! déclara Hélène, qui ne s'avouait pas aussi facilement vaincue.

— Malheureusement, ça ne dépend pas que de lui, trancha Claire en se mettant en marche.

Le portable de Dupin sonna – une diversion parfaite. Nolwenn.

— Je vois, observa sa belle-mère d'un ton étonnamment conciliant, le devoir vous appelle.

Puis elle tourna les talons à son tour. Le Ber n'avait laissé transparaître aucune réaction ni esquissé la moindre moue.

— Nolwenn, nous sommes justement en train…

— C'est bon, commissaire ! On a la solution, je crois !

Les paroles de Nolwenn avaient résonné si fort dans le téléphone que Le Ber n'en avait rien perdu.

— En tout cas, on approche à grands pas. C'est tout à fait différent de ce que nous avons pensé jusqu'alors.

Elle ménageait le suspense.

— En définitive, c'est tout simple.

Dupin mit le haut-parleur.

— Nolwenn, crachez le morceau !

— Par mon mari, je connais Dorien Méheut, cet avocat star en droit commercial de Rennes.

Elle ménagea une pause afin que le commissaire puisse réagir. Ce qu'il ne fit pas ; jamais encore il n'avait entendu ce nom.

— Il nous arrive de dîner avec lui.

Dupin n'aurait su dire précisément quel était le métier du mari de sa collaboratrice. Une chose était certaine : il avait affaire à toutes sortes de gens, des ostréiculteurs aux apiculteurs en passant par des aubergistes, des chefs des pompiers, des politiciens, même des avocats, ainsi qu'il le découvrait aujourd'hui. Il pensait parfois que c'était de l'import-export, parfois du conseil, ou encore du coaching. Au début, les premières années, cela l'avait tracassé, puis il avait fini par s'y habituer.

— Il m'a appelée sous le sceau du secret. Il s'inquiétait pour son devoir de confidentialité. Je lui ai dit qu'il n'avait pas à s'en faire.

— Et alors ?

— Jodoc Luzel l'a contacté il y a deux mois. Chaboseau, Priziac et lui étaient brouillés, d'importants différends les séparaient. Luzel envisageait de porter plainte contre les deux autres. Il s'agissait de cette nouvelle entreprise, Rêves maritimes. C'était son idée à lui, il voulait donc la plus grosse part, plus que pour Héros naval. Les deux autres s'y sont opposés. L'histoire classique, quoi. Fric, cupidité. On en veut toujours plus.

— C'est fou ! tonna Le Ber. Savaient-ils que Luzel avait contacté un avocat et qu'il voulait porter plainte ?

La question de l'inspecteur était décisive : les hypothèses n'étaient pas les mêmes s'ils l'ignoraient.

— Ça dépasse les connaissances de Méheut.

— Je vais rapidement devoir m'entretenir avec notre pharmacien.

— Je pense aussi.

— A quand remonte le dernier entretien entre l'avocat et le brasseur, Nolwenn ?

— La semaine dernière. Mais c'était rapide. Ils étaient convenus de se revoir la semaine suivante ou celle d'après pour étudier les poursuites contre Chaboseau et Priziac.

— Merci, Nolwenn. Je rappellerai plus tard.

— Une dernière chose : deux ouvriers sont sortis de l'hôpital. Quant aux deux autres, ils se remettent. Ils n'ont aucune information qui permettrait de faire avancer l'enquête.

Savoir qu'ils se portaient mieux soulagea le commissaire.

— Bien. A plus tard.

— Il y a une chose que je ne comprends pas. (Une ride marquait le front de l'inspecteur.) S'il s'agit d'une dispute entre nos trois compères, comment expliquer le plastiquage et le mail de menace ? Les deux morts, OK. Voire le sabotage… Mais les menaces ?

— Venez.

Dupin traversa la rue, il n'était pas garé loin. De nouveau, il était au téléphone. Il se passa un moment avant qu'on ne décroche.

— Allô ?

Le pharmacien semblait à bout de souffle.

— Commissaire Dupin à l'appareil. Où êtes-vous en ce moment ?

— Je m'occupe des affaires courantes.

— Quel genre ?

— Des affaires privées.

Dupin était devenu frénétique, comme si l'agitation pouvait leur être salutaire.

— Je vous le demande de nouveau : où vous trouvez-vous ?

— Ça ne vous regarde pas.

Le commissaire avait rejoint sa voiture, l'inspecteur sur ses talons.

Dupin s'en voulut : il aurait dû réfléchir avant d'entamer cette conversation. Il leur fallait dorénavant agir avec circonspection. Tout était possible après ce qu'ils venaient d'apprendre. Y compris que Priziac ait pris la fuite. Du moins qu'il s'apprête à le faire.

— Nous avons de nombreuses questions concernant votre ami Luzel, insista Dupin. Des questions personnelles. Comme il n'a pas de famille, vous êtes peut-être le mieux placé pour nous répondre.

Dupin s'employait à ne se montrer ni trop insistant ni trop vague, espérant que son ton adouci ne paraîtrait pas suspect.

— J'ai à faire dans ma pharmacie du Cabellou. Je suis en chemin.

Manifestement, cela avait fonctionné.

— On se retrouve là-bas.

Un silence confus. On n'entendait pas de bruit de moteur. Aucun bruit d'ailleurs qui permettrait de localiser l'homme.

— Bien.

De toute évidence, il s'était fait violence.

— Quand y serez-vous ?

— Dans quinze minutes, j'imagine.

— A tout de suite, conclut le commissaire en raccrochant. Venez avec moi, Le Ber.

— Je prends ma voiture. Je filerai peut-être directement à La Rochelle.

Le commissaire ouvrit la portière et s'immobilisa.

— Attendez, Le Ber !

Un élément important lui était revenu.

— La maison du caviste, elle est bien au Cabellou, mais où précisément ?

— Avenue des Glénans. C'est la grande villa qui donne sur la plage…

Le Ber se figea. Il venait de comprendre, comme le trahissait l'expression de son visage.

— Mais bien sûr ! Ça se pourrait.

— Y a-t-il quelqu'un de chez nous là-bas ?

Dupin était remonté dans sa Citroën. Il mit le contact.

— Pas encore, je crois. La scientifique voulait y passer après en avoir fini à la brasserie.

— On se voit là-bas, Le Ber.

— A propos de la scientifique, ajouta l'inspecteur en fronçant les sourcils, ils n'ont pas trouvé de portable sur Luzel, ni de clés ou de porte-clés. Rien.

Le commissaire fit claquer sa portière et démarra en trombe.

— Vous croyez qu'il se trouve chez Luzel ?

A travers le kit main libre de la voiture, la voix de Nolwenn produisait une sonorité métallique.

— C'est possible.

Et si c'était là que Priziac voulait expédier ses « affaires courantes » ? Peut-être devait-il récupérer ou dissimuler quelque chose ? Des documents, des papiers, des indices quelconques. Lorsqu'il l'avait appelé, Dupin avait éprouvé un sentiment étrange. Le pharmacien répugnait à révéler l'endroit où il était. Il devait avoir une bonne raison. Bien sûr, Dupin pouvait se tromper.

— Il nous faut un mandat d'amener, Nolwenn. Au cas où.

Dupin avait atteint le dernier rond-point avant la longue route conduisant à la presqu'île du Cabellou. Jadis, c'est ici que vivaient les plus fortunés – de nos jours, ils y possédaient leur maison de vacances. Des villas massives entre les vieux pins, les pins maritimes et les palmiers, une existence au milieu d'une végétation luxuriante et au calme. Des plages de rêve, au sable fin et blanc, entre d'abrupts rochers de granit ; une grande page de livre d'images non dépourvue du charme désuet des bains de mer – à cet endroit, on pouvait parfaitement s'imaginer à la fin du XIXe siècle.

— Aucun problème. (Les mandats étaient l'une des nombreuses spécialités de son assistante.) Vous pensez que Priziac a supprimé Luzel ?

Une fois sorti du rond-point, le commissaire mit les gaz. Il voyait la voiture de Le Ber dans son rétroviseur.

— Disons que ce n'est pas inconcevable.

— C'est lui aussi pour le sabotage ? Ou son commanditaire ? Idem pour le mail de menace ?

— Possible.

Pour l'heure, nombreux étaient les scénarios envisageables.

Seul le pharmacien était au courant de l'e-mail.

C'était lui qui le leur avait montré. Peut-être qu'il en était l'auteur, et que c'était une diversion, un écran de fumée.

— Alors Priziac pourrait aussi être l'assassin du docteur Chaboseau. Ou bien Luzel, ajouta Nolwenn. Et il est devenu la victime…

— A tout à l'heure, Nolwenn.

— Vous savez, commissaire, ce que gagnaient les vainqueurs des traditionnels combats de lutte dans la Ville close ? (C'était une question rhétorique.) Un bon gros cochon sur pied !

Les porcs, pour autant qu'en savait Dupin, avaient compté pendant des siècles parmi les denrées les plus précieuses, tant la vie était rude. Sur de nombreuses photos anciennes, on voyait des gens promener des cochons en laisse comme des chiens aujourd'hui. Dupin avait également entendu parler de la passion séculaire que nourrissaient les Concarnois pour la lutte, mais c'était bien la première fois qu'on lui narrait une histoire où les deux étaient liés.

— Alors, à notre futur cochon !

Telles furent les dernières paroles de Nolwenn, une manière d'encouragement, avant de raccrocher. Une chose était certaine en tout cas : cette enquête avait tout du combat de lutte.

Dupin freina.

Il était sur la presqu'île. A droite, la plage de la Belle-Etoile. Il prit l'avenue des Glénans, il savait vers quelle maison se diriger : une fastueuse villa qui donnait directement sur la mer. Un parc entouré d'un mur de pierre, de buissons et d'arbres de plusieurs mètres. Une sobre porte blanche, sans nom.

Juste à côté de la villa, l'accès à la paradisiaque plage du Cabellou que Dupin aimait particulièrement. L'ambiance y était familiale, la mer était transpercée de rochers sombres. Un gros bloc était posé au milieu de la plage, luisant, insolite – comme tombé du ciel.

De loin, Dupin vit la voiture de Priziac. Le SUV chromé qu'il avait aperçu la veille lors de sa visite chez le pharmacien. Il avait eu le nez creux.

— Bon sang, lâcha-t-il.

Sans doute le pharmacien était-il venu directement depuis la brasserie. Il aurait alors eu beaucoup de temps pour lui seul. Pourquoi n'y avaient-ils pas pensé plus tôt ?

Dupin se gara directement devant l'imposant portail. L'inspecteur fit de même, ils sortirent ensemble de leur véhicule.

Ils entrèrent dans le grand parc, et tombèrent nez à nez avec le pharmacien qui sortait précipitamment. Il se figea et parut décontenancé. Son visage afficha une profonde irritation, ses cheveux d'habitude si bien peignés étaient en pagaille.

— Qu'est-ce que vous faites là ?

— Je vous retourne la question. (Le commissaire

avait un air menaçant.) Qu'est-ce que vous faisiez dans la maison de Luzel ?

Les yeux du pharmacien étincelaient d'une rage féroce.

— Je viens de perdre mon ami, je...

— Qu'est-ce que vous faisiez à son domicile ? Qu'est-ce que vous cherchiez ?

Dupin n'était pas d'humeur à badiner.

— Je voulais dire au revoir à...

C'était absurde. Il se fichait ouvertement d'eux.

— Comment êtes-vous entré, monsieur Priziac ? Avec la clé de votre ami, je suppose.

— C'était ouvert. Jodoc verrouillait rarement sa porte. Comme les gens d'ici. Vous devriez le savoir, commissaire.

— Même vous, vous n'y croyez pas !

Dupin attaqua avec détermination le point crucial.

— Nous sommes au courant de la brouille entre vous. Nous savons que Luzel avait fait appel à un avocat pour intenter une action à votre égard.

Priziac eut un semblant de sursaut avant de se reprendre.

— Ah... dit-il sur un ton volontairement sarcastique. Vous parlez de nos menues divergences concernant nos parts dans Rêves maritimes ? C'est ridicule, jeune homme. Nous étions associés. De vrais associés. Ce n'était pas la première fois que nous avions un différend.

— De « menues divergences » ?

C'était au tour de Le Ber d'être interloqué.

— C'est ainsi que vous appelez deux homicides, un attentat qui…

Un rire tonitruant, forcé.

— C'est donc dans cette direction que souffle le vent… Je comprends. Et vous croyez que…

— Vous affirmez que votre ami et associé vous a informé de son intention de vous attaquer en justice ?

— Il a pris un conseil. Bien. Et alors ? Jodoc souhaitait jouer cavalier seul, et nous ne voulions pas le laisser faire. Ça fait une vraie différence, oui. (Il devint sérieux.) C'est comme ça parfois. Oui, ça aurait pu aboutir à une bataille judiciaire. Mais qui se serait inévitablement conclue par un compromis. (Son cynisme était sans égal.) Au moins, nous aurions tous su ce qu'en disait la justice. Jodoc nous a dit qu'il était prêt à aller jusque-là. Il…

— Je répète, fit Dupin. Jodoc Luzel vous a dit en toute transparence qu'il allait intenter une action en justice ?

— Ce qui n'était pas pour nous faire plaisir. Loin de là. Mais ce n'était pas la mort du petit cheval non plus. Lorsque de vieux amis font des affaires, ils doivent être en mesure d'affronter des situations délicates. Et croyez-moi, de vieux copains, c'est ce que nous étions. C'est Jodoc en personne qui était chez moi avant-hier soir et qui avait apporté trois sublimes bouteilles de château-margaux 2005. Nous sommes restés longtemps à converser sur la terrasse. Ça vous fait penser à une brouille, commissaire ?

Dupin avait une étrange impression. La veille, il avait vu les trois chaises longues où ces diables d'hommes avaient l'habitude de se rencontrer – aujourd'hui, deux d'entre eux étaient morts.

— Et ne vous faites pas d'idées, commissaire, continua le pharmacien d'une voix plus basse. Voilà longtemps que Pierre et moi-même avons pris des avocats comme conseils.

S'il en était ainsi, ce qui était plausible, alors le scénario susceptible de tout expliquer ne tenait plus.

— Pouvez-vous prouver ce que vous dites ?

— Qu'il nous a révélé son intention ?

— Tout à fait.

— Ne l'a-t-il pas rapporté à son avocat, à ce Méheut ? (Le pharmacien n'était que condescendance.) Dans le cas contraire, alors, oui, ce sera difficile. Maintenant, je... (Il s'arrêta, comme s'il avait eu une idée.) Plus sérieusement, croyez-moi, commissaire, lorsque nous avons discuté tous les trois, nous étions très proches de trouver un terrain d'entente. Nous n'y étions pas encore tout à fait, je vous le concède, mais nous nous serions très rapidement entendus. Sans l'aide d'un baveux.

Pourquoi n'avait-il pas commencé par-là ? Les prenait-il pour des idiots ?

— Quel aurait été cet accord ? demanda brusquement Le Ber.

— Nous aurions lâché un peu de lest. Pas beaucoup. Affaire de négociation. Y compris entre amis. Puis, de fil en aiguille… (ses yeux étincelaient)… on ménage une ouverture.

— Et j'imagine que vous n'avez aucun témoin concernant ce presque compromis ?

Dupin n'en croyait pas un mot.

— Je n'ai aucune idée de ce que Jodoc a confié à son avocat, ni ne sais s'ils se sont téléphoné suite à notre soirée.

Chaque phrase n'était que pure provocation.

L'amorce d'un sourire mauvais s'afficha sur le visage de Priziac.

— Mais je vous renvoie la balle, jeune homme. Est-ce comme ça que vous enquêtez sur l'explosion dans notre chantier naval, avec toutes ces questions sans queue ni tête ? Et sur le meurtre de mes deux amis ? Qui a envoyé cet e-mail ? Ce serait déjà un début…

C'était la goutte qui faisait déborder le vase. La voix du commissaire se fit plus sourde, plus froide.

— Voici comment nous allons procéder, monsieur Priziac : considérez-vous en état d'arrestation. Provisoirement, mais sur-le-champ.

Il laissa sa phrase faire mouche.

— Monsieur Priziac, vous êtes soupçonné d'avoir tué Jodoc Luzel.

Le pharmacien partit d'un éclat de rire.

— Sans mandat d'amener ? Mais c'est une plaisanterie ! Vous le savez mieux que moi. J'avais déjà entendu parler des méthodes peu orthodoxes du commissaire Dupin, mais là, ça va trop loin.

— Ne vous inquiétez pas. Le mandat arrive d'un moment à l'autre. Et je n'en ai pas besoin. Pas pour une garde à vue. Dans ce cas, un soupçon aigu suffit, ainsi qu'un risque de fuite avéré. Et dans votre cas, nous avons les deux.

Priziac lui jeta un regard incrédule.

— Vous êtes donc sérieux.

— Vous n'en avez pas idée.

Plusieurs véhicules approchaient de la villa avec Nevou, Le Menn et la scientifique.

— Pour la dernière fois, que faisiez-vous chez Jodoc Luzel ? C'est fini maintenant, coopérez.

L'homme prit son téléphone.

— Dorénavant, vous ne parlerez qu'à mon avocat.

Sans attendre de réaction de Dupin, il s'écarta de quelques mètres.

Nevou et Le Menn arrivaient à grands pas.

— Fouillez minutieusement la maison et le parc, ordonna Dupin.

Le Ber gardait un œil sur le pharmacien qui tournait en rond en téléphonant.

— Et… que devons-nous chercher ? demanda Le Menn, un peu perdue.

— Monsieur Priziac voulait peut-être cacher quelque chose. Il aurait eu le temps.

— Bien.

La policière passa les instructions à ses collègues de la scientifique.

— Du neuf pour les alibis ? demanda Dupin à Nevou.

— En fait, aucun n'a d'alibi en béton. Pas un seul. Je vous en fais la liste : la docteure Derrien...

Priziac revint vers eux et coupa brutalement la parole à la jeune femme.

— Mon avocat me dit de ne pas m'en laisser conter, commissaire. Je vais donc à ma pharmacie. Il vous contactera. Je ne vous salue pas.

Il se dirigea vers le portail.

Sur un signe de Dupin, Le Ber bondit et rattrapa l'homme avant qu'il ne le franchisse.

— Vous allez nous accompagner au commissariat, monsieur. C'est tout ce que vous allez faire pour le moment, dit le lieutenant sans ciller. Rappelez votre avocat si vous le souhaitez.

— C'est incroyable ! C'est une atteinte à ma liberté...

Dupin avait tourné le dos. Il n'avait pas la moindre envie d'entendre un seul mot de la tirade à venir.

Le commissaire était de plus en plus contrarié à mesure que les investigations dans la demeure de Luzel se poursuivaient.

Il n'y avait rien de spécial à constater. D'ailleurs, il n'y avait ni ordinateur portable, malgré la présence d'une box Internet, ni disque dur externe, ni clé USB, et pas de téléphone portable, seulement un chargeur. Priziac aurait eu le temps de faire disparaître l'ordinateur et le téléphone. C'était certes contrariant, mais Dupin devait se rendre à l'évidence : le pharmacien avait dit la vérité. Plus ou moins, en tout cas. Si les trois compères avaient parlé ouvertement de leur conflit, alors il fallait chercher parmi leurs concurrents dans la construction de yachts. Rencontrer monsieur Malraux, le propriétaire de Dauphin, revenait donc à l'ordre du jour. Encore une fois, rien ne semblait coller dans cette affaire, ce qui était hautement agaçant. Même la chronologie des événements ne tenait pas.

Dupin quitta la maison et traversa le parc en direction de la mer. Si Priziac avait voulu faire disparaître quoi que ce soit, c'était l'endroit tout indiqué.

Une haute clôture séparait le terrain de la plage à laquelle on accédait par un étroit portillon. On avait le choix : des portions de plage de sable fin ou des rochers en granit plats aux éclats bleu clair qui se prêtaient merveilleusement à la paresse.

Le commissaire arpentait la plage avec un intérêt particulier pour les anfractuosités rocheuses. Il ne trouva rien.

Il fit une pause à côté d'un rocher de belle taille.

La vue était spectaculaire. On voyait jusqu'au magique archipel des Glénan qui semblait très proche aujourd'hui. On distinguait les îles, Penfret surtout, le phare, l'île de Saint-Nicolas, éblouissante, presque caribéenne. Certains jours, la mer agissait comme une longue-vue ou un télescope. D'autres, elle allongeait les distances. Elle faisait apparaître ou disparaître des éléments du paysage en fonction de la température, de la pression, de l'humidité ou encore de la lumière.

— La scientifique descend sur la plage.

Dupin n'avait pas entendu arriver Le Menn.

— Malheureusement, ils n'ont encore rien trouvé d'intéressant. Ils…

Le téléphone du commissaire sonna. Nolwenn. Pourvu qu'elle ait de bonnes nouvelles.

— On l'aura pas, patron. (Elle était en colère.) Aucune chance.

— Qu'est-ce que vous voulez dire ?

— Le mandat d'amener, pour Priziac. Ce n'est pas assez pour le juge. Impossible de le faire changer d'avis. Sa femme n'y est pas arrivée non plus, une bonne copine à moi. Donc aucune chance.

Au cours de leur déjà longue collaboration, Dupin l'avait très rarement entendue tenir ce genre de propos défaitistes.

— Ne vous en faites pas, Nolwenn. Honnêtement, je ne sais même pas si…

Dupin se tut. Il ne parvenait pas à mettre de

l'ordre dans ses pensées. Il lui fallait du temps pour réfléchir. Et du calme.

— Vous ne croyez plus que le pharmacien est coupable ?

— Je ne sais plus. (Il soupira.) J'ai l'impression qu'on est revenus au point de départ.

— Ce n'est pas le moment de baisser les bras, patron. Il faut juste suivre les pistes que nous avons déjà.

Dupin commença à tourner autour du rocher. L'eau claire scintillait d'un bleu émeraude.

— Pensez donc à 622 ! A tout ce que ce jeune phoque a accompli !

Elle sortait l'artillerie lourde.

— La prochaine chose à faire est de rencontrer le propriétaire de Dauphin. (Elle se faisait plus pragmatique.) J'ai déjà parlé aux collègues de La Rochelle. Une chose est sûre : ce Malraux est sacrément colérique. Il a fait tout un esclandre et alerté son avocat. Il sera là lors du rendez-vous avec Le Ber. L'inspecteur y va toujours seul ?

— Oui.

— Bien. Je m'occupe de tout et je dis à Le Ber de laisser filer le pharmacien. Hélas.

Elle raccrocha. Dupin et Le Menn se mirent en marche.

— Alors, ces alibis ? Vous disiez qu'aucun n'était vraiment solide ?

— Evette Derrien a fait la grasse matinée, seule,

jusqu'à dix heures. Puis elle a pris son petit déjeuner jusqu'à onze heures. Encore seule.

Le Menn parcourut les notes sur son téléphone.

— Et concernant…

Dupin n'acheva pas sa phrase. Il venait de se rappeler quelque chose. Il prit son téléphone.

— Nolwenn, je veux qu'on suive le pharmacien. Ses moindres déplacements. Peu importe qu'il le remarque.

— Déjà fait. Nevou s'en charge.

Que ferait-il sans elle ?

Le Menn reprit son exposé.

— Le maire est très occupé aujourd'hui. Il fait de la représentation. Il y tient particulièrement, compte tenu de la situation. Les premiers rendez-vous de l'Eté en fête ! ont déjà attiré beaucoup de monde. Les Concarnois ne sont pas du genre à se laisser gâcher la fête.

Elle avait raison.

— Le maire se trouvait à huit heures trente à l'ouverture des Vieilles Coques.

La parade annuelle de dizaines de vieux gréements en provenance de toute la Bretagne qui, les uns après les autres, faisaient leur entrée majestueuse dans le port où on les célébrait comme il se doit.

— A onze heures, il était au concert de chants de marins. Il n'a fait que saluer rapidement. Il affirme avoir assisté à la parade navale. (Le Menn roulait nerveusement des yeux.) Jusqu'à précisément neuf heures trente-cinq, mais nous n'avons pu le confirmer. Il est certain en revanche qu'il se trouvait à onze heures à la représentation, pile à l'heure. Entre les deux manifestations, il serait repassé chez lui pour se changer. C'est ce qu'il prétend. En tout cas il ne portait pas les mêmes vêtements.

C'était bien qu'elle ait vérifié.

— Sans témoin, difficile de savoir combien de temps il est resté chez lui – sa femme n'était pas là. D'une manière ou d'une autre, il aurait largement eu le temps de faire l'aller-retour à la brasserie.

— C'est parfaitement exact. Justement, je voulais lui parler.

— Vous pourrez le voir à quatorze heures trente, il sera à la grande poissonnade qui a lieu sur le parking devant la criée. Il va tenir un discours sur la pêche, patrimoine de Concarneau, de son présent et de son avenir.

Dupin connaissait à présent les plus importantes espèces de poissons de la ville bleue. Il les avait apprises sous l'égide de Le Ber et de Nolwenn : l'églefin, le merlu, la sardine, la lotte et le thon. Sans oublier la langoustine.

Il regarda l'heure. Déjà treize heures trente-cinq. Il lui restait cinquante-cinq minutes, c'était parfait.

— Bien. Et les autres ?

— Madame Chaboseau a déclaré qu'elle était seule chez elle avant l'arrivée de son fils, puis la vôtre. Après la mort de son époux, elle avait fort à faire.

A la douleur du décès succédaient les affres des obligations administratives.

— Quant à Félix Chaboseau, il est parti de chez lui à neuf heures vingt-cinq, ce que nous a confirmé sa femme. Sieren Cléac se trouvait à la conserverie dès sept heures, une demi-heure avant que vous n'arriviez. Elle vient de quitter le travail. Mais elle aurait pu sortir de son bureau à n'importe quel moment sans être vue. C'est tout. Ils restent donc encore tous suspects.

— J'ai besoin de réfléchir, Le Menn, il me faut un peu de temps. Je serai à la poissonnade à quatorze heures trente pétantes.

— Je vous accompagne ?

— Oui, volontiers. Encore une question. (Il se passa la main dans les cheveux.) Avez-vous lu *Le Chien jaune* ?

— A l'école. Je suis née ici.

— Vous souvenez-vous de l'intrigue ?

— Vaguement, à dire vrai.

— Quel crime avaient donc commis ces crapules ? Le Ber m'a dit que ces trois hommes influents étaient de dangereux criminels.

— Ils ont conduit un jeune homme à sa perte. Ils l'ont fait naviguer vers l'Amérique avec des marchandises interdites, je crois. De la contrebande. De la drogue. Je ne sais plus précisément. Quoi qu'il en soit, il est revenu pour assouvir sa vengeance. Je devrais le relire, c'était il y a longtemps.

Trois techniciens de la scientifique étaient apparus sur la plage, le regard vers le sol.

Dupin se mit en marche. Il allait longer la mer et retourner à sa voiture par le chemin de la plage.

C'était l'un des nombreux coins de Concarneau que le commissaire affectionnait – il n'avait pas vraiment de préférence tant le pays regorgeait de beautés.

Lorsqu'il se trouvait à proximité de l'un d'entre eux, il s'y rendait. Parfois le midi avec un sandwich de chez Jean-Jean ou une quiche lorraine de Mourit achetée aux halles. C'était l'endroit idéal pour réfléchir en paix. Exactement ce qu'il lui fallait en ce moment. Il n'y avait personne à l'horizon, y compris aujourd'hui par ce merveilleux samedi de début d'été. Il s'était décidé spontanément à venir ici, sur cette petite plage sauvage, qui ne se trouvait qu'à quelques centaines de mètres de la maison de Luzel. De part et d'autre une langue de terre, un paysage envoûtant qui ravirait un peintre.

On voyait la rive opposée, un vieux hameau du nom de Pouldohan, puis la pointe de la Jument, et la côte sauvage jusqu'à Trévignon. La réverbération des rayons de soleil dansait à la surface de l'eau.

On atteignait la petite plage suivante en passant

par les rochers, puis, de là, par les bancs de sable à l'embouchure du bras de mer.

Dupin avait presque atteint le premier de ces bancs, il escaladait des rochers particulièrement crevassés et avait déjà failli trébucher à plusieurs reprises, d'autant qu'il feuilletait son carnet de notes en se déplaçant. Il aurait pu simplement s'asseoir sur un rocher, mais rien ne l'aidait davantage que la marche pour réfléchir. Le mouvement avait toujours été son élément, surtout depuis que Claire lui avait affirmé, après la lecture d'une revue scientifique, que le temps passait plus vite pour une personne en mouvement que pour une personne immobile.

La sonnerie de son téléphone retentit plus fort encore dans ce silence. Le court laps de temps qu'il mit à répondre lui suffit pour marcher dans une poche d'eau. Son pied droit était trempé.

Le Ber.

— Juste pour vous dire que je suis sur la route. Tout est organisé. Ah ! Et j'ai laissé filer le pharmacien. Il est en route pour l'une de ses officines.

— Quelque chose à ajouter, Le Ber ?

— Non.

Tout ça pour ça.

— Quand rencontrez-vous ce Malraux ?

— A dix-neuf heures. On verra comment ça se passe. On vient d'annoncer à la radio que 622 se trouve maintenant à hauteur de Limerick. Un peu plus loin que...

— A plus tard, Le Ber.

Ça ne pouvait être une coïncidence : le phoque… Le Ber et Nolwenn avaient dû se concerter.

Dupin avait atteint le banc de sable.

— Georges !

Il sursauta. Une voix de côté.

— Une petite balade pour se détendre ?

Sa belle-mère avait surgi de derrière un rocher et venait à sa rencontre. Il aperçut également Claire et son père qui la suivaient.

— Il faut reconnaître, dit-elle une fois arrivée à son niveau, que vous avez la belle vie dans la police.

Elle héla sa fille et son mari.

— Regardez qui se promène !

Claire et son père s'approchaient.

— Nous venons de mener une perquisition. (Le commissaire fit un geste en direction de la demeure de Luzel.) Suite à un second meurtre. Nous sommes en plein milieu d'une intervention, Hélène, nous…

— Je comprends. Un travail de forçat, ironisa-t-elle.

— Et vous ? Qu'est-ce que vous faites là ? fit Dupin pour changer de sujet.

— Claire nous fait découvrir les plus beaux endroits. Dommage que tu ne puisses pas nous accompagner.

— Et alors, ça vous plaît ?

— Ça ne vaut pas notre Normandie, bien sûr, mais c'est tout de même charmant.

Claire et son père les avaient rejoints.

A les voir tous les quatre ainsi, on aurait pensé à un groupe de vacanciers profitant du début de l'été et du grand air – la lumière, ce festival de couleurs vertes et bleues sur la mer, un thermomètre à vingt-sept ou vingt-huit degrés.

— Tu étais chez le caviste assassiné ? (Claire était sérieuse.) On en a parlé à la radio.

— On entend tout et son contraire. Que vous êtes sur le point de coincer le coupable, puis que vous n'avez aucune piste, intervint sa mère.

— C'est tout à fait juste. (Dupin s'efforçait de ne pas se montrer renfrogné.) Les deux informations sont exactes.

— L'enquête avancerait peut-être plus vite si vous preniez moins de pauses.

Le ton se voulait amical.

— Enfin, Hélène, on en a déjà parlé, intervint son mari. Il réfléchit ! C'est important pour un commissaire.

— On te laisse travailler, conclut Claire pour sauver la situation. Venez !

Quelques instants plus tard, Dupin était de nouveau seul au milieu de l'imposant banc de sable. Il regarda l'heure : plus le temps de méditer, il devait y aller.

Le savoureux fumet de sardines, de maquereaux et de steaks de thon cuits sur le grand barbecue à charbon embaumait toute la place. C'était divin. Le commissaire en avait l'eau à la bouche.

Les imposants stands de grillades sur le quai Carnot étaient disposés en forme de L. Tout autour, des dizaines de longues tables et des bancs. A plusieurs endroits, des groupes de musiciens.

L'appel engagé du maire devait avoir produit son effet. Ni les Concarnois ni les visiteurs ne semblaient céder à la morosité. L'endroit était très animé, la foule dense.

Il était quatorze heures vingt-sept, nulle trace de l'édile, l'estrade où il devait prononcer son discours était vide.

Dupin hésita. Il avait eu une idée en chemin. Il l'avait mise de côté, mais l'occasion se présentait. La librairie-papeterie d'Amélia et Alain n'était qu'à un saut de puce.

A son entrée, Alain le salua depuis la caisse. Sans hésiter, le commissaire se dirigea vers les livres et prit *Le Chien jaune* sur une pile.

— L'une de ses meilleures enquêtes, apprécia Alain en connaisseur.

Une fois dehors, Dupin glissa l'ouvrage dans sa poche revolver.

Le discours du maire avait commencé. Une trentaine de personnes seulement entouraient le pupitre. La plupart des gens étaient bien trop absorbés par leur assiette. Le Menn se tenait à côté du barbecue.

— Il ne parlera pas longtemps, dix minutes, a-t-il dit. On pourra l'aborder ensuite, dit-elle.

Il acquiesça.

— Nevou a appelé. Elle est en planque devant la pharmacie. Priziac n'a pas réapparu.

Le discours du maire ne faisait pas l'économie des traditionnelles figures de rhétorique. « Sans la pêche ni les pêcheurs, notre ville n'existerait pas. Elle fait partie de notre passé. De notre passé et... (une pause dramatique)... de notre avenir. » Il se faisait également plus factuel. « Nos pêcheurs ne vous proposent aujourd'hui qu'une petite sélection des poissons qu'ils rapportent quotidiennement à quai. En ce moment, ils peuvent pêcher jusqu'à soixante-dix espèces. Nous sommes le neuvième plus grand port de pêche de France. Tous les ans, quelque huit tonnes de poissons sont vendues à la criée, une centaine de bateaux de pêche sont enregistrés ici, et huit cents marins pêcheurs. C'est ce que j'appelle une belle flotte. » Ce qu'il passait sous silence : autrefois, il y en avait bien davantage. « Des navires de pêche côtière de neuf mètres de long jusqu'aux thoniers de quatre-vingts mètres, tous les bateaux ont une signification particulière pour notre ville. (Il faisait dans le pathos.) Vous n'êtes pas sans savoir que, d'un point de vue historique, les sardines comme les thons ont joué un rôle prédominant. C'est pourquoi aujourd'hui nous vous invitons à les déguster. Thon, fleur de sel, poivre, citron et huile d'olive. Puis des sardines grillées avec du piment du Léon. Parce que, oui, la Bretagne possède son propre piment. » Kireg était un bon commercial. De nouveau, Dupin en eut l'eau à la bouche. « Naturellement, je n'oublie pas de vous convier aux stands de nos six conserveries locales ; la plus grosse, Courtin, qui dispose depuis peu de nouveaux bâtiments, puis Gonidec, Goullien, les Délices de la mer – dans laquelle Chaboseau avait placé de l'argent –, puis Fête de la mer et JB Océane de Jean Burel, qui est en train de construire une nouvelle usine que vous devez absolument visiter. »

Dupin connaissait Jean Burel et ses merveilleuses recettes, notamment sa bisque de homard aromatisée au cognac. Le chef de la conserverie avait suivi une formation de cuisinier et avait vogué sur toutes les mers du monde pendant trois décennies avant de s'établir à Concarneau.

S'ensuivit un exposé chronologique sur les usines de conserves de poisson. Le discours partait pour durer.

— Peut-être devrions-nous emmener Kireg au Chantier, proposa Le Menn. L'une des salles est libre.

Juste à côté de la criée actuelle, au cœur du port de pêche, était sortie de terre une réplique moderne de l'ancienne – une réussite architecturale. A l'intérieur, on y trouvait un excellent poissonnier ainsi qu'un nouveau restaurant offrant un point de vue imprenable sur le bassin et la Ville close. C'est là que Claire et ses parents avaient déjeuné. Il avait ouvert voilà quelques semaines, Claire et Dupin l'avaient essayé et trouvé fameux. Le commissaire se rappelait en effet l'existence d'une pièce vide au premier étage, amenée à devenir une salle de banquets.

Sans le vouloir, le commissaire s'était tourné vers l'un des préposés au barbecue. Comment ne pas céder ?

— J'en prends un, s'il vous plaît.

La policière le regarda avec envie.

— Vous aussi ?

Elle acquiesça.

— Alors deux ! Merci.

Ils s'installèrent à un mange-debout – devant eux, une assiette en carton avec un respectable morceau de thon. Dupin en prit une bouchée. Le goût était aussi fantastique que le fumet. Grillé à l'extérieur, rouge et cru à l'intérieur, tendre et ferme à la fois, au parfum des embruns, de la fleur de sel et du citron.

Le Menn lui asséna un coup dans les côtes alors qu'il s'apprêtait à enfourner une nouvelle bouchée.

— Regardez ! Là-bas, sur votre droite.

Dupin aperçut Evette Derrien au milieu de la foule. Il posa son assiette et fut près d'elle en un éclair.

— Docteure Derrien, quelle surprise. Une fan de notre maire ?

Elle le gratifia de ce large sourire franc qu'il lui connaissait depuis la veille. Elle portait une ample robe bleue au col blanc, des tennis bleues également. A la fois élégante et décontractée.

— Bonjour, commissaire.

Elle ne répondrait pas à sa question.

— Vous avez des points communs avec Kireg : les fêtes municipales, la glisse et votre élection au bureau de l'association de surf. J'imagine qu'il y a de nombreuses réunions.

— La Bretagne pourrait faire tellement plus pour le surf avec les vagues que nous avons. Ça vaut la peine de s'engager.

— Vous étiez au courant d'une querelle houleuse entre le maire et Chaboseau ?

— A cause des brasseries ?

Dupin percevait le discours du maire d'une oreille. Il était maintenant question de peinture – de la pêche comme sujet pictural.

— J'en ai entendu parler. Mais comme je vous le disais, le docteur Chaboseau et moi n'avions pas de relation personnelle. (Elle parlait d'un ton agréable.) Pour en revenir à votre question : j'ai peu de contacts avec monsieur Kireg, malgré nos fonctions associatives. Nous devons nous voir la semaine prochaine ou la suivante pour discuter de l'association. Nous n'avons pas encore pris le temps.

Elle disait cela avec une innocence désarmante. Un autre point intéressait le commissaire.

— J'ai ouï dire que madame Chaboseau s'opposait à ce que vous repreniez aussi tôt le cabinet de son mari.

Une des méthodes favorites de Dupin : lancer des phrases en l'air et les laisser agir. Rien de tel pour éprouver les nerfs de ses interlocuteurs.

— Je n'en sais rien. Je n'ai jamais eu personnellement affaire à elle.

Elle affichait toujours ce sourire franc et décontracté.

On entendit des applaudissements mous. Deux jeunes gens, à n'en pas douter des agents municipaux, essayaient de montrer de l'enthousiasme.

Le maire descendait de l'estrade – c'était le moment de l'alpaguer.

— Je dois filer, madame. Bonne journée.

Même l'arrêt impromptu de leur conversation semblait ne pas troubler la jeune médecin. Sa seule réaction avait été son sourire.

Ils se trouvaient dans la salle vide du Chantier que le patron les avait autorisés à occuper. Une moquette chinée anthracite, les murs blanc et bleu, un balcon accueillant qui donnait sur le port. Ils s'étaient postés devant la baie vitrée.

Dupin alla droit au but.

— La querelle entre le propriétaire du Roi Gradlon et vous-même était bien plus sérieuse que ce que vous nous avez affirmé, monsieur le maire. Vous avez vu Pierre Chaboseau à ce sujet. De ça non plus, vous ne nous avez rien dit. Chaboseau a menacé, lors de cette entrevue, de déménager la brasserie hors de la ville. Pas seulement la brasserie, d'ailleurs.

Le visage de Kireg s'était crispé et avait perdu ses couleurs. On voyait, dans le regard de cet homme ordinairement si dynamique et souverain, de l'étonnement mêlé de crainte. Raison suffisante pour que Dupin continue sur sa lancée.

— Ce qui fait de vous un des suspects principaux. Il y a deux morts. Ils étaient tous deux propriétaires du Roi Gradlon.

Formulé de la sorte, c'était en effet étourdissant.

Kireg déglutit. Sa nonchalance avait disparu. Dupin n'avait pas espéré le faire sortir aussi rapidement de sa réserve.

— Ce serait mieux de nous dire la vérité, intervint Le Menn.

Le regard de l'édile passait de l'un à l'autre. Il hésitait encore. Son œil s'arrêta sur Dupin.

— J'ai vu Pierre Chaboseau une seconde fois. Deux jours plus tard. Nous... nous sommes tombés d'accord, balbutia-t-il.

Kireg s'efforçait en vain de retrouver une voix assurée.

— Qu'est-ce que ça signifie ? demanda vivement Dupin.

— La semaine prochaine, je vais proposer au conseil municipal de ne plus accorder de licences aux brasseries pour un certain temps. Et je pense que j'aurai la majorité avec moi.

Dupin s'était attendu à autre chose. Pas nécessairement à un aveu, mais quelque chose de bien différent, qui aille dans le sens d'un envenimement du conflit, non d'une réconciliation.

— Et pourquoi est-ce aussi pénible pour vous de nous le dire ? demanda Le Menn. Vous avez trouvé un compromis, n'est-ce pas ?

— Je… Il s'agit de travaux nécessaires sur le mur d'enceinte et les tours arrière de la Ville close. La municipalité ne peut se permettre des investissements aussi lourds. Il existe une association pour ça et Pierre Chaboseau a accepté de faire un don significatif.

— C'est de la corruption, observa froidement Le Menn.

Kireg lui jeta un regard mauvais.

— C'est de la politique. Comme partout dans le monde. Et c'est tout à fait légal. Je…

— Merci, monsieur Kireg. Ça nous suffit.

Si le maire disait la vérité, alors la piste des brasseries disparaissait.

— Quelle relation entretenez-vous avec la docteure Derrien ?

— Ma relation ?

— Oui, jusqu'où va-t-elle ?

Dupin était satisfait que Le Menn ait pris le relais.

— Vous vous demandez si nous avons une liaison ? demanda le maire, stupéfait.

— C'est ça.

— Non. (L'élu avait un air hagard.) Qu'est-ce qui vous fait croire ça ? Nous n'avons pas de relation.

Dupin devait bien admettre qu'aucun indice ne le laissait supposer. Et quand bien même ? C'étaient deux personnes qui avaient eu un conflit avec Chaboseau, de là à en déduire une histoire sordide débouchant sur deux homicides…

— Bien. Nous vous laissons à vos obligations.

Le Menn, qui comptait sans doute sur Dupin pour poursuivre l'interrogatoire, jeta un regard étonné à son supérieur.

— Allons-y.

— Qu'est-ce que vous comptez faire ? demanda la lieutenant tandis qu'ils retrouvaient la foule.

— Seulement une vérification.

Il avait aperçu le stand de Fête de la mer, voisin de celui de l'entreprise de Chaboseau, Délices de la mer.

Sieren Cléac triait une pile de bocaux de sardines. Elle se retourna à l'approche de Dupin. Elle portait un jean et un chemisier noir. Ses cheveux châtains étaient ramassés en chignon.

— Oh, commissaire, vous voilà ! Je viens d'arriver. Cette fête est très importante pour nous. On fait du chiffre.

Elle souriait puis son visage devint grave.

— C'est terrible, ce deuxième meurtre juste après notre rendez-vous. J'y songe depuis tout à l'heure.

— Avez-vous pensé à quelque chose qui puisse nous aider, madame ? Depuis ce matin, je veux dire ?

Elle lui lança le même regard étonné que la policière.

— Moi ? Non.

Elle secouait énergiquement la tête.

— Alors je vous souhaite de bonnes ventes aujourd'hui. Et bien du courage pour le reste des sardines.

— Je... Bonne journée, commissaire !

Dupin quitta le stand suivi de près par Le Menn. Dès les premiers mots, le commissaire avait été envahi du même accablement qu'avec Derrien et le maire. Il aurait beau interroger une dizaine de fois chacun des protagonistes de cette affaire, il n'apprendrait rien qui ferait avancer l'enquête. Ils étaient au point mort.

— Bon sang ! s'écria-t-il avec dépit.

Dupin se fraya un chemin dans la foule. Il s'arrêta au bord du quai.

— Je dois… je dois régler deux ou trois trucs, dit-il à Le Menn. Quelques coups de fil à donner.

— Bien. Je rentre au commissariat retrouver Nolwenn.

Il était parfaitement conscient de l'étrangeté de son comportement. En temps normal, Dupin n'avait cure du qu'en-dira-t-on sur ses méthodes fantaisistes, peu conventionnelles, pour mener une enquête. Il était un commissaire chevronné, aux prises avec deux homicides et une explosion ayant fait quatre blessés, et englué dans une enquête insoluble. Toute la ville, voire toute la Bretagne, avait le regard braqué sur la police de Concarneau. Et lui, que faisait-il ?

Assis sur un banc, il lisait.

Trouver le lieu propice n'avait pas été simple : désert, mais central, au cas où il y aurait du neuf.

Le commissaire s'était finalement décidé pour le petit parc derrière l'église de la Ville close, un joyau à l'atmosphère toute particulière – l'endroit idéal. Si l'artère principale de la Ville close, la rue Vauban, était animée jusqu'à la place Saint-Guénolé, elle se vidait lorsqu'on prenait la direction des vestiges de l'église et du parc. Et les rares badauds qui arrivaient jusque-là marchaient sur le chemin de ronde, en haut des fortifications, afin de profiter de la vue sensationnelle sur la ville et la baie.

Dupin alla directement à son banc favori, à l'abri

de châtaigniers élégants. La dernière couche de peinture remontait à loin : le blanc était écaillé, il avait de la patine, une histoire et une âme. Les grandes branches et le feuillage des arbres le protégeaient des regards et un somptueux rhododendron voisin ne tarderait pas à le dissimuler complètement. De là, on voyait le parc du petit château derrière des murs vénérables.

Qu'au milieu d'une enquête un commissaire se retire pour trouver une piste dans la lecture d'un polar, voilà qui était absurde. Mais les similitudes entre son affaire et l'intrigue du *Chien jaune* avaient attisé sa curiosité.

Pour ne pas y passer le reste de la journée, il devait lire en diagonale. Le problème étant qu'il ne savait pas ce qu'il cherchait précisément. Certains parallèles étaient confondants. Quelques éléments du roman étaient étonnamment semblables à ceux d'aujourd'hui, d'autres très différents. Le moindre détail devenait prétexte à interprétation. Une manière dangereuse de raisonner. Une chausse-trape.

Il aurait pu rire de bon cœur en lisant les lignes suivantes : « Une seule [hypothèse] est plausible : c'est que l'on se trouve en présence d'un fou… Par exemple, nous qui connaissons toute la ville, nous ne voyons pas du tout qui pourrait avoir perdu la raison… » D'autres passages lui donnaient la chair de poule. Rien que l'ouverture, avec la description de l'Amiral. Puis ces familles fortunées, influentes, qui pendant des générations avaient eu la mainmise sur la ville.

Mais à chaque fois que le commissaire relevait une coïncidence, il se demandait en quoi cela pouvait l'aider. Qu'est-ce que cela signifiait ? Quelqu'un, en ville, avait-il échafaudé un jeu sournois d'après le roman ? Complètement absurde. Pourtant Dupin se prenait à penser qu'ils avaient également affaire à un fou. Et ce n'était pas une idée à bannir, il existait bien des psychopathes – aussi faible en fût la probabilité. Peut-être, tout simplement, qu'une histoire semblable à celle du roman avait lieu à présent. Une victime de scélérats sans scrupules qui laissait libre cours à sa vengeance.

Son portable le tira de ses sinistres réflexions.

Nolwenn. Il était content d'entendre sa voix.

— Où êtes-vous, commissaire ?

Il soupira.

— Dans le parc de la Ville close.

— Sur votre banc, donc.

— Précisément.

— Nous avons maintenant une liste de toutes les entreprises intéressantes qui proposent des yachts sur mesure pour le marché européen. Il y en a pas mal, vingt-sept, dont neuf rien qu'en France. Nous cherchons un concurrent aux méthodes brutales et agressives, qui pourrait voir d'un mauvais œil l'arrivée de Rêves maritimes sur le marché.

Mais nous n'avons aucun indice. Ce sera un travail de Sisyphe. Par ailleurs, Priziac n'a pas réapparu. Nevou a essayé en vain de l'appeler. Son avocat prétend qu'il ne sait pas non plus où il se terre, et c'est crédible. Notre pharmacien s'est évaporé.

— Comme dans le livre, lâcha Dupin.

Cette idée le mit mal à l'aise. Mais c'était vrai : dans le roman aussi quelqu'un disparaissait : le journaliste. Il avait feint d'avoir été assassiné.

— C'est encore *Le Chien jaune* qui vous tarabuste ?

S'agissait-il d'une pique ou d'un encouragement ? Les feuilles du châtaignier bruissaient dans le vent, une agréable brise s'était levée.

— Il y a trois possibilités, poursuivit Nolwenn. Priziac est coupable et il joue la fille de l'air. Il ne l'est pas et il veut simplement être en paix pour pleurer ses amis. La troisième : il est le prochain sur la liste parce que l'assassin en a après tout le trio. Qu'il soit introuvable serait alors un fort mauvais signe.

Elle avait raison.

Dupin était si concentré sur la première option, en partie à cause de son antipathie pour cet homme, qu'il avait laissé la troisième de côté. Si le pharmacien s'était laissé arrêter, au moins serait-il en sécurité.

— Nous devons émettre un avis de recherche, commissaire. Je m'en occupe sur-le-champ.

— Parfait.

— Encore une chose : nous avons pu accéder aux comptes de Luzel. Nevou les examine.

On percevait de la fierté dans la voix de Nolwenn.

— A plus tard, commissaire.

Dupin regarda l'heure. Seize heures quarante-cinq. Il se replongea dans sa lecture.

Du coin de l'œil il vit s'approcher un petit groupe. Sans doute des touristes égarés... Oh non, ça ne pouvait pas être vrai. C'était impossible.

Claire et ses parents.

Pris de panique, il glissa de l'autre côté du banc, dans le rhododendron, et se figea.

— Georges !

Ils l'avaient vu. La mère de Claire était tout aussi décontenancée que lui.

— Claire vient de nous raconter que tu aimes cet endroit et que tu y passes volontiers tes pauses. Comme c'est beau ! Encore un de vos lieux préférés.

Dupin leva la tête en jouant la surprise, sortit du buisson et se leva. Claire et son père étaient un pas derrière Hélène. Si père et fille avaient pris sa défense lors de leurs précédentes rencontres, cette fois rien ne semblait leur venir à l'esprit.

Il devait bien avouer que cela pouvait paraître bizarre : le commissaire qui mange un sandwich au bord de la mer, qui se balade sur une plage de sable dans un paysage saisissant, puis qui lit tranquillement dans le parc enchanteur de la Ville close. Et il fallait qu'ils apparaissent précisément à ces trois moments.

Même Claire, qui savait à quel point ces instants de calme et de concentration étaient importants pour son compagnon, ne trouvait plus de faux-fuyant.

— Oui, c'est un des plus jolis petits parcs qui soient, dit-elle à ses parents. Mais nous devons continuer, il y a encore beaucoup à voir.

— Quant à moi, fit Dupin en montrant son téléphone sur le banc, j'ai des appels à passer. Ce livre, poursuivit-il non sans hésitation en le brandissant, joue probablement un rôle dans mon enquête.

On voyait à sa mine qu'Hélène préparait un commentaire sarcastique.

— Allons admirer les fortifications, intervint Claire en prenant énergiquement sa mère par le bras. De là-haut, la vue est sensationnelle.

Son beau-père jeta à Dupin un regard aimable et suivit les deux femmes.

— Alors à ce soir pour le dîner, Georges ! lança Hélène par-dessus son épaule.

Cela sonnait comme une menace.

Dupin se rassit et respira profondément avant de reprendre sa lecture. Il voulait maintenant connaître le dénouement.

D'un geste résolu, il ferma le livre. Il l'avait terminé sans nouveau dérangement, mais son inquiétude allait grandissant. Il songeait à Priziac. Que pouvaient-ils faire de plus que de lancer un avis de recherche ?

En tout cas, il en savait davantage sur le crime perpétré par les trois protagonistes du roman. L'histoire, tragique, rappelait par certains aspects le conte des deux amants désespérés de la Ville close : le jeune homme, Léon Le Guérec, le petit ami d'Emma, avait acheté un bateau qu'il avait baptisé la *Belle Emma* et avec lequel il convoyait des fruits et des légumes vers la froide Angleterre. Un commerce lucratif, conforme à la réalité historique, comme l'avait appris Dupin : nombreux avaient été les pêcheurs bretons à se reconvertir après la raréfaction des bancs de sardines. Un jour, trois hommes demandèrent à Léon s'il accepterait une bonne affaire, payée une grosse somme pour un ou deux mois. Une traversée de l'Atlantique pour rejoindre un petit port des environs de New York. Ils ne lui avaient rien dit de la marchandise, mais comme il voulait épouser Emma et lui offrir une vie confortable, il accepta. Les trois scélérats lui avaient fait transporter une cargaison de cocaïne dont ils dégageraient un profit de plusieurs millions. Léon fut arrêté et ses trois commanditaires l'accablèrent d'ignoble manière. Léon atterrit dans une geôle américaine où on le tortura et l'affama.

Il survécut de justesse et c'est en homme brisé qu'il regagna Concarneau. Avec Emma, ils planifièrent leur vengeance.

Même si le commissaire avait lu la fin du roman avec fascination, la même question revenait sans cesse : qu'allait-il pouvoir faire de tout ça ? Son affaire était-elle liée à de la contrebande, à de la drogue, à de la marchandise prohibée ? Aux constructions navales ? A l'élaboration de bières ? Et, dans tous les cas, quelle était la victime ?

Dupin se leva et prit son téléphone. Il devait parler à Nolwenn.

— Commissaire ?

— Du neuf concernant Priziac ?

— Toujours aucun signe de vie.

Cette formule malheureuse le soucia – il avait un mauvais pressentiment. Il craignait qu'il n'y eût un mort de plus. Et qu'avait-il fait, lui, pendant ce temps ? Rien d'autre que lire, mû par une vague intuition qui ne conduisait qu'à une théorie idiote : on rejouait le roman.

— La police et la gendarmerie de tout le Finistère sont au courant, la presse aussi...

— Bien. (Il hésita.) Je vais chez le pharmacien.

— Il y a déjà une de nos voitures. Ils l'auraient remarqué.

— Qu'importe, je vais y jeter un coup d'œil.

— D'accord. Le Ber est coincé dans un bouchon sur la route de La Rochelle. Il nous fait signe après avoir vu notre homme. Le Menn et moi continuons nos recherches.

Dupin se gara à côté de la voiture des deux gendarmes de Fouesnant. Toujours aucun signe de Priziac. Ni à la pharmacie ni chez lui.

Le commissaire se rendit dans le jardin surplombant la mer, à l'endroit même où il était la veille. Il avait l'impression que ça remontait à bien plus longtemps. Il s'appuya contre le mur de pierre en laissant aller son regard sur la baie. Le vent s'était levé, drainant avec lui le sel et l'iode marins. Le ciel était encore d'un bleu immaculé.

Il avait l'impression de se trouver devant la maison d'un mort. Il se fit violence et gagna la porte d'entrée – elle était fermée à clé.

Nul doute qu'il y avait une autre ouverture, comme souvent dans les demeures de cette taille. Peut-être de l'autre côté, ou derrière.

Il ne s'écoula pas une minute avant qu'il ne trouve une porte en bois dérobée camouflée par des buissons de camélias. Elle était également verrouillée.

En faisant le tour du propriétaire, il remarqua une fenêtre ouverte au rez-de-chaussée. Il s'empara d'une chaise de la véranda pour se hisser à sa hauteur. Il n'avait aucune autorisation, mais aux grands maux les grands remèdes.

Il atterrit dans une pièce immense qui faisait office

de salon et de salle à manger avec vue panoramique sur la mer. La cuisine américaine, moderne et élégante, avait dû être rénovée il y a quelques années – elle paraissait n'avoir jamais été utilisée. Dans le réfrigérateur, un peu de fromage, du beurre, du lait. Sur le buffet, un très onéreux percolateur et un saucisson.

Dupin se rendit dans le couloir. Il n'y avait pas de porte ouvrant sur une cave, la maison était construite de plain-pied, à même la roche. Un imposant escalier en bois conduisait à l'étage.

On y trouvait trois grandes chambres, un bureau avec un vieux secrétaire et un fauteuil de designer, un ordinateur en veille, mais verrouillé par un mot de passe. Plus loin, une salle de télé : un canapé et un écran plat. Puis une sobre chambre d'amis.

Au-dessus, une chambre à coucher spacieuse, orientée vers l'Atlantique. En face, une grande salle de bains au carrelage turquoise donnant sur un dressing. S'il y avait quelques toiles sur les murs blancs, ceux de la chambre étaient tapissés de dizaines de photos anciennes sous verre. Elles rappelaient à Dupin le salon de sa mère à Paris. Peut-être madame Priziac était-elle l'initiatrice de cette décoration – il revint au commissaire qu'il ignorait à quand sa mort remontait. Sur certains clichés, on voyait de vieilles pharmacies. A côté, une coupure de presse datée de 1924 : une bâtisse neuve et cossue sur la devanture de laquelle était inscrit « Pharmacie ». Devant l'entrée, trois hommes qui riaient – au-dessous, des noms inconnus. La famille de madame Priziac ? Divers portraits des années 1930. Une photo de mariage voisinait avec un article de journal relatant la noce. Sur une autre, des gens devant un restaurant. Dupin la scruta : il n'en était pas certain, mais ce devait être l'Amiral.

Le commissaire regarda l'heure. Il était dix-huit heures trente. D'ici une demi-heure, Claire et ses parents dîneraient à l'Amiral et ils comptaient sur sa présence.

Il n'avait plus rien à faire là.

Il pouvait réussir à faire d'une pierre deux coups. D'abord, avoir une nouvelle conversation avec madame Chaboseau. Et si c'était autour d'elle que tout tournait ? Il ne saurait dire comment il en était arrivé à cette conclusion. Sans doute à cause de cette impression tenace qu'elle leur dissimulait quelque chose. De cette manière, il pourrait passer voir Claire et ses parents. Il ne pourrait pas dîner avec eux, mais au moins prendre une entrée, en signe de bonne volonté.

Il se hâta de descendre les escaliers.

— Te voici, Georges ! Juste au moment où nous choisissions les entrées et discutions de l'endroit où nous irons demain soir. Je suis pour essayer Chez Emile, dont on nous dit le plus grand bien, dit sa belle-mère tandis qu'il embrassait Claire et prenait place. Claire pensait que tu ne viendrais pas, mais j'étais persuadée du contraire. (Une courte hésitation.) L'heure de la pause, n'est-ce pas ?

Elle rit.

Claire adressa à Dupin un regard éloquent.

Ils étaient installés à leur table préférée, au fond à droite, sous la grande image d'un vénérable serveur en livrée, debout à côté d'une chaise vide, incarnant tout ce que ce métier impliquait de fierté et de style. Une certaine mélancolie se dégageait de son visage et de sa posture, peut-être parce que la grande époque de son élégante profession, jadis si bien considérée, touchait à sa fin.

— Je ne pourrai rester pour tout le repas, mais je tenais absolument à vous voir.

— Ne t'en fais pas, répondit son beau-père avec un chaleureux sourire. C'est déjà bien que tu puisses passer.

Dupin avait vainement essayé de joindre la veuve Chaboseau en chemin. Il n'avait pas eu plus de succès en sonnant chez elle. Deux pièces étaient éclairées : la bibliothèque et le salon. Soit elle n'avait pas éteint derrière elle en s'absentant, soit elle ne souhaitait pas ouvrir. Dupin se sentait mal à l'aise. Aurait-il dû la faire surveiller ?

Il avait également rappelé Nolwenn. Le Ber était encore à son rendez-vous, manifestement laborieux, dans les locaux des chantiers Dauphin, en présence de leur propriétaire et de son avocat.

— Alors, qu'est-ce que tu en dis, Georges ? demanda Hélène. Tu me conseilles la terrine de foie gras classique ou le homard au pamplemousse ?

— Dans les deux cas, on ne prend aucun risque. Pour ma part, ce sera les palourdes farcies des Glénan. Et d'abord un café.

Les palourdes roses des Glénan étaient les meilleures – préparées avec du beurre aux herbes et du poivre rouge. Le seul fait d'y penser faisait saliver le commissaire.

— Et qu'en est-il du tartare de saumon et de la salade aux artichauts et aux moules ? Les huîtres pochées au beurre au gingembre et aux copeaux de bonite séchée ont également l'air succulentes.

Hélène faisait partie de ces gens qui ressentaient le besoin d'examiner la carte dans ses moindres détails pour finalement choisir ce qu'ils avaient décidé dès le début.

— Tout est délicieux.

Pour lui, ce serait les palourdes. Définitivement.

— Je ne sais pas. Les huîtres pochées ont quand même l'air vraiment raffinées. Peut-être y a-t-il une entrée du jour ? Tu prends vraiment les palourdes, Georges ?

— Hélène, laisse-le manger ce qu'il veut, coupa le père de Claire.

— Et que dis-tu de Chez Emile, Georges ? Nous réservons ce soir pour demain ?

Un petit restaurant à l'atmosphère incroyablement

accueillante dans la commune pittoresque de Pont-Aven, tenu par des amis, Marie et Lionel. Claire et Dupin y avaient leurs habitudes.

— Je...

— Mais tu dois d'abord nous raconter ton affaire. On vient d'en parler avec Bernard. (Le maître d'hôtel de l'Amiral.) Ce doit être un peu comme dans ce roman policier des années trente. (Elle secoua la tête, incrédule.) Comme si nous avions remonté le temps.

Cela lui traversa l'esprit.

Il bondit, renversant bruyamment sa chaise.

— Mais c'est bien sûr !

Il n'avait pas voulu crier, ça lui avait échappé. Tous les clients s'étaient tournés vers lui, ce dont il ne se rendit pas compte.

Ce ne pouvait être que ça, même si ça avait l'air complètement dément. Il avait tellement gambergé, tourné en rond si longtemps, et c'était tout à fait autre chose ! Le présent n'avait rien à voir dans son affaire.

— Georges... s'inquiéta Claire. Qu'est-ce que...

— Je dois y aller, Claire.

Et voilà qu'il était déjà à la porte.

— Je vous fais signe, lança-t-il par-dessus son épaule.

Il traversa la rue au pas de course, puis le parking jusqu'au quai. Il se planta à l'aplomb de l'eau, à un jet de pierre de la Ville close.

Ses pensées fusaient, il était comme possédé. Il avait besoin d'assistance. Il dégaina son téléphone.

— Commiss…

— Vous devez m'aider, Nolwenn. (Les explications arriveraient plus tard.) *Le Chien jaune* a été publié en 1931, si je me souviens bien. Et écrit l'hiver précédent. Alors que Simenon était allé sur place, n'est-ce pas ?

— Attendez… Je vérifie.

Un bruit de clavier.

— Oui, c'est ça. De novembre à février pour être précise.

Il y avait peut-être plusieurs possibilités mais ce fut la première qui lui vint à l'esprit.

— Je dois aller à la mairie, Nolwenn. Maintenant. Tout de suite. Le maire, il doit avoir une clé. Je l'appelle. Et envoyez-moi Le Menn, on se retrouve là-bas dans trois minutes. Ah ! Et que Nevou aille chez Priziac à Beg Meil. C'est fermé mais une fenêtre est ouverte côté jardin. Elle peut entrer en s'aidant d'une chaise.

— C'est noté.

— Elle doit se rendre au deuxième étage, dans la chambre à coucher. Il y a plein de photos et de coupures de journaux. Elle doit les photographier et me les envoyer, clichés et journaux. On doit pouvoir lire les noms dans les légendes.

— OK. Que fait-on de Le Ber ? Il vient de…

— Plus tard. Je rappellerai.

Il s'était remis en marche. Il chercha le numéro de Kireg dans son répertoire. Il faillit se faire renverser par une voiture en traversant. Le chauffeur n'eut que le temps de freiner et de klaxonner. Le commissaire leva les mains en guise d'excuse.

Un « Qui est-ce ? » peu audible se fit entendre.

— C'est le commissaire Dupin. Monsieur le maire, avez-vous les clés de la mairie sur vous ?

— Pourquoi…

— Les avez-vous, oui ou non ?

— Oui.

— Où êtes-vous ?

— A la crêpes party de l'association des…

— Dans cinq minutes à la mairie. On se retrouve là-bas.

— Je ne peux pas partir comme ça…

— Cinq minutes, monsieur le maire.

Pas de réponse.

— Sinon, je vous envoie une voiture.

— Bien. J'y serai.

Dupin fut le premier sur les lieux. De fortes bourrasques balayaient les rues, faisant claquer et tinter les objets mal arrimés. Les fanions bleus et blancs dont la ville s'était parée pour les festivités dansaient furieusement. La lumière du soleil décroissant nimbait les choses d'une intensité particulière – un profond reflet doré, comme un sortilège.

La mairie était un bâtiment fonctionnel. Au-dessus de l'entrée, en grosses lettres : Hôtel de ville. Au cœur d'une arche de béton, il y avait le drapeau breton, celui de la ville et celui de la région, côte à côte. A proximité, les drapeaux français et européen. Au-dessus encore, plus grand : le français de nouveau.

Le Menn arriva peu après le commissaire qui faisait nerveusement les cent pas. Lorsque la lieutenant lui demanda ce qui était aussi urgent, il grogna.

— Qu'y a-t-il, commissaire ? s'enquit le maire quand il apparut.

— Ouvrez-nous.

— J'aimerais d'abord savoir...

— Ouvrez !

Il s'exécuta.

Dupin entra dans le hall où se trouvait un plan détaillé du bâtiment. Il trouva immédiatement ce qu'il cherchait.

— Merci beaucoup, monsieur le maire, dit Le Menn. Vous pouvez nous laisser les clés. Nous vous les rapporterons dès que nous aurons fini.

Il hésita, on voyait qu'il était déchiré. Il finit par confier le trousseau au commissaire.

— A plus tard, monsieur le maire.

Dupin se dirigea vers l'escalier en faisant signe à la jeune femme de le suivre. Ils passèrent devant la salle du conseil. Au premier, ils traversèrent des couloirs étonnamment longs et poursuivirent jusqu'au second étage. Des corridors, de nouveau, puis Dupin s'arrêta brusquement devant une porte – pour un peu, sa subordonnée lui serait rentrée dedans.

« Archives », annonçait un écriteau à côté du numéro de la pièce. Il ouvrit la porte.

Cela sentait le renfermé, le vieux papier et la poussière. A gauche, des rayonnages jusqu'au plafond, encombrés de classeurs noirs aux étiquettes blanches, et sinon un simple bureau, avec une chaise d'un côté, deux de l'autre.

— Je peux vous aider ?

Le Menn s'était postée à côté du commissaire et examinait les rayons.

— J'ai besoin des classeurs pour… (il réfléchit) … les années 1928 à 1930. Les années précédentes peut-être aussi. Depuis le début des années 1920.

Les photos de la chambre du pharmacien : il y avait plusieurs noms. Un seul n'y figurait pas : Priziac.

Les archives semblaient classées par thèmes et domaines. On lisait sur un rayon : « Série J police. Hygiène publique et justice ». Sur un autre : « Série 1J. Police locale ». Sur un même rayon, les classeurs étaient rangés par ordre chronologique – les plus anciens tout en bas. Dupin s'accroupit, tout comme Le Menn. Il prit le classeur de l'étagère la plus basse. Les pages étaient poussiéreuses, on ne l'avait pas ouvert depuis des lustres.

« 1J1. Police locale. 1800-1900 ».

« 1J2. Police locale. 1800-1900 ».

Dupin n'avait pas eu la main heureuse. Il le rangea et en sortit un autre.

« 1J3. Beuzec-Conq. 1875-1955 ».

C'était déjà mieux. Il le posa sur le bureau. Un dossier administratif classique. Il parcourut les premières pages sans plus attendre. La table des matières n'était pas facilement compréhensible pour le néophyte qu'il était. Quoi qu'il en soit, il concernait la bonne période dans différents domaines.

*Impôts sur les spectacles : 1877*
*Chasse : 1884-1933*
*Faits divers : 1871-1931*
*Délinquance : 1934*
*Police municipale – ordonnances territoriales : 1881-1929*

Cette classification n'était pas des plus claires. Le commissaire feuilleta l'épais dossier. La catégorie « Faits divers » était la plus fournie.

— Que cherchons-nous ? s'enquit Le Menn non sans impatience.

— Je ne le saurai qu'après avoir trouvé.

Son téléphone sonna.

Nolwenn.

— Nevou a fini. Elle se trouve en ce moment

dans la chambre de Priziac et demande s'il y a encore quelque chose qu'elle doive documenter.

— M'a-t-elle tout envoyé ?

— Oui.

— Bien. Ce sera tout pour l'instant.

— Vous devez me dire...

— Bientôt, Nolwenn, bientôt.

Dupin s'assit et se mit à lire. Les minutes s'étiraient. Un document en suivait un autre. Son courage faiblissait.

Vingt minutes plus tard, il ferma le classeur sans avoir rien trouvé.

— Merde.

Il se leva.

Tandis que le commissaire en terminait avec sa lecture, l'inspectrice était retournée vers l'étagère et en avait déniché un autre qu'elle déposa sur la table.

— Encore un classeur de la fin du XIX^e^ et du début du XX^e^ siècle, dit-elle.

La table des matières était plus confuse encore mais couvrait la période désirée.

*Diverses affaires policières : 1807-1929*
*Police des pêches : 1921*
*Corsaires anglais : 1812*
*Publications séditieuses : 1818-1853*
*Faits divers : 1807-1924*
*Manifestations, émeutes : 1849-1922*

Et :

*Réfugiés de la guerre civile espagnole : 1937-1956*
*Faits divers : 1900-1941*
*Surveillance d'étrangers : 1851-1931*
*Surveillance d'individus dangereux : 1851-1852 et 1911-1937*
*Associations syndicales : 1897-1962*

Dupin se plongea dans ce nouveau volume.

Les minutes passaient sous le regard attentif de Le Menn sur le commissaire.

Alors qu'il avait presque perdu espoir, son œil tomba sur l'un des quatre documents regroupés sous l'appellation « Surveillance d'individus dangereux : 1851-1852 et 1911-1937 ». Un « inquiétant vagabond », lisait-on, avait « hanté la ville et terrorisé sa population », provoquant une « panique générale ». Deux documents tapés à la machine accompagnaient cette description, datés de février et d'avril 1927. Le troisième document relatait l'arrestation de l'« individu menaçant », un dénommé Michel Penhut, le 29 mai 1927. Le dernier enfin, datant de fin juillet, était une note manuscrite clôturant le dossier.

Dupin la lut.

Il donna l'impression d'avoir été frappé par la foudre. Il eut la chair de poule et fut pris de vertiges.

Il griffonna quelques mots à la hâte.

— Je… je reviens tout de suite, dit-il à Le Menn qui le dévisageait en fronçant les sourcils.

Il était dehors avant qu'elle ait pu prononcer une parole.

Dupin faisait les cent pas devant l'hôtel de ville. C'était une histoire à dormir debout. Il était assailli par une tempête de pensées – plus intensément peut-être que lors de toutes ses enquêtes précédentes. Ils n'avaient fait que rester à la surface du drame. C'était exactement comme Françoise l'avait prophétisé à la galerie, en des termes inquiétants : « Tu vas devoir plonger dans toutes les couches de la ville, je le crains. Fureter très profondément. » Et il lui revint qu'elle lui avait justement parlé du *Chien jaune*.

Plusieurs indices auraient dû lui mettre la puce à l'oreille. Il s'agissait bel et bien du passé et d'une histoire qui, d'une manière ou d'une autre, s'était déroulée comme celle du livre de Simenon. Le légendaire roman se fondait sur des faits réels. Un événement qui s'était déroulé à Concarneau avant le séjour de Simenon. Voilà l'origine de toute l'affaire.

Il y avait bel et bien eu un crime, ce que Dupin venait de découvrir, pas tout à fait comme dans le roman, mais réel. Il était mentionné dans la note manuscrite accompagnant le dossier de 1927, en des termes administratifs. L'« individu menaçant », un ancien pêcheur, avait été interrogé après son arrestation – il avait raconté une histoire terrible. Celle de « trois hommes d'affaires fortunés, d'honorables familles », ou, plus exactement : un médecin et un pharmacien, ce qui avait troublé Dupin – quant au troisième il n'était pas décrit –, qui s'étaient joués de lui et l'avaient envoyé à sa perte. Concrètement : trois hommes riches avaient confié à un jeune homme, « Michel Penhut, fiancé à une dénommée Emma Mataut », une prétendue cargaison de légumes à livrer en Angleterre. En réalité, il s'agissait de considérables quantités d'alcool et de drogue. Le jeune homme végéta des années dans une prison britannique dans des conditions abominables et tomba malade à en mourir. L'homme « affirmait » – pour une raison mystérieuse, le mot avait été souligné – qu'il y avait eu des précédents. La note concluait par : « L'homme considéré d'abord comme prévenu ne sera cité que comme témoin devant la cour. A la date où cette note est rédigée, l'issue du procès demeure inconnue. »

Dupin devait garder la tête froide. Ils étaient encore loin du but. Ce n'était là que la première partie.

Ainsi : si ce crime réel d'autrefois, dans lequel étaient impliqués trois hommes issus de familles concarnoises riches et respectées, était vraiment le point de départ des événements des derniers jours, alors qui était l'assassin, et pourquoi avait-il tué ? Qui pouvait bien être lié à un fait divers de 1927, ayant servi de prétexte à un roman policier, dont le dénouement se jouait en ce moment ?

Dupin s'arrêta. Il venait de penser à quelque chose qui pourrait être bien utile compte tenu des circonstances.

Pour cela, il devait vérifier deux choses.

Il retourna aux archives. Le Menn était à la fenêtre, elle fit volte-face et observa attentivement le commissaire.

— Je dois comparer certaines choses.

Dupin prit son téléphone et afficha les photos qu'il avait reçues de Nevou. Il passa rapidement de l'une à l'autre, il y en avait quatorze.

Il cherchait quelque chose de bien précis.

C'était la septième image. La coupure de journal de 1924 avec la photo de la pharmacie devant laquelle posaient trois hommes. Celui du milieu, qui semblait être le chef, était un certain Fabien Dupois.

Dupin s'empara de la note manuscrite et lut les noms qu'il n'avait fait que survoler. L'un des hommes d'affaires se nommait Paul Viché, c'était le médecin. Le pharmacien s'appelait Fabien Dupois – même nom que dans la légende de la photo de l'article encadré dans la chambre de Priziac.

Etait-ce un indice fiable ? Suffisamment en tout

cas pour étayer sa théorie. Une nouvelle pièce du puzzle venait de s'ajuster. Tout hasard était proscrit. Priziac, ou sa femme décédée, était apparenté à la famille Dupois, une vénérable dynastie de pharmaciens, impliquée dans l'affaire d'autrefois.

Un sourire triomphant illumina son visage.

Le commissaire longeait le quai Peneroff. Sur sa gauche, le port de plaisance. Des dizaines de bateaux tanguaient sous le vent, les drisses claquaient contre les mâts comme un avertissement.

Dupin respira profondément. Il faisait plus frais, l'air vif et le vent le revigoraient.

Il avait fourni quelques explications succinctes à Le Menn qui était rentrée au commissariat.

Ses pensées étaient encore trop confuses ; plus exactement, elles se ramifiaient sans arrêt dans un double mouvement et à chaque nouvelle pensée l'affaire semblait plus claire et plus touffue à la fois.

Il faillit ne pas entendre la sonnerie de son téléphone.

— Nolwenn, je...

— Allez-vous enfin m'expliquer, commissaire ?

Bien sûr qu'il devait l'informer. Même s'il aurait préféré cacher son jeu plus longtemps.

— Disons qu'il y a un rebondissement bluffant.

Il commença par lui parler des archives.

Quatre minutes plus tard, il avait le sentiment de lui avoir révélé l'essentiel. Plus qu'à la pauvre

Le Menn, en tout cas. Nolwenn prit la parole après un silence inhabituel.

— Pas mal. Vous vous êtes comme d'habitude surpassé.

Difficile de savoir si elle faisait ainsi allusion à ses déductions géniales ou s'il s'agissait d'un sarcasme soulignant l'excentricité de son raisonnement.

— Nous aurions donc affaire à une histoire vieille comme le monde : la vengeance. (Elle laissait parler ses émotions.) Quelqu'un règle ses comptes !

La formule était triviale, mais juste.

Dupin avait atteint l'extrémité du quai, il prit à droite sur la promenade de la Corniche. C'est dans cette direction que se trouvait le cabinet du Dr Chaboseau.

— Quelqu'un... (Nolwenn hésitait, comme si elle réfléchissait en parlant.) Quelqu'un vengerait ce crime atroce de jadis. En s'en prenant aux familles... Ou plutôt aux descendants des familles... Qui ont encore beaucoup d'argent, de pouvoir et d'influence... Qui se sentent supérieurs et qui font des affaires en profitant des autres... Comme la famille Dupois, par exemple. Un empire pharmaceutique depuis au moins cent ans. Leur richesse et leur statut actuels sont un héritage. (On percevait dans sa voix une pointe de dégoût et d'amertume.) C'est peut-être le cas pour les Chaboseau ? Pierre Chaboseau descend d'une vieille lignée de médecins, des collectionneurs d'art et des entrepreneurs roublards. Le seul à avoir des origines modestes, c'est Jodoc Luzel. Ce qui manifestement ne l'a pas avantagé.

Voilà qui résumait à peu près le raisonnement de Dupin après qu'il eut compulsé le dossier des archives. Mais était-ce vraiment le dénouement le plus plausible ? N'y avait-il pas d'autres scénarios ? D'autres passerelles entre hier et aujourd'hui ? Peut-être les trois membres de ce trio étaient-ils ou sont-ils eux-mêmes des criminels – sans qu'il y ait encore de preuves tangibles ?

— C'est toujours la même chose, soupira Nolwenn. *An arc'hant danzeet fall a ya da fall.* Argent mal acquis ne profite jamais.

Le commissaire apprécia le proverbe. Il tombait juste.

— Ce qui signifierait également qu'un ou plusieurs descendants de la victime d'autrefois seraient encore en vie. Aujourd'hui, dans notre ville. (Sa voix s'assombrit.) Sans doute sous un nom de famille différent.

C'était possible. C'était même probable.

— Ce serait alors la génération des petits-enfants.

— Je pense…

— Je vais enquêter sur la descendance de Michel Penhut, le coupa Nolwenn. Et de sa fiancée, Emma Mataut. Sait-on s'ils ont eu des enfants ?

— Je n'ai rien lu de tel.

— Un détail assez fou : qu'il y ait une Emma.

Je veux dire pour de vrai, pas seulement dans le roman.

— C'est fou, oui.

La coïncidence avait également perturbé Dupin. Peut-être Simenon avait-il voulu lui rendre hommage – Emma, la fille de salle, était le personnage qui provoquait le plus de sympathie et de compassion.

— Vous n'avez rien trouvé sur la suite des événements, commissaire ? Dans les archives ?

— Non, rien.

— Mais pourquoi est-ce que tout cela ressort précisément maintenant ?

— Très bonne question.

Dupin n'en avait pas la moindre idée.

— Qu'en est-il du maire, commissaire ?

— Vous voulez dire qu'il pourrait être un descendant de Penhut ?

— Tout à fait. Ou d'Emma, qui sait. Kireg a été adopté. Nous devons absolument en découvrir davantage sur ses origines. Sur ses parents biologiques.

Comme toujours, elle avait raison.

— C'est tout aussi valable pour les origines d'Evette Derrien et de Sieren Cléac, patron. Ce qui signifie également que notre satané pharmacien court un danger bien réel. Pensez-vous que l'assassin puisse déjà l'avoir eu ? Il a disparu.

— Ça pourrait tout aussi bien être l'inverse,

Nolwenn. (Il prit un ton sinistre.) Que Priziac soit en chasse.

Le commissaire était arrivé à la promenade sur la mer. Il n'y avait que quelques centaines de mètres jusque chez lui.

Après s'être tue un moment, Nolwenn reprit énergiquement.

— Dans tous les cas, je rappelle Le Ber. Son entretien avec ce Malraux a manifestement été éprouvant et n'a pas donné de résultats intéressants.

Le commissaire avait complètement oublié.

— D'accord. Et nous devons savoir où Cléac et Derrien se trouvent en ce moment même.

Le commissaire avait poussé jusqu'au bout du quai Nul, jusqu'à la dernière embrasure par laquelle une antique échelle rouillée plongeait dans la mer – un lieu couru des jeunes qui effectuaient d'intrépides plongeons de plusieurs mètres selon les marées.

Il regarda par-delà la baie. L'archipel des Glénan était illuminé par le soleil déclinant dont la lumière faisait ressortir les tons les plus clairs.

— Bon sang ! s'écria-t-il en s'immobilisant, saisi par une idée soudaine.

De toutes les possibilités, ce serait la plus vicieuse. La plus naturelle aussi, tout bien considéré. Elle lui avait bien dit : « Ma mère est bretonne. » Ça collerait à merveille. Un frisson lui parcourut l'échine.

Elle ne serait donc pas venue par hasard mais aurait tout calculé – minutieusement, de sang-froid et de longue haleine. Depuis plusieurs années peut-être. Elle n'aurait intégré le cabinet que pour cette seule et unique raison : être au plus proche de lui, puis se révéler le jour venu, et frapper.

Dupin l'appela aussitôt.

« Vous êtes bien sur le répondeur d'Evette Derrien. Je suis indisponible pour le moment. Je ne... »

Il raccrocha puis appela Nolwenn.

— Commis...

— Evette Derrien. Envoyez une patrouille chez elle, puis une au cabinet... Et une autre à la plage de la Torche.

Elle aimait surfer au soleil couchant.

Nolwenn resta impassible.

— Bien. J'envoie les voitures. Ah ! J'ai parlé à Kireg pour son adoption. Il déclare qu'il ne connaît pas ses parents biologiques. Je continue mes recherches.

Tout tournait-il autour d'Evette Derrien, de ce mélange si singulier de douceur et de fermeté ? Se trouvait-elle en ce moment même avec Priziac ? Une tragédie supplémentaire était-elle sur le point de se produire ? L'avait-elle suivi ? Ou lui, elle ? Pour lui faire quoi ? La réduire au silence, elle, la seule personne au courant de toute l'histoire ?

Du quai, on apercevait une partie de la bâtisse

qui abritait le cabinet. Un samedi, elle serait fermée. Un endroit où on ne serait pas dérangé.

Dupin se mit à courir – il arriverait plus rapidement qu'une patrouille.

Les murs de la demeure, récemment repeints, éclataient de blancheur. Les fenêtres étaient encadrées de pierres naturelles sous un toit d'ardoise pointu. Le portail du jardin était fermé, le commissaire l'enjamba.

Il remonta l'allée bétonnée qui conduisait à l'entrée latérale. D'élégantes marches en granit. On lisait sur une plaque en métal : « Docteur Pierre Chaboseau, médecine générale et cardiologie », puis, au-dessous, « Docteure Evette Derrien, médecine générale ». A côté de la porte, une sonnette.

C'était fermé à clé, Dupin fit le tour. Une large véranda en bois, un peu surélevée, menait dans un jardin luxuriant. Une baie vitrée donnait sur une salle d'attente soignée – une dizaine de fauteuils en cuir noir étaient alignés.

Dupin contourna la maison. Des grands rhododendrons roses, mais pas d'autre accès. Les fenêtres étaient trop hautes pour qu'on puisse voir à l'intérieur.

Il retourna à la porte d'entrée et sonna. Il aurait préféré rester discret. Il sonna de nouveau. Aucune réaction. Il entendit derrière lui les crissements de pneus d'une voiture. Les policiers envoyés par Nolwenn.

Que faire ?

Il retourna à la véranda.

— Docteure Derrien ? cria-t-il aussi fort qu'il pouvait.

Une deuxième puis une troisième fois.

Son téléphone sonna. Le Menn.

— On a trouvé la voiture de Priziac. En bordure du parking de L'Atlantide.

Un centre aquatique à proximité de la plage du Porzou – en bord de mer, non loin d'un petit bois ; un coin tranquille et isolé.

Dupin se rua vers le portail.

— Je suis déjà en chemin. Envoyez tous les équipages possibles !

Il tomba nez à nez avec deux policiers bouche bée.

— L'intervention a lieu sur le parking de L'Atlantide. On cherche Priziac, leur lança-t-il sans s'arrêter.

La Citroën de Dupin fit crisser ses pneus sur le vaste parking du centre aquatique.

Trois estafettes de police étaient déjà sur place. Dans l'une d'elles, Le Menn. Nevou était également rentrée de Beg Meil. Seul Le Ber manquait à l'appel.

Le véhicule de Priziac était garé à l'extrémité du

parking devant le petit bois. A moins de cent mètres de la piscine. Derrière le bois, il y avait la mer – à cet endroit, la côte rocheuse était crevassée, hachée par de sinueux passages.

C'était désert, pas âme qui vive. Le centre aquatique était fermé depuis longtemps.

Le Menn et Nevou se hâtèrent vers le commissaire.

— Nos hommes ont déjà commencé à balayer la forêt et le rivage. Ils n'ont rien découvert. (Nevou tenait un talkie-walkie.) La voiture du pharmacien est verrouillée. Nous avons forcé une portière et le coffre. Rien à signaler.

Dupin se mit en marche. Il voulait inspecter la voiture de ses propres yeux. En chemin, son téléphone sonna.

Nolwenn.

— Nous sommes…

— C'est assez compliqué, dit-elle. C'est samedi, samedi soir ! (Une manière de reproche.) Impossible de joindre tout le monde. La trace de la docteure se perd à l'époque de ses études. Impossible de remonter au-delà. Elle a fait ses études de médecine à Paris, la meilleure faculté. Elle avait de très bons résultats, son doctorat porte sur de nouvelles approches thérapeutiques dans le traitement des rythmes cardiaques irréguliers. On devrait également trouver des informations la concernant dans les dossiers de Chaboseau.

Nolwenn prenait un ton de plus en plus insatisfait.

— La seule chose qui nous permettrait d'y voir clair serait un extrait de naissance. Pour cela, il faudrait que je sache où elle est née. Pour l'instant, nous savons seulement que sa mère est bretonne, si je ne m'abuse. Ce n'est pas suffisant. Quant aux parents de Kler Kireg, ils m'ont confirmé qu'il ignorait l'identité de ses parents biologiques. Il semble avoir dit la vérité.

— Bien.

Le travail qu'elle avait abattu forçait le respect.

— Concernant Michel Penhut, je n'ai rien trouvé encorc. Pareil pour Emma Mataut. C'est hélas la même chose pour un quelconque procès contre un pharmacien du nom de Dupois. Rien du tout. Pas une miette sur toute cettc affaire.

Elle était maintenant révoltée.

L'affaire était ancienne, et on avait probablement fait en sorte d'en effacer toutes les traces.

— On trouve quand même plusieurs occurrences du nom Dupois. C'était bien une grande famille de pharmaciens concarnoise dans les années 1920 et 1930. Ah ! Encore une chose.

— Oui ?

— La puissante famille de médecins d'avant la guerre, c'étaient les Viché. Malheureusement, je n'ai encore rien déniché sur eux. C'était un peu plus simple pour Sieren Cléac, du moins concernant ses origines. Elle est née à Audierne, j'attends l'acte de naissance.

Dupin était arrivé depuis longtemps à la voiture de Priziac. Le chic SUV chromé paraissait vandalisé, avec son hayon arrière et sa portière fracturés par les forces de l'ordre.

Nolwenn n'en avait pas fini.

— Le problème, c'est que même si nous partons du principe que les différentes personnes impliquées n'ont pas conservé leur nom d'origine, nous ne pouvons pas savoir à quand le changement remonte. Si Penhut ne figure pas sur l'acte de naissance de nos suspects, c'est peut-être que leur patronyme a été modifié avant.

Cela semblait un peu compliqué, mais Dupin comprenait parfaitement ce qu'elle voulait dire. C'était toujours comme ça au cours d'une enquête : plus on approchait de sa résolution, plus elle devenait complexe.

— Nous devons tout de même essayer. A tout à l'heure !

Il avait eu le temps de faire deux fois le tour du véhicule et n'avait rien remarqué de notable à l'extérieur ni à l'intérieur.

Il s'éloigna et regarda autour de lui.

Il se dirigea vers le petit bois. Où se trouvait le pharmacien ? Il devait bien être dans les parages. Ou alors, il avait pris place dans une autre voiture, de son plein gré ou sous la contrainte.

Ils devaient être capables de tout prévoir, de penser à toutes les possibilités, et même de les anticiper.

Dupin se faufila parmi les arbres recouverts de gui et de lierre. C'est par ici qu'un autre couple d'amants célèbres avait pris la fuite – Le Ber lui avait plusieurs fois raconté l'histoire de Fañch et de la magnifique Gaëlle, dont le père, un roi tyrannique et impitoyable, interdisait l'union. Dans le bois, les amants étaient tombés sur Clet, un bon nain. Ils l'aidèrent à retrouver au fond d'une grotte un flacon empli d'un breuvage magique. En guise de remerciement, la créature leur donna quelques gouttes de la potion, qu'ils versèrent dans le vin du roi – elle avait le pouvoir de métamorphoser le caractère de qui la buvait en son opposé. Si bien que le tyran se fit philanthrope, généreux et désintéressé, et accorda la main de sa fille au jeune homme. Une des rares histoires d'amour à la chute heureuse.

Dupin bifurqua et atteignit la mer, tout au bout d'une pointe rocheuse. A sa droite le port, en face la presqu'île du Cabellou. On voyait jusqu'au célèbre fort à l'ouest, dont les vestiges étaient baignés de la lumière du soir.

Dupin marqua une halte. Il regarda autour de lui. A sa gauche, un sentier suivait la côte sur environ trois cents mètres jusqu'à une petite anse. La mer s'était retirée. Des dizaines de bateaux colorés gisaient sur le flanc et somnolaient jusqu'à la prochaine marée.

Priziac aurait-il pris une embarcation ? Le cas échéant, ils pouvaient sillonner la terre ferme pendant longtemps…

Son téléphone sonna.

Nolwenn était surexcitée.

— Kireg ! Il y a six ans, il a fait une demande officielle pour connaître l'identité de ses parents biologiques. Et on lui a répondu ! Il ment, il sait qui sont ses vrais parents. J'ai demandé à un fonctionnaire du Conseil national pour l'accès aux origines personnelles, une connaissance de mon mari, il a regardé pour moi dans ses dossiers.

Nolwenn et les relations de son mari...

— Ça, ça pourrait coller.

Et si c'était enfin la solution ?

— Pourquoi Kireg a-t-il menti ? (Sa voix était triomphante.) C'est le maire que nous recherchons.

— Nous devons tout de suite le…

— J'ai envoyé les deux derniers agents disponibles chez lui.

— Très bien.

— Ils l'emmèneront au commissariat.

Cela n'aurait pas été le premier choix de Dupin, mais qu'importe. Il se mit en route.

— J'ai fait tout ce que je pouvais pour obtenir le nom des parents naturels, mais ce n'est pas facile. C'est très encadré juridiquement.

C'était un instant rare : le commissaire Dupin entrait dans le commissariat pendant une affaire.

Il se rendit aussitôt au premier, où l'attendait Nolwenn.

— Nous n'avons encore rien dit à Kireg. Il s'est montré très coopératif et nous a suivis sans discuter.

Nolwenn, précédant le commissaire, emprunta le couloir en direction de la salle d'interrogatoire. Elle sinuait entre les pots de peinture et les échelles. Dans cette aile, l'odeur était encore tenace.

— Bien.

— J'ai insisté pour qu'on me scanne et qu'on m'envoie le document, malgré les règles. Il devrait bientôt arriver.

Dupin ouvrit brutalement la porte et entra dans la salle d'interrogatoire tandis que Nolwenn regagnait son bureau.

— Vous nous avez menti, monsieur le maire.

Le commissaire s'approcha de Kireg – d'effroi, celui-ci bondit de sa chaise, l'affolement dans le regard.

— Vous savez qui sont vos parents naturels. Vous les avez rencontrés et ils vous ont tout dit. Tout ce que votre famille a subi.

Dupin se tut. Il ne fallait pas être trop précis. Il n'en savait pas assez, il ignorait d'ailleurs si les parents biologiques de Kireg étaient encore de ce monde.

Le maire avait l'air profondément bouleversé.

— De quoi parlez-vous ?

Dupin garda la tête froide.

— Je dis que vous connaissez parfaitement l'identité de vos parents biologiques, et que vous nous avez menti.

— Je... Quand j'ai appris à dix-huit ans qu'on m'avait adopté, je me suis demandé si je voulais savoir qui ils étaient. Mes « vrais » parents. J'hésitais vraiment. Je... Puis un jour... je me suis décidé ; oui, je voulais savoir. Alors j'ai fait cette requête et je n'ai rien dit à mes parents adoptifs. A personne. On m'a donné deux noms. Des noms complètement étrangers. D'un coup, ça sonnait faux. En découvrant ces noms, je n'ai plus voulu en apprendre davantage. (Il prit une profonde respiration.) Je ne les ai jamais contactés. Même si je continue à y penser. J'ai une adresse à Dinard. Je...

Il ne finit pas sa phrase et s'affaissa sur sa chaise.

Dupin en prit son parti. Ils n'avaient pas pensé à cette possibilité. C'était regrettable, mais telle était la vérité – et il faudrait repartir de zéro. A moins que Kireg ne fût un excellent comédien.

— Donnez-moi ces noms. Nous devons vérifier.

— Je ne le ferai pas, répliqua le maire, sur la défensive.

— Oh ! Que si !

Un ton plus dur – Dupin savait dorénavant comment traiter avec lui.

— Ecrivez-les-moi immédiatement.

Dupin tendit à Kireg une page arrachée à son carnet, avec un stylo.

Le maire hésita, avant de s'exécuter.

La porte s'ouvrit à la volée.

C'était Nolwenn, une feuille à la main.

— Patron, dit-elle en tremblant, ça vient de tomber. Je crois que vous devriez y jeter un coup d'œil.

Elle lui tendit le papier sous le nez.

— Là ! Regardez le deuxième prénom ! Ça ne peut être un hasard !

Le commissaire survola le document. C'était un acte de naissance de la municipalité d'Audierne.

— Là !

Nolwenn lui indiquait l'emplacement précis.

On y lisait « Emma » – quatre lettres dans les cases administratives réservées au deuxième prénom.

Emma, la fille de salle du *Chien jaune*. Et la (véritable) fiancée du (véritable) pêcheur des années 1920, humilié par trois hommes puissants : Michel Penhut.

Son nom complet était donc Sieren Emma Cléac.

Dupin restait planté sur place. Le temps semblait s'épaissir.

Le maire le jaugeait d'un air décontenancé.

Sans un mot, le commissaire sortit, suivi de Nolwenn.

— Où allez-vous la chercher ? Où dois-je envoyer les voitures ?

C'était la question décisive.

— La conserverie n'est pas très éloignée du centre aquatique, poursuivit Nolwenn. A marée basse, on peut facilement s'y rendre à pied en passant par la baie.

Bien sûr ! Elle avait raison. A cette heure, il ne devait plus y avoir personne là-bas et c'était un coin calme.

Dupin traversa la rue en courant jusqu'à sa voiture garée au milieu du trottoir, Nolwenn sur ses talons.

— Je file là-bas !

Il ouvrit la portière, la clé de contact en main.

— J'envoie une patrouille chez elle, dit Nolwenn le souffle court.

— Prévenez aussi la police maritime. Qu'ils surveillent les petites embarcations proches du rivage.

— Je transmets !

Après avoir failli perdre le contrôle de son véhicule à deux reprises en arrivant trop rapidement aux ronds-points, Dupin se résigna à ralentir.

Il mit neuf minutes.

Le soleil s'était couché, dans un spectaculaire jeu de couleurs rouges.

Dupin avisa l'ancienne grange transformée en conserverie. Est-ce là que tout devait finir ?

Le coin était extraordinairement silencieux. Pas un bruit. Dupin se gara un peu à l'écart, au bord de la route, avant un virage. Il parcourut le reste du trajet à pied.

Il s'approcha prudemment du bâtiment – aucun véhicule à l'horizon. Ni lumière. La conserverie semblait déserte. Il fit un large détour pour rejoindre l'annexe qui servait de bureau à Sieren. Il y faisait tout aussi sombre. Il épia par la fenêtre. Rien d'inhabituel. Il se dirigea vers la façade avant. Il écouta. Aucun son en provenance du bâtiment. Personne.

— Mais quelle mer…

Il s'arrêta net – cela lui était subitement venu à l'esprit ; un lieu qui conviendrait à merveille.

Il courut aussi vite qu'il put vers sa voiture. Il avait jeté le roman de Simenon sur la banquette arrière. Il ouvrit la portière et trouva le livre sur le plancher, derrière le siège passager – sans doute était-il tombé après un violent coup de frein. Il alluma la lampe de son téléphone et le feuilleta. C'était quelque part par là.

Là ! C'était ici : ce passage précis.

Il n'en était pas fait mention dans le rapport succinct des archives concernant Michel Penhut. Mais, à la manière dont Simenon avait mis en scène certains détails de la véritable histoire, peut-être avait-il, là encore, collé au plus près de la réalité.

« Ce n'était pas facile d'envoyer mes trois saligauds en prison… lut Dupin. Et j'y tenais !… Je n'avais plus que ce désir-là !… J'ai vécu avec mon chien à bord d'une barque échouée, puis dans l'ancien poste de veille, à la pointe du Cabélou... »

« Vivre » était exagéré ; Léon Le Guérec, le protagoniste, avait plutôt végété. Quant à Michel Penhut, le vrai, il pouvait avoir fait de même. Par ailleurs, depuis le parking où se trouvait la voiture du pharmacien, il était aisé, à marée basse, de rejoindre la pointe du Cabellou.

Comme plusieurs fois au cours des heures passées, Dupin sauta dans sa voiture et démarra en trombe.

Arrivé dans la presqu'île, le commissaire se rangea brusquement sur le bas-côté de l'allée du Fort – un cul-de-sac qui aboutissait à un petit parking, d'où on pouvait gagner le fort et le poste de veille attenant.

Il s'approcherait en passant par les rochers. La marée montait, mais ce serait encore largement possible. En agissant de la sorte, il ne pourrait voir s'il y avait une voiture sur le parking, mais il ménagerait l'effet de surprise.

Il faisait sombre, on ne distinguait qu'un dernier reflet sphérique à l'ouest – des nuances de bleu agonisantes. Soudain, il n'y eut plus un souffle de vent. Le commissaire prit la torche dans son coffre, attrapa son arme de service et passa son portable en mode vibreur.

Il se mit en marche, le faisceau de la lampe en

direction du sol, réglé au plus étroit afin de ne pas attirer l'attention.

Il fut bientôt sur le sable, puis sur des rochers plats. Il n'y avait pas plus de deux cents mètres jusqu'au fort. Rapidement mais prudemment, il progressait sur le sol pierreux. De jour, on apercevrait le bâtiment semi-circulaire du fort entre les arbres.

De la massive place forte du XVIII$^{e}$ siècle ne subsistaient que des vestiges qui avaient d'ailleurs été restaurés à grands frais. Avant l'apparition des phares, on allumait de grands brasiers pour guider les navires.

Dupin arrivait du nord-ouest – le poste de veille se situait au sud-est du bâtiment semi-circulaire. Tout était noir et silencieux, seul lui parvenait le léger clapotis de la marée montante. Il faisait beaucoup plus frais à présent, on prenait conscience qu'on n'était qu'au mois de mai.

Dupin foulait maintenant le sentier qui menait au fort, sur une saillie de terre entourée d'eau et de rochers. Personne ne pourrait s'enfuir – si toutefois il y avait quelqu'un.

Il s'approcha prudemment du mur de pierre qui protégeait la fortification du côté terrestre. Il éteignit sa torche et se glissa dans un étroit passage – l'entrée « officielle » – puis s'aplatit contre le mur où il attendit que ses pupilles s'habituent à l'obscurité.

Les contours du poste de veille devenaient visibles – cinq mètres sur trois, à vue de nez.

Dupin se déplaça sans un bruit. Le poste avait deux portes.

Lentement, très lentement, il saisit la froide poignée de la première, gardant la main droite sur son arme.

Il attendit un moment puis, d'un geste brusque et rapide, il tenta d'actionner la poignée, produisant un vacarme incroyablement sonore. Il avait mis tant d'énergie qu'il manqua crier de surprise. La poignée avait bougé de deux ou trois centimètres avant de se bloquer. C'était verrouillé. Il essaya la deuxième, avec le même résultat.

Il entendit un bruit qui venait non de l'intérieur du poste de veille, mais de la mer, en contrebas.

— A-a-a-a-h…

Un son faible, sourd, imprécis, comme étouffé.

Il y avait une présence.

Une nouvelle fois. Une plainte désespérée.

Dupin se précipita vers les rochers. Il percevait des paroles confuses. Comme au travers d'un bâillon. Le commissaire s'approcha en silence.

S'il ne se méprenait pas, la source du gémissement se trouvait à une vingtaine de mètres. Dupin se souvint que c'était ici que se trouvaient les vestiges d'une vieille tour, à peine quelques pierres, et il lui semblait que le bruit provenait de là. A marée haute, la zone était sous l'eau, ce qui ne tarderait pas.

Il aperçut une pierre de la ruine, ainsi que la silhouette d'un homme, à côté, gisant sur un rocher. Un homme replet et massif, sur le flanc, pieds et mains liés et attaché par une corde à un anneau métallique destiné aux amarres. La silhouette ne bougeait pas.

Brecan Priziac. Ça ne faisait aucun doute.

Le pharmacien n'avait pas remarqué le commissaire, qui fut saisi d'un frisson le long de l'échine. L'eau recouvrait presque la partie supérieure du rocher, d'ici une demi-heure elle atteindrait la gorge du malheureux, et il se noierait inéluctablement.

— N'ayez pas peur, commissaire. Ça ne vaut que pour lui.

Il sursauta. Une voix s'était élevée, haute et claire, vers laquelle il se tourna lentement en empoignant instinctivement son Sig Sauer.

— Vous n'en aurez pas besoin.

Il la vit.

Une silhouette de femme assise sur un rocher surélevé, à cinq ou six mètres de lui.

Décontractée, une jambe repliée, l'autre étendue, le buste droit, elle s'appuyait sur une main, l'autre reposait sur sa cuisse. On distinguait sa queue de cheval.

Sieren Emma Cléac.

Dupin garda un moment son arme pointée sur elle avant de la baisser.

— Il est blessé ? Gravement ?

Il se demandait s'il fallait appeler les secours. La misérable masse humaine avait bougé : le pharmacien avait redressé la tête, il essayait de dire quelque chose.

— Non, il est indemne. Je n'ai fait que m'entretenir avec monsieur Dupois, lâcha-t-elle calmement.

Elle était presque gaie, c'était macabre.

— Monsieur Priziac, corrigea le commissaire machinalement.

— Plus tard. Ce n'est qu'après la guerre qu'il s'est nommé ainsi. J'imagine que vous savez tout.

— L'essentiel.

Dupin avançait doucement. Il prenait tout son temps et parlait posément.

— L'affaire du *Chien jaune* n'est pas fictive. Il y a une histoire vraie, dont l'auteur a dû entendre parler lors d'un de ses séjours ici.

Dupin était face à elle ; elle était un peu en hauteur, on ne distinguait que sa silhouette, son visage était dans le noir.

— Et ce n'est pas n'importe quelle histoire. C'est votre histoire. Celle de votre famille, et de vos grands-parents.

L'exact scénario que lui, non, que Nolwenn avait imaginé – imaginé : c'était le seul mot adéquat.

Sieren Cléac resta silencieuse pendant un moment sans que son mutisme soit oppressant.

— Il n'aurait pas eu à se défendre, dit-elle enfin. Ni même à s'excuser. Pas directement. Monsieur Chaboseau devait seulement se rendre compte que j'étais au courant. Jadis, son père était le meneur du trio. Je ne voulais pas grand-chose. Même pas de la pitié ou de la compassion. Ma seule exigence était que l'histoire ne reste pas effacée, comme si rien ne s'était passé. C'est de leur faute si ça s'est déroulé comme ça.

Elle marqua une pause.

— Ma mère... Ma mère... est morte il y a trois semaines. Elle m'a tout raconté, peu avant de rendre son dernier souffle. Elle... elle a porté cette histoire comme un fardeau toute son existence. Ma grand-mère lui a révélé ce drame familial quand elle a eu quatorze ans. C'était elle, la véritable Emma ; elle a vécu très longtemps, jusqu'à quatre-vingt-onze ans. Au moment de l'affaire, elle avait vingt ans. Michel Penhut était l'amour de sa vie, son unique amour. Ma grand-mère était une femme merveilleuse, commissaire. Je la vénérais.

Sieren Cléac regarda le ciel, vers l'ouest – complètement noir.

Elle poursuivit d'une voix douce et chaleureuse.

— Emma Mataut, puis Emma Penhut, la femme de Michel Penhut. Ma grand-mère ne m'a jamais rien dit. Elle aurait voulu croquer la vie à pleines dents. Elle a essayé de toutes ses forces, mais jusqu'à la fin elle a été habitée par une profonde tristesse, qui n'a cessé de la détruire, malgré tous ses efforts. Je l'ai ressentie aussi alors que je n'étais qu'une enfant. Sans jamais en comprendre la cause. Vous savez, commissaire, ce qu'ils ont raconté à mon grand-père ? Ce qu'il devait convoyer dans sa chaloupe ? Ce que c'était vraiment ?

— A peu près.

— Mon grand-père a attrapé la malaria en prison, il en a terriblement souffert, ça l'a torturé, ça l'a rongé. Y compris après son retour. Un an plus tard, il en est mort, pendant le procès qui s'éternisait. Il y avait toujours de nouveaux avocats. Ils ont envoyé mon grand-père à la mort par cupidité ; le médecin, le pharmacien et l'avocat. Et avant lui, il y en a eu deux autres. Deux jeunes hommes qui sont morts, dont personne ne pouvait raconter le destin. Quant aux trois salauds, ils ont empoché l'argent, ils ont fait fructifier leur fortune. Elle profite aujourd'hui à leurs descendants et personne ne s'en émeut.

Elle marqua une pause. On n'entendait plus Priziac.

— Au bout de trois ans, mon grand-père est parvenu à réchapper de l'enfer. Au début de 1927, il est revenu d'Angleterre. Il voulait dénoncer ces trois-là. Mais le chef de la police, leur ami, a fait coffrer le « vagabond », prétendant qu'il était un

« criminel ». Ma grand-mère, ouvrière dans une conserverie, a raconté l'affaire à un reporter, qui a entrepris des recherches, d'abord en toute discrétion. Puis l'affaire s'est ébruitée et a donné lieu à un procès. Alors que mon grand-père était déjà mort, le médecin a été condamné à sept ans de prison. Au bout d'un an, il a été relâché pour bonne conduite – sa famille et celle du juge étaient proches. Le pharmacien écopa de trois ans ferme et sortit au bout de six mois. Quant à l'avocat, il s'en tira avec une simple amende. Pourtant, le scandale a éclaté. Tous trois étaient issus de vieilles et honorables familles. Les Viché étaient médecins depuis trois générations. Les Dupois, pharmaciens depuis deux générations, étaient en train de bâtir l'empire dont a hérité monsieur Priziac.

Tout ce qu'elle racontait remontait à plusieurs décennies – et semblait tout proche.

— Il fallait trouver quelque chose pour protéger la réputation et l'honneur de ces familles. Et leur fortune, bien entendu. Les Dupois et les Viché décidèrent d'abord de quitter la ville pour gagner le nord. Roscoff, en l'occurrence, à seulement cent vingt kilomètres, mais c'était à l'époque plus loin que Paris de nos jours. Ils laissèrent des administrateurs sur place pour gérer leurs biens. Puis certains membres de la famille profitèrent de la Seconde Guerre mondiale, de l'Occupation et du chaos pour refaire surface à Concarneau. On avait alors d'autres soucis que les « erreurs » de quelques vieillards de la fin des années 1920. Le vieux Viché était mort mais son jeune fils, tout bébé, revint avec sa mère – c'était Pierre Chaboseau. Même stratagème pour le fils du pharmacien : ce n'était plus les Dupois mais les Priziac. Seule la famille de l'avocat est restée à Roscoff où elle dilapida sa fortune et sombra dans l'oubli. A la mort de Michel, ma grand-mère attendait un enfant. Elle partit pour Audierne, toute seule, enceinte de six mois, afin de refaire sa vie. De nouveau, elle s'engagea dans une conserverie.

Toute l'histoire, et plus encore, serait mise au jour au cours des semaines et des mois à venir, dans le moindre détail. Il était plus que temps ; aucune part d'ombre ne devait demeurer. Même si cela ne changerait plus rien, pour personne, ni pour Sieren Cléac, ni pour les vivants, ni pour les morts.

— Je ne sus que faire en apprenant toute l'affaire, hormis qu'il fallait que j'en informe le docteur Chaboseau, que je lui dise que je savais dans quoi avait trempé son père, que je connaissais la vérité. C'est la raison pour laquelle j'étais chez lui ce mardi. Il m'a dit qu'on ne pouvait juger aujourd'hui les événements d'autrefois, que c'étaient d'« autres temps », que la « conjoncture était différente ». Il a tout balayé d'un revers de main, j'étais décontenancée, comme paralysée.

Elle se tut. Dupin fit un pas prudent dans sa direction.

— Je… Je l'ai vu la première fois dans son bureau, en haut. Comme hier… J'ai perdu tous mes moyens lors de notre première entrevue. Mais ça n'a pas cessé de m'obséder. J'y suis retournée hier, sans trop savoir ce que je voulais. (Elle respira profondément.) Il m'a menacée, froidement, sans ciller. Il m'a dit qu'il allait porter plainte. Avec Priziac. Qu'il ferait tout pour protéger sa réputation et celle de sa famille. Tout. Qu'ils m'anéantiraient si nécessaire. Comme… comme son père avait anéanti les miens.

On entendit un bruit bref, le pharmacien avait fait un mouvement brusque. Dupin le regarda presque malgré lui. L'eau montait à vue d'œil.

Sieren Cléac n'avait pas changé de position depuis le début.

— Je n'avais pas prévu de lui faire quoi que ce soit en arrivant. Mais ensuite ! (Elle prit une profonde respiration.) Je l'ai fait simplement. Lorsqu'il s'est mis à parler, à menacer. J'étais à la fenêtre. (Dupin se représentait parfaitement la scène.) Il s'est approché de moi, menaçant, de plus en plus proche. Tout s'est accéléré. Je l'ai poussé de toutes mes forces, il n'a rien vu venir. Oui, j'étais consciente qu'il pouvait passer à travers la verrière.

Elle se tut. Le commissaire regarda Priziac – il parvenait encore à respirer sans danger, mais plus pour longtemps.

— Le meurtre du caviste… Je n'ai rien à voir avec ça, commissaire.

Dupin n'en doutait pas.

— C'est Priziac.

Elle se tourna dans sa direction pour la première fois.

— Il m'a tout expliqué. Ça fait un moment que nous sommes ici.

Elle ne laissait paraître aucun état d'âme.

— Il s'est mis à pleurnicher. Il savait que l'eau allait monter. Il savait que je finirais par décamper, ajouta-t-elle sur un ton neutre.

Elle n'ignorait pas que ces mots allaient lui rendre les choses très difficiles. Ça lui était égal.

— Priziac m'a tout expliqué. Avec soin. Jusqu'à ce que je n'en puisse plus de sa voix geignarde.

Le pharmacien émit une plainte désespérée.

— C'est lui qui a fomenté le plasticage et qui a envoyé le mail de menace. C'était une diversion. Pour attirer votre attention après... la mort de Chaboseau. Pour que vous vous concentriez là-dessus et que tout se termine en queue de poisson. Priziac savait parfaitement comment organiser le sabotage. Il connaît le chantier naval comme sa poche. Il se fichait royalement qu'il puisse y avoir des blessés. Non, pas tout à fait : il n'y avait pas pensé. C'est ce qu'il m'a dit. Et lui-même a été « très choqué », ou quelque chose dans le genre. Il a bien fallu que j'en rie, commissaire.

Dupin sentait croître sa haine envers Priziac.

— Monsieur Luzel ignorait tout du passé, des

sales secrets de famille. Hier, pourtant, il a eu des soupçons. Au plus tard après l'attentat. Après le mail à coup sûr – il n'y croyait pas, à ce mail.

Jodoc Luzel en avait donc eu connaissance.

— Luzel a contacté Priziac la nuit dernière, demandant à lui parler de toute urgence.

Cela pouvait expliquer la présence de Priziac chez Luzel. Sans doute avait-il en effet dérobé l'ordinateur et le téléphone portable.

— De toute façon, ils s'étaient disputés pour je ne sais trop quel business. Allez savoir, je ne connais pas monsieur Luzel, peut-être qu'il a vu là une opportunité. Ça pouvait l'arranger que Priziac se fasse pincer pour une affaire tordue, par exemple. Je ne sais pas. Peut-être n'était-il qu'un pauvre type abusé par les deux autres et qui en avait peur. Peut-être qu'il avait des remords. Quoi qu'il en soit, ce matin, à la brasserie, il a dit à Priziac qu'il savait que quelque chose clochait, qu'il ne croyait aucunement au mail de menace et qu'il irait voir la police. Ce que l'autre devait empêcher à tout prix.

Ils avaient évoqué cette hypothèse : que Priziac soit le meurtrier et qu'il ait feint d'avoir découvert le corps.

Sieren Cléac changea de position. Elle étendit ses deux jambes et posa les mains sur ses genoux.

— C'est toute l'histoire, commissaire. Simple comme bonjour.

L'essentiel était dit – on expliquerait le reste plus tard.

Une chose encore intéressait Dupin.

— Après son évasion et son retour à Concarneau, votre grand-père s'est planqué ici, n'est-ce pas ? Comme dans le roman ?

L'impression que les personnages du *Chien jaune* lui étaient si proches était très particulière. Comme des gens qu'il connaissait, ou qu'il aurait connus.

— Oui. Pendant longtemps ma grand-mère l'a cru mort.

Sieren Cléac leva la tête vers le ciel.

— Dès hier, monsieur Priziac s'est lancé à ma recherche. Partout. Aujourd'hui, j'ai vu sa voiture devant la conserverie à plusieurs reprises. Il savait que j'étais là – mais toujours en présence de mes collaboratrices. Nous sommes également allés à la fête, à plusieurs, dans ma voiture. Vous m'y avez vue, d'ailleurs.

Elle montra quelque chose de sombre sur le rocher à côté d'elle, qui avait jusqu'alors échappé au commissaire.

— Je l'ai contacté et lui ai dit de venir ici. Il avait une arme, il se croyait plus malin que moi. J'ai bien réfléchi à l'endroit où me cacher pour le guetter. Juste derrière l'entrée, au poste de veille. Il y a un coin qu'on ne voit pas. Je l'ai frappé avec le cric de ma voiture. Je ne voulais pas le tuer. C'est à la mer de s'en charger. Il n'a pas été inconscient longtemps. Je...

— Patron ? Patron, vous êtes là ?

Au cours des minutes passées, Dupin avait tout oublié du monde extérieur. Il était entièrement pénétré par l'histoire de Sieren Cléac.

Il se retourna, presque surpris.

Le halo lumineux de la torche de Le Ber éclaira la scène. Nevou et Le Menn suivaient l'inspecteur à quelques mètres.

— Tout va bien, les rassura Dupin, retrouvant soudain la réalité. Aucun danger, venez. Nous devons vous arrêter, dit-il à Sieren Cléac d'une voix posée.

— Je sais.

— Je suis désolé.

Ça lui avait échappé – heureusement, il avait parlé à voix basse.

Elle se leva. Elle descendit agilement du rocher et, une fois face à Dupin, elle le regarda dans les yeux. Il voyait son long nez fin, ses yeux en amande, l'intensité de son regard et la fierté de sa posture. Elle avait l'air presque heureuse, enjouée. Dupin crut même apercevoir une esquisse de sourire – mais peut-être n'était-ce que son imagination.

Le Ber et les deux lieutenants, elles aussi équipées de torches, s'approchèrent. Cléac et le commissaire étaient face à face, immobiles, silencieux – il n'y avait pas plus d'un demi-mètre entre eux.

Le regard de l'inspecteur allait de l'un à l'autre, puis il tomba sur Priziac.

— Je vais tout vous expliquer, Le Ber. Mais pas tout de suite. On va commencer par le dégager de là puis l'envoyer à Quimper. Il a besoin d'un médecin.

Dupin fit un imperceptible signe de tête en direction de Priziac.

— Il est coupable d'homicide volontaire. Ah ! Et sur le rocher, l'arme qu'il comptait utiliser contre madame Cléac.

Le Menn et Nevou entreprirent de défaire la corde et aidèrent le pharmacien à se mettre debout.

Dupin se mit en mouvement.

— J'emmène madame Cléac au poste.

Le pharmacien avait l'air sonné mais il semblait tenir à peu près sur ses jambes. Son costume était trempé. Il tremblait comme une feuille.

Dupin quitta les lieux sans se retourner. A son côté, Sieren Cléac.

# LE TROISIÈME JOUR

Ils ne prononcèrent pas un mot de tout le trajet. Sieren Cléac, sur le siège passager, regardait la nuit par la vitre. Dupin se demandait comment il allait mener l'interrogatoire, et surtout quelles questions il lui poserait pour ne pas aggraver son cas. Si on prenait les choses dans l'autre sens : que lui laisserait-il raconter et dans quel détail ? Et que fallait-il passer sous silence ?

Comme d'habitude, tout serait question de mots.

Sieren Cléac était-elle une meurtrière de sang-froid ? Avait-elle planifié sa vengeance, ses représailles ? On pouvait considérer ses actes comme un homicide volontaire et une tentative de meurtre. On pouvait également y voir des actes impulsifs et de la légitime défense. Les deux hommes l'avaient menacée. N'y aurait-il pas eu une altération du discernement ? Tout dépendait de la manière de le présenter.

Dupin avait conduit Cléac dans la cellule de garde à vue, équipée d'une étroite couchette. En y entrant, elle avait dit mécaniquement « Bonne nuit ». Elle avait l'air très calme, tout à fait sereine.

Le commissaire lui avait répondu « Je vous vois demain de bonne heure » avant de lui souhaiter à son tour une bonne nuit. Il avait ensuite fermé la porte à clé.

Le lendemain, il se présenterait très tôt pour l'interrogatoire officiel. Il voulait s'en charger lui-même. Il laissait Priziac à la police de Quimper.

Il avait mis Le Ber, Nolwenn et les deux inspectrices au parfum, en quelques mots. Puis il avait appelé le préfet de son bureau, ce qui était suffisamment rare pour être noté. L'homme dormait déjà profondément – sa journée avait été riche en discours harassants –, si bien que la conversation fut brève.

Dupin sortit du commissariat à minuit quarante-cinq et sentit l'air merveilleusement frais de cette nuit de début d'été. L'agitation qui régnait en ville s'était déplacée dans les bars et les bistrots pour les égayer jusque tard dans la nuit.

Dupin s'arrêta et prit quelques profondes respirations. Il se dirigea vers le port et sortit son téléphone.

Claire répondit aussitôt.

— Georges, où es-tu ?

— Je viens de sortir du poste. Nous avons fini. L'enquête, je veux dire. L'affaire est résolue. Et toi ?

— J'ai ramené mes parents à la maison vers vingt-trois heures. Je t'attends.

— Où ça ?

— Juste à côté.

Il pressa le pas. A peine deux minutes plus tard, il entrait à l'Amiral.

A la demande de Claire, parce que le rez-de-chaussée était encore animé, Philippe Basset leur avait dressé une table au premier étage, dans la majestueuse salle normalement réservée aux groupes. Pas n'importe quelle table : la plus belle. Juste devant le balconnet avec vue sur la ville et sur le port. Sur le mur, une peinture aussi sublime que démesurée que Dupin adorait : une mer déchaînée sous les rafales de vent ; la crête des vagues et l'écume faisaient penser à d'abruptes et immenses montagnes – certaines scintillaient sous les reflets dramatiques du soleil, d'autres étaient plongées dans une obscurité presque totale ; un quai, en grande partie submergé, sur lequel se tenait un pêcheur solitaire et intrépide ; à droite, une barque de pêche toutes voiles larguées ; à l'arrière-plan, la terre ferme avec quelques maisons ; entre les nuages, des éclats de ciel bleu – on ne savait qui de la tempête ou du soleil allait l'emporter. On pouvait se persuader de l'un ou de l'autre.

Ici, ils ne risquaient pas d'être dérangés, ce qui

ravissait le commissaire. Il en avait sa claque de l'être humain et de ses histoires nauséabondes.

— Tu n'as pas changé d'avis depuis tout à l'heure ? demanda Claire en souriant.

Il mit un instant avant de comprendre. Ce « tout à l'heure », qui remontait au moment où il était à table avec ses beaux-parents, lui semblait incroyablement lointain – tant de choses s'étaient passées depuis.

— Palourdes farcies ?

— Tout à fait.

L'eau lui venait à la bouche. La table avait été préparée avec amour, Claire avait commandé une bouteille de son vin préféré, un châteauneuf-du-pape, domaine du Vieux Télégraphe. Les verres étaient déjà servis.

— Puis il me faudra de toute urgence une belle entrecôte. Et du fromage. Puis un dessert.

Il n'avait quasiment rien avalé de la journée.

— A la tienne !

Elle avait levé son verre.

— Non, protesta Dupin. A la tienne ! A nous deux !

Il avala une grande lampée. Il aimait ce vin : boisé, tannique et rond en bouche à la fois.

Dupin ferma brièvement les yeux, puis il laissa errer son regard sur la place Jean-Jaurès. D'ici, on voyait jusqu'à la galerie Gloux, à l'opposé. Son regard glissa ensuite sur l'eau, sur le port et ses dizaines de bateaux, puis jusqu'au pont menant à la vieille ville, la Ville close. Il regarda enfin l'imposante tour fortifiée, la tour du Gouverneur.

— Un amuse-bouche pour patienter. (Philippe venait d'apparaître.) Tu dois être affamé, Georges. Une salade au crabe, à l'artichaut et à l'avocat.

Il posa deux petites assiettes. Ça avait l'air délicieux. Le commissaire prit sa fourchette.

De nouveau, Claire porta un toast.

— A la vie !

Dupin ressentit un trouble intense au plus profond de lui-même. Sa compagne ne pouvait soupçonner à quel point ces mots tombaient à propos. Il pensa à Sieren Cléac. A Emma. A ce qu'il dirait demain – ou non. Il ne savait pas encore. Pas précisément. Une chose était certaine : il parlerait de ces trois hommes, des criminels de jadis.

Il leva son verre.

— Oui. A la vie, ma Claire !

# Remerciements

Je remercie chaleureusement John Simenon pour son soutien.

*Composition et mise en pages*
*Nord Compo à Villeneuve-d'Ascq*

MIXTE
Papier issu de
sources responsables
FSC® C003309

L'éditeur de cet ouvrage s'engage dans une démarche
de certification FSC® qui contribue à la préservation
des forêts pour les générations futures.

Pour en savoir plus :
www.editis.com/engagement-rse/

*Imprimé en France par* CPI
en avril 2021
N° d'impression : 164126
C19231/05